El síndrome de la chica con suerte

ALOMA MARTÍNEZ

El síndrome de la chica con suerte

Grijalbo

Papel certificado por el Forest Stewardship Council®

Primera edición: abril de 2024

© 2024, Aloma Martínez Fernández
© 2024, Penguin Random House Grupo Editorial, S. A. U.
Travessera de Gràcia, 47-49. 08021 Barcelona

Printed in Spain – Impreso en España

ISBN: 978-84-253-6737-3
Depósito legal: B-1.685-2024

Compuesto en Comptex&Ass., S. L.

Impreso en Black Print CPI Ibérica
Sant Andreu de la Barca (Barcelona)

GR 6 7 3 7 3

A mis amigas, por hacerme
volver a creer en el amor

PRÓLOGO

De pequeña no se me daba bien guardar secretos, especialmente los propios.

Existía una necesidad en mí de compartir con el resto del mundo cada pensamiento, cada recuerdo, cada pequeña creencia. Me gustaba gritar al cielo mis deseos, exclamar en voz alta mis anhelos más íntimos. Siempre tuve la extraña convicción de que alguien más me estaba escuchando.

Deseaba que el mundo me viera, como si tan solo pudiera existir a través de los ojos de los otros. El aire entraba de nuevo en mis pulmones cuando al otro lado alguien asentía con aprobación a mis palabras. Creía que, si compartía cada parte de mí misma, lograría llenar ese pequeño hueco interno.

Con el tiempo comprendí que mi existencia continuaba aunque los demás no mirasen. Y que, antes de que mi voz se quedara suspendida en el aire, prefería guardar silencio.

Al crecer, los secretos se me fueron acumulando

como piedras en los bolsillos. Y ahora, mientras miraba mi reflejo en el agua del río, temía hundirme por el peso.

I

Había soñado con él de nuevo. No recordaba la última vez que había cerrado los ojos y su rostro no había aparecido de manera instantánea. Matías me visitaba todas las noches, y su presencia se hacía palpable en cada sueño, luchando por quedarse.

No podía mentir, había algo reconfortante en sentirlo al menos durante unos segundos, aunque no fuese real, aunque a la hora de despertar la realidad fuese aún más agresiva. Golpeaba con fuerza, ampliando el vacío que tenía en el pecho. Su ausencia rascaba cada centímetro de mi piel y me obligaba a mantenerme tumbada en la cama, mirando el techo durante unos minutos, hasta que sentía como las puntas de mis dedos dejaban de cosquillear y mi respiración se regulaba.

Era siempre la misma dinámica; dormir se había convertido en un túnel de escape en el que la realidad se disipaba y las fantasías se volvían nítidas, hasta que tocaba abrir los ojos.

El reloj marcaba las 5.30 a. m.

«Debería dormir por lo menos una hora más», pensé.

Pero sabía que una vez que la angustia saludaba no había forma de retomar el sueño.

Me levanté de la cama y me incliné para encender la lámpara de mi mesilla. Todavía no había amanecido y el invierno transitorio del mes de marzo provocaba que una niebla ligera se acumulase alrededor de la casa.

No me acostumbraba a la oscuridad del pueblo y, a pesar de que seguían encendidas un par de farolas, todo lo que había fuera era de un negro tan brillante que parecía preguntarme: «¿Quieres entrar?». La respuesta era rápida, «No», aunque algo dentro de mí quisiera arrastrarme al interior del bosque para perderme durante un largo tiempo. Desaparecer, supongo, a veces era una idea demasiado atractiva.

Posé mis pies sobre la fría tarima y busqué con rapidez mis zapatillas, además de una sudadera que ponerme sobre el pijama. Sin hacer demasiado ruido, para no despertar a nadie, busqué en mi cajón el paquete de cigarros que metía allí cada día después de prometerme: «Uno y no más».

Matías odiaba el olor a tabaco que se me quedaba después de salir de fiesta.

«Tú también fumas», le recriminaba yo.

«No es lo mismo», decía él, con seriedad, y no se hablaba más del tema.

Con la cajetilla y el mechero en las manos, decidí bajar al jardín.

La casa estaba en pleno silencio y solo se oían los crujidos de la madera bajo mis pies. Abrí la puerta y cerré los ojos una vez que el frío acarició mi rostro con delicadeza. Llegué a notar cómo el viento se metía por mi ropa, palpando el sudor de mi espalda y activando las plantas de mis pies.

Caminé entonces, después de encender la pequeña bombilla que teníamos fuera, y me senté en una de las sillas que habíamos colocado alrededor de la mesa.

Habíamos utilizado el jardín durante septiembre y octubre, cuando el tiempo todavía nos permitía comer y cenar fuera. Después de esos meses, quedó reservado para los días de sol y las noches despejadas. En aquellos primeros días, en los que había mirado a mi alrededor emocionada, no habría sido capaz de imaginarme que la aventura de venir a vivir al pueblo se convertiría en una huida del resto del mundo y que la casa sería la celda de aislamiento perfecta.

Nos mudamos en otoño… y en enero todo se derrumbó. Hacía dos meses que no veía a Matías. Después de nuestra última conversación, cogí el coche y me pasé todo el viaje intentando que las lágrimas no me impidiesen ver el camino de vuelta.

Aquel día solo quería llegar a casa. Tenía un sentimiento de urgencia por volver al pueblo, como si el dolor no pudiese llegar hasta allí.

Todavía recordaba la impresión de irrealidad durante todo el recorrido, el cosquilleo en las piernas y el pulso acelerado mientras mis manos se aferraban al volante, incapaz de asimilar las palabras que acababa de escuchar.

«Creo que no estoy enamorado, Serena».

Llevé el cigarro a mis labios y lo encendí con rapidez

al tiempo que trataba de retirar aquel recuerdo de mi cabeza.

La punzada en el pecho ya se había manifestado, pero quise intentar que la incomodidad no fuese a más. Le di la primera calada y, conforme soltaba el humo, intenté deshacerme de todo aquel peso que se acumulaba en mi cuerpo cada vez que la voz de Matías resonaba en mi cabeza, despidiéndose.

Fue la última vez que supe de él. Después no hubo llamadas ni mensajes. Como si todo hubiese formado parte de un sueño, Matías dejó de existir. Y yo no volví a Madrid.

El pueblo me había abrazado y me había dicho: «Te puedes quedar aquí todo lo que necesites», y no supe cómo explicarle que necesitaría una eternidad hasta que me recuperara del susto. Pero el pueblo parecía haberlo entendido, y todos los días amanecía como un cálido abrazo y asentía con delicadeza mientras me veía recomponerme de mis delirios nocturnos.

Volví a dar una calada al cigarro y me recosté un poco más en la silla. Vi la luz del pasillo encenderse y supe que se trataba de Tam antes de que apareciese por la puerta. La abrió con delicadeza e hizo una mueca al notar el frío golpeándole la cara, de la misma forma que había golpeado la mía.

—¿Qué haces levantada tan temprano? —preguntó avanzando hacia mí.

Traía una manta en las manos, y no pude evitar sonreír. Tam no destacaba por ser la persona más cariñosa del mundo, pero sí tenía gestos que evidenciaban que el afecto no solo se demuestra con el contacto físico. A veces, que te traigan una manta para que no pases frío vale mucho más que un abrazo.

—No puedo dormir —confesé, pero eso ella ya lo sabía.

Asintió y, mientras me ponía la manta sobre las piernas, se fijó con disimulo en mi sudadera. Un arrebato de vergüenza se acumuló en mi rostro. La prenda era de Matías y Tam la había reconocido, pero, como siempre, no dijo nada. Hacía mucho que su nombre no se pronunciaba en la casa.

Al principio, el silencio lo provocó el gran nudo en mi garganta, que me había impedido decir palabra en los dos días posteriores a la ruptura. Las palabras tampoco vinieron después, cuando la confusión comenzó a invadirme, porque las preguntas eran tantas que no había forma de elegir la primera en vocalizar. Y luego el silencio se convirtió en algo demasiado placentero, algo que me otorgaba el privilegio de fingir que no había pasado nada.

Si no lo nombraba, no existía y, por lo tanto, el dolor tampoco. Aunque eso era mentira, porque el ardor en el pecho siempre estaba allí, y su nombre, aunque no se dijese en alto, siempre estaba en el aire.

—¿Cuándo se irá? —le había preguntado a Tam un día que tendíamos la ropa en el jardín.

—¿El qué? —contestó, sin mirarme, mientras acomodaba una sábana blanca en la cuerda.

—El dolor —casi susurré, y sus ojos se dirigieron a mí con rapidez.

Ambas nos quedamos calladas durante unos segundos. Yo sabía que ella estaba escogiendo muy bien las palabras que iba a pronunciar a continuación. Terminó de colocar la sábana y, con mucha delicadeza en la voz, dijo:

—Eres lista, Sere. Tú mejor que nadie sabes lo que tienes que hacer.

El silencio volvió a formar parte de nosotras, y después de ese día no quise preguntar nada más.

Miré de nuevo a Tam, que se había sentado en una silla junto a la mía y con un gesto desenfadado me pedía un cigarro.

—Pensaba que lo habías dejado —murmuré al tiempo que rebuscaba en la cajetilla y trataba de disimular una mueca divertida.

Ella resopló y negó con la cabeza.

—Qué valor tienes... —me acusó.

Una risa inevitable salió de mis labios y le di el cigarro. Tam tenía razón; yo había prometido más veces que ella que ese hábito iba a desaparecer de mi vida, pero nunca parecía un buen día para intentarlo.

Observé cómo daba su primera calada mientras su cabello se movía con el viento y su piel oscura brillaba gracias a la pequeña luz cálida que alumbraba el jardín. Sus ojos marrones también relucían y, con cierto tinte de cansancio, contemplaban el paisaje que nos rodeaba, apenas visible.

Tam había sido dotada de elegancia. Lo era sin siquiera esforzarse. Cada gesto, cada mirada, cada movimiento de su cuerpo estaba cargado de una firmeza sorprendente. La duda era algo que jamás vi representado en ella; hiciera lo que hiciese no vacilaba, o por lo menos no permitía que se le notara.

—Estoy deseando que llegue el verano, las noches tan largas son insoportables —dijo, y soltó de nuevo el humo, que se entremezcló con la niebla.

Me pregunté si la oscuridad también ofrecía a Tam entrar, pero por el desagrado de su gesto supe que no había nada en la tenebrosidad de ese bosque que a mi amiga le pareciese atractivo.

—Ya ha pasado lo peor —contesté.

Y era cierto, en nada comenzaría la primavera. Habíamos sobrevivido a nuestro primer invierno en el pueblo y, aunque las noches eran largas y el frío, en muchas ocasiones, resultaba ensordecedor, lo habíamos sobrellevado con gracia.

—Estás muy poética últimamente.

Me giré con rapidez hacia ella y vi como su rostro se tornaba en una mueca que provocó que una risa saliera de mis labios. Tam también comenzó a reír y le tiré la manta que me había dado.

—Eres idiota. —Me incorporé, aún con una sonrisa—. ¿Quieres café? —pregunté al mismo tiempo que me dirigía hacia la puerta.

Ella asintió mientras se arropaba, y con delicadeza entré en la casa.

Ya eran las seis y media de la mañana. Gabi y Emma no tardarían en levantarse, así que hice café para las cuatro.

Llevábamos casi seis meses viviendo juntas y nos habíamos acostumbrado a los hábitos de cada cual. Los primeros roces de la convivencia se habían reducido y habíamos conseguido adaptarnos las unas a las otras. Ahora los días pasaban con mucha más facilidad que al comienzo y en la nevera continuaba pegada la nota de las normas:

- ¡Barrer el cuarto de baño después de cepillarse el pelo!
- Sacar la basura tres veces a la semana
- La cafetera se friega a mano
- AVISAR antes de traer a alguien a casa

Y un par de cosas más que habíamos añadido a medida que los conflictos iban surgiendo. Nos conocíamos desde los seis años y no había mucho que se nos pudiese poner por delante, pero pequeñas manías de unas y de otras conseguían provocar las mayores discusiones que habíamos tenido en mucho tiempo.

Mientras echaba el café recién hecho en las tazas oí a alguien bajar por la escalera y alcé la mirada para ver como Emma venía a desayunar. Justo cuando abrí la boca para saludarla contemplé otros pies y fruncí el ceño. Esas piernas no nos pertenecían a ninguna de nosotras.

Emma me miró sorprendida y se giró con rapidez hacia el hombre que caminaba tras ella. La rubia volvió a mirarme y exclamó:

—¿Qué haces despierta tan temprano?

—¿Eso es todo lo que tienes que decir? —respondí

intentando disimular mi sonrisa, de la misma forma que Emma procuraba disimular su nerviosismo.

Negó con la cabeza y observó de nuevo a su acompañante.

—Este es… —dijo de forma casi inaudible.

—David —contestó él antes de que ella pasara un segundo más tratando de recordar su nombre.

Los contemplé, impactada por el hecho de que mi amiga no se acordara de cómo se llamaba el hombre que acababa de dormir en su cama. Emma me suplicó con los ojos que no se me ocurriese decir nada más. Sonreí.

—David, ¿te apetece café? —pregunté, y sentí la mirada fulminante de ella sobre mí.

David negó con rapidez.

—No, muchas gracias. Tengo que irme. —Se volvió hacia Emma y con un intento de sonrisa, lleno de incomodidad, añadió—: Gracias por lo de anoche. —Acto seguido, le plantó un beso fugaz en la frente y salió por la puerta.

—¿Me ha dado las gracias? —Emma me miró con perplejidad.

Una carcajada salió de mi boca, y mi amiga negó con la cabeza mientras se acercaba a por su taza de café.

—¿A qué se debe tanto ruido? —preguntó Tam, que justo bajaba.

—Emma ha traído a un tío a casa… ¿Cómo se llamaba? —me hice la tonta.

Ella me sacó el dedo corazón. Tam nos observó un instante y cogió su taza. Después se sentó junto a Emma.

—David, se llama David. Lo conocí ayer, con Gabi,

en el bar de Claudio —comentó, y frunció el ceño como si estuviese haciendo un verdadero esfuerzo por recordar la noche anterior—. No sé..., bebimos mucho y Gabi desapareció, así que él se ofreció a acompañarme de vuelta.

—Por el amor de Dios, Emma, no desaparecí. ¡Te repetí como quince veces que me iba a casa! —la interrumpió Gabi mientras entraba a la cocina.

Tam soltó una risa fuerte y Emma volvió a hacer el esfuerzo de armar sus recuerdos. Ofrecí a Gabi su taza y ella, en señal de agradecimiento, me rodeó para abrazarme con delicadeza.

—Bueno, eso. El caso es que vino y lo invité a entrar, de eso me acuerdo. Subimos a mi habitación, fui un momento al baño y cuando volví se había quedado dormido en la cama —murmuró la rubia, provocando otra carcajada por nuestra parte. Ella tampoco pudo evitarlo y sonrió divertida—. Tendríais que haberle visto la cara cuando se ha despertado y se ha dado cuenta. Me ha pedido disculpas como mil veces.

Las mañanas en aquella casa siempre olían a café y a mermelada de melocotón.

El sol había comenzado a entrar por la ventana y eso significaba que pronto todas deberíamos levantarnos de la mesa y ponernos en marcha. Pero a veces los desayunos se alargaban, siempre había muchas cosas de las que hablar.

Era, probablemente, mi momento favorito del día. Allí todo iba a otro ritmo, las horas transcurrían de forma diferente.

«Una vida lenta», nos habíamos prometido.

Yo no estaba hecha para el ritmo frenético de la ciudad, aquel en el que la calma no tenía cabida. Me gustaba la serenidad, tomarme mi tiempo, caminar sin prisa. En el pueblo nunca había que correr, y eso me aliviaba, porque, por fin, mi propio ritmo estaba a la medida de lo que me rodeaba.

—Ya voy a empezar a estudiar tarde y es, una vez más, vuestra maldita culpa —murmuró Tam mientras se levantaba y dejaba la taza de café en el fregadero—. Prometo fregar luego —dijo al tiempo que salía disparada hacia su habitación.

Gabi elevó las cejas y negó con la cabeza.

—No lo va a fregar —dijo.

—Claro que no —afirmé riendo, y comenzamos a recoger.

II

Cuando decidí estudiar Periodismo lo único que sabía era que me gustaba contar historias. También escucharlas. Había algo antiguo en esa profesión que resonaba con un alma vieja, con las profecías y los cuentos. Con los cantares de un juglar.

Las historias se han contado siempre, porque vernos a través del otro es una parte imprescindible de la vida. La capacidad de mirar nuestro reflejo en relatos del pasado disminuye el sentimiento de soledad y eso es algo que el ser humano ha perseguido en todo momento: no querer sentirse solo.

Cuando Gloria, la dueña de una de las librerías del pueblo, me ofreció trabajar allí, no pude negarme. Pensé que hasta que me atreviera a escribir las historias por mí misma lo mejor sería vivir cuidando de las que habían escrito otros. Así que mis días se basaban en vender y ordenar libros, y la verdad es que me encantaba.

—No deberías conformarte solo con eso, Sere —me había dicho Matías semanas antes de que nos viéramos por última vez.

—No me estoy conformando, solo deseo tener un año para averiguar qué es lo que quiero hacer.

Pero mis contestaciones nunca le parecían suficientemente válidas.

—¿Crees que aquí vas a encontrar las respuestas? —añadió.

Por lo general, daba igual la contestación que yo le diera a continuación, él ya tenía la suya: «No». Pero entonces veía mi mueca de incomodidad y con delicadeza añadía: «No te enfades, amor».

Ese día me dijo:

—Es solo que hay mucho mundo ahí fuera esperándote... No quiero que te lo pierdas por miedo. —Y deslizó su boca sobre la mía, con un beso que me hizo olvidar todo lo anterior.

La verdad es que no había ningún tipo de temor en la elección de venirme a vivir al pueblo. De hecho, fue una decisión nacida de la libertad, de permitirme pensar sobre mi propia ambición. Pero Matías nunca pareció capaz de comprenderlo, así que prefirió no creer mi justificación.

—Me marcho, cariño, que ya sabes cómo se pone el niño cuando paso mucho tiempo fuera —dijo Gloria mientras cogía su bolso de encima de la mesa.

El «niño» no era ni más ni menos que un bichón frisé que le habían comprado sus hijos por Navidad.

—Llámame si necesitas que te acerque algo de la compra luego —le pedí, y ella me sonrió, asintiendo, antes de salir por la puerta.

Gloria, que debía de tener unos setenta años, pasaba por la librería cada día, a pesar de no tener mucho que hacer allí. La tienda era un negocio familiar que había pasado de generación en generación y había tenido un cartel de SE VENDE en la puerta hasta mi llegada. Cuando acepté la propuesta, a Gloria se le saltaron las lágrimas y me dio un abrazo largo y lleno de alivio.

Ella era una mujer inteligente que, gracias a la literatura de la que había estado rodeada, ahora miraba el mundo con unos ojos repletos de sensibilidad y vivencias. Muchas veces tenía que contener las ganas de sacar mi pequeña libreta y apuntar todo lo que iba diciendo, porque me aterraba la idea de que sus palabras se quedaran perdidas en mi memoria. Tenían demasiado valor para que eso pasase.

Gloria vivía separada de su exmarido desde hacía muchos años. No se volvió a casar y, aunque sus hijos se marcharon a vivir a la ciudad, ella solía confesarme: «Yo nunca estoy sola, hija. Aquí nos hacemos compañía todos», y tenía razón.

El pueblo, llamado Dirio, era pequeño y se encontraba a hora y media del centro de Madrid. Oculto en la montaña, se rodeaba de un telón verde y gris de robles y fresnos.

En apenas un mes nos había dado tiempo a conocer a casi todo el mundo.

—Tú eres la chica de Fernanda —le recordaban siempre a Emma, y mi amiga sonreía y asentía mientras le repetían lo muchísimo que se parecía a su abuela.

Hacía tres años que Fernanda había fallecido, y su

casa se había quedado vacía hasta que se nos ocurrió mudarnos al pueblo.

Fue una decisión algo precipitada, nacida de la emoción de cuatro chicas sin planes de futuro y sin saber muy bien qué hacer con el resto de sus vidas. Nuestros trabajos del momento nos permitían realizar esa locura. Gabi era diseñadora gráfica y trabajaba por encargos de manera autónoma, Emma trabajaba en una empresa de marketing digital, Tam se estaba preparando para las oposiciones de abogacía y yo quería buscar un trabajo en el propio pueblo. Así que, sin dudar demasiado, cogimos todas nuestras cosas y durante el verano realizamos la mudanza.

Una vez que Gloria se marchaba, sobre las cuatro de la tarde, el silencio penetraba en la tienda. La luz se deslizaba entre los libros y formaba estelas entre un pasillo y otro. Era mi momento favorito para ordenar. Sobre esa hora tampoco solía aparecer nadie para comprar, de modo que tenía toda la libertad del mundo para disfrutar de la magia que surgía en aquel lugar.

Ese día, sin embargo, mientras colocaba una de las nuevas ediciones de *Cumbres borrascosas* en la estantería, fui consciente de que la ausencia de ruido comenzaba a pesarme demasiado. Pasaba algunas veces, no siempre. De repente el silencio se oía, se hacía presente, y tenía el gran impulso de querer rellenarlo. Parecía un vacío que me iba absorbiendo poco a poco, una melancolía desmedida, y mi cuerpo ya sabía lo que iba a ocurrir a continuación.

Mi respiración se ralentizó. Pasé con delicadeza mi

mano sobre la portada del libro, tratando de conectar con la realidad que me rodeaba, pero él ya había llegado y no había encontrado todavía la manera de hacerlo marchar.

Tragué saliva y con lentitud elevé la mirada, encontrándolo justo al final del pasillo.

Matías.

—*Cumbres borrascosas*... Nunca entendí por qué te gusta tanto ese libro, no había ni un solo personaje decente —dijo al tiempo que se acercaba hasta donde me encontraba.

Iba vestido entero de negro, con su clásica postura despreocupada. Se inclinó sobre uno de los estantes con las manos metidas en los bolsillos y lo miré con sosiego. Me dispuse a colocar el siguiente ejemplar, tratando de mantener mis pensamientos firmes.

—No puedes denigrar una obra así porque los personajes no te caigan bien, Matías —murmuré.

No me hacía falta mirarlo para saber que estaba sonriendo. Mi pecho se comprimió un poco y tomé una respiración profunda. Cogí otro libro y realicé el mismo movimiento.

—Lo sé, lo sé. «Emily Brontë era una adelantada a su época, y su forma de representar la angustia y el amor es brillante. Además de su capacidad para generar atmósferas...» —comenzó a repetir las palabras exactas que yo le había dicho en el momento en el que me había terminado la novela.

Me giré hacia él con cierta molestia.

—Ahora estás siendo impertinente —gruñí, y de sus

labios salió una risa que hizo que todo mi cuerpo vibrase.

Me quedé observándolo, percibiendo cómo sus ojos marrones brillaban gracias a la luz que entraba por la ventana más cercana y se teñían del color de la miel. Era difícil olvidar aquellos ojos grandes que parecían tener la capacidad de ver más allá de lo tangible. Sus facciones marcadas se disolvían y volvían a su sitio con rapidez, al igual que su sonrisa.

Los recuerdos se estaban mezclando, y me costaba mantener su imagen de una forma sólida. Parpadeé para seguir concentrada. Casi como si flotara, Matías se deslizó por los pocos metros que nos separaban hasta quedar cara a cara conmigo.

Tuve que elevar un poco la mirada, porque él era más alto que yo. Lo contemplé de cerca. Su olor era inolvidable, aún lo tenía impregnado en las últimas camisetas que guardaba de él. Era gracias a eso que podía recrearlo con facilidad. Recordaba también el tacto de sus manos, y no tardé en notarlas acariciando con suavidad mi rostro.

Suspiré, con cierto temblor en mi cuerpo, mientras lo veía inclinarse sobre mí.

Su aliento cálido y su nariz rozando la mía con delicadeza hicieron que mi respiración se ralentizara, al tiempo que sus manos continuaban sosteniendo parte de mí.

Mi cuerpo entero entró en un estado de calma absoluta mientras mi mente luchaba por quedarse en ese preciso momento.

—«¿No comprendes que tus palabras se grabarán en mi memoria como un hierro, ardiendo, y que seguiré acordándome de ellas cuando tú ya no existas?» —susurró la cita del libro sobre mis labios, y tragué saliva antes de cerrar mis ojos por completo, esperando a que su beso llegase.

La campanita de la entrada sonó, y después oí una voz.

—¿Sere?

Tam entró en la librería, y con rapidez rompí el encantamiento en el que yo misma me había metido.

Caminé, aún con la respiración interrumpida, hacia la entrada. Mi amiga se encontraba en la puerta y sonrió al verme llegar.

—¿Qué haces aquí? —pregunté a medida que me acercaba.

—Te he traído café —dijo, y me ofreció el capuchino que tenía en las manos—. He salido a pasear un poco, y he pensado que te vendría bien. No sé cómo aguantas tantas horas aquí metida —añadió mientras miraba la tienda, completamente vacía.

Sonreí.

—Gracias. Y no te preocupes, he aprendido a entretenerme sola —dije, y mi risa salió un poco más amarga de lo que me habría gustado.

—¿Estás bien?

Su mirada se había teñido de cierta preocupación, y supe que había elegido las palabras equivocadas.

—¡Sí! Perdona, es que me has pillado medio dormida. —Al oír su risa mi cuerpo se relajó y sonreí de nuevo mientras daba un primer sorbo al café—. Me salvas —afirmé, y Tam asintió divertida.

—Que lo disfrutes. Nos vemos esta noche en casa. —Lanzó un beso al aire y salió por la puerta.

Me quedé contemplando a mi amiga hasta que dobló la esquina y con lentitud me giré para encontrar a Matías sentado en una de las butacas de Gloria. Una pierna sobre otra, su espalda apoyada con gran relajación y sus ojos de un marrón más oscuro que antes.

—¿Saben tus amigas que tienes alucinaciones? —preguntó, en ese tono jocoso que solía usar cuando me pillaba una mentira o en una situación incómoda.

Con un nudo en la garganta, le di la espalda y volví a mi tarea de colocar los libros.

Por supuesto que mis amigas no lo sabían; no se lo había contado a nadie.

Desde pequeña me había resultado sencillo imaginar, introducirme en nuevos mundos sin salir de mi habitación y crear personajes en mi vida sin necesidad de que existieran realmente. Había sido mi pequeño y único secreto, mi pasatiempo personal. Una forma de hacer la vida más emocionante, menos angustiosa. Pero nunca me imaginé que el juego llegaría tan lejos.

—No son alucinaciones cuando se sabe que no son reales —le respondí con enfado.

Una podía soñar con su recuerdo, pero no escaparse de la realidad tan fácilmente. La rabia era contra mí misma, pero la presencia de Matías seguía latente a mi espalda.

—Imaginaciones, como lo quieras llamar. Es algo

preocupante… Han pasado dos meses, Serena. —El fantasma de Matías se deslizaba a mi alrededor, sin entender de tiempo ni espacio. Contemplé de nuevo la sonrisa divertida en su rostro y negué con la cabeza—. Por lo menos ahora aparezco únicamente cuando estás sola. ¿Te acuerdas de cuando me imaginabas incluso con más personas delante? Eso sí era preocupante —continuó mientras se reía.

Un gruñido salió de mi boca y puse el último libro en su lugar.

—Es algo natural…, forma parte del duelo —dije casi en un murmullo.

Sentí sus labios rozar mi nuca, pero no me giré. Me quedé quieta, recreándome en ese preciso instante.

—Pero yo no estoy muerto, Serena —susurró.

Su aliento rozó cada centímetro de mi piel, erizando la parte inferior de mi espalda, y me quedé atrapada durante unos segundos en aquel recuerdo, que se diluía con el tiempo.

Y tan fugaz como un deseo, Matías desapareció.

III

Emma siempre había sido la más benévola de las cuatro.

Conseguía encontrar luz en los lugares más lúgubres y no tenía miedo de indagar en las profundidades de las personas. Había algo en ella que mantenía la certeza de que la bondad se podía encontrar en todos y cada uno de nosotros.

En el colegio, Emma siempre era la elegida para hacer de la princesa, del hada, de la bailarina en primera fila o de la solista principal del coro. Recordaba a la perfección verla subida en el escenario con esa sonrisa amplia en el rostro, los focos iluminando aquel cabello rubio y los ojos azules bien abiertos. Se movía con una delicadeza envidiable y decía su texto con una sensibilidad que siempre provocaba que la profesora de inglés liberase un par de lágrimas.

Gabi y yo solíamos apostar sobre el momento exacto de la obra en el que la señorita Amanda lloraría, y cuando lo hacía las dos teníamos que escondernos entre bambalinas para disimular las risas. Una vez que empezábamos nos resultaba extremadamente difícil parar. Solo hacía falta compartir una mirada cómplice para que nuestras bocas comenzaran a retorcerse, aguantando con todas las fuerzas una nueva carcajada.

«Os van a echar», nos regañaba Tam, siempre envuelta en algún disfraz de árbol.

Era la más alta de la clase, así que estaba destinada a formar parte del decorado o a hacer de la madre de la protagonista en alguna escena puntual. A Tam no le entusiasmaba demasiado, pero eso era algo que dejaría saber más adelante, en cuarto de la ESO, en una redacción sobre cómo los estándares de belleza la habían condicionado en su etapa de desarrollo.

Entretanto, allí nos manteníamos las tres sentadas con nuestros trajes de arbustos mientras contemplábamos a nuestra amiga decir las últimas palabras del verso. Después nos levantábamos y aplaudíamos con entusiasmo. Emma buscaba con la mirada a sus padres entre el público, y cuando los encontraba respiraba con tranquilidad. Luego giraba su rostro en busca de sus amigas, y ese era nuestro turno para ir corriendo junto a ella y hacer una gran reverencia.

Habían pasado dos semanas desde aquel primer encuentro entre David y Emma en el bar de Claudio, y ella había decidido quedar con él de nuevo. En ese preciso instante se encontraban en el final de su tercera cita, y Gabi y yo los contemplábamos desde la ventana.

—La ha acompañado a casa. Eso es un punto positivo —dijo Gabi mientras se inclinaba un poco más para ver mejor a través del cristal.

Tiré de su camiseta para que retrocediera.

—Te van a pillar —susurré—. Y sí lo es. También que lleve la camisa bien planchada.

—Es muy probable que se la haya planchado su madre —contestó Gabi con una sonrisa divertida en el rostro.

Elevé las cejas.

—¿Hasta qué punto asumir eso es algo sexista? —pregunté, y ella respondió dándome un empujón.

Sonreí, y ambas volvimos a mirar por la ventana.

Emma estaba radiante. Se había puesto un vestido azul pastel que había conjuntado con una chaqueta de punto blanca y su pequeño bolso en el hombro. Miraba a David con el rostro elevado y una sonrisa amable mientras le contaba algo que éramos incapaces de oír.

Él también sonreía, atento, con las manos recogidas a la espalda y los ojos posados únicamente en ella.

Yo recordaba cómo se sentía aquella tensión, el deseo ostensible entre ambos y la interrogación en el aire. «¿Nos besaremos hoy?», me había preguntado cada día durante meses desde que Matías y yo nos habíamos conocido.

Volví a centrar mis ojos en Emma, y al ver cómo sus manos gesticulaban con nerviosismo supe que ella también sentía lo que estaba a punto de ocurrir. Noté entonces un pellizco en mi pierna por parte de Gabi y la miré de reojo.

—Qué emocionante —dijo, arrancándome una carcajada; lo era.

David acarició con suavidad y timidez la mejilla de Emma. Ella dejó de hablar al instante y sonrió. Sus ojos se encontraron y el tiempo pareció detenerse. Gabi y yo nos adelantamos sobre la repisa para ver mejor y, muy atentas, observamos cómo él se inclinaba y la besaba.

Ambas soltamos una exclamación y, corriendo, nos retiramos de la ventana. Una risa salió de los labios de Gabi y la miré divertida. Habían pasado casi dieciocho años desde que nos conocíamos y seguíamos siendo aquellas niñas que se escondían al final del escenario.

—¿Qué hacéis? —escuchamos decir a Tam desde el otro extremo del pasillo y le hicimos un gesto para que bajase la voz.

Frunció el ceño y casi de puntillas se acercó hasta la ventana. Se llevó la mano a la boca con sorpresa al ver la escena y se agachó de inmediato con nosotras.

Gabi sacó su móvil y trató de hacer una foto, pero Tam le quitó el teléfono con rapidez.

—No seas morbosa —la reprendió en un susurro.

Gabi levantó las cejas, ofendida.

—Si has venido a fastidiarnos te puedes ir a estudiar otra vez —contestó, haciéndose de nuevo con el móvil.

Sonreí divertida, y las tres volvimos a mirar por la ventana.

El beso se había acabado, y la despedida fue fugaz e inquieta. Ambos se dijeron algo y luego Emma se deslizó hacia la entrada con brevedad. David se quedó observando cómo ella entraba y cuando la puerta se cerró emprendió su camino de regreso.

—¡Os he visto! —gritó Emma desde abajo, y una risotada salió de la boca de Gabi.

Ya sentadas a la mesa de la cocina, decidió contarnos

un poco más. Al parecer, David había nacido en Dirio y, aunque durante la universidad había vivido en Madrid, se volvió al pueblo para seguir ayudando a sus padres en el negocio familiar.

—Tienen una empresa de mobiliario —añadió Emma mientras se llevaba la taza de té a los labios—. No sé…, ha sido muy educado y atento.

—¿Pero…? —preguntó Tam, frunciendo el ceño ante el tono dubitativo de Emma.

—¡Nada! Es solo que no quiero hacerme ilusiones tan pronto. No quiero que se repita lo de Víctor —confesó, y noté que sus ojos se posaban con disimulo sobre mí, pero intenté que nuestras miradas no se cruzaran.

Víctor era amigo de Matías.

Una noche, durante el primer año de carrera, Matías nos había invitado a tomar algo con el resto de sus amigos. Si bien dudé que fuese buena idea juntar a los dos grupos, al final accedí.

En aquel momento la relación entre él y yo ya se había comenzado a transformar en algo más, pero no habíamos hablado del tema.

Entramos juntas en aquel bar, y Matías no tardó en localizarnos. Elevó un brazo para saludar mientras sonreía, y sus amigos se giraron y nos observaron llegar.

—¿Habéis empezado la fiesta sin nosotras? —pregunté, y enseguida Matías me ofreció una copa.

Al dármela nuestras miradas se encontraron y ambos sonreímos. En ese momento existía entre nosotros la complicidad de dos personas que se reconocen entre una multitud y, de pronto, se sienten en casa.

Matías nos presentó a los demás y nos sentamos alrededor de la mesa.

Gabi, como siempre, se integró con facilidad. Ellos se reían con sus bromas y a ella no le costaba llevar el ritmo de la conversación. Emma y Tam también parecían estar cómodas, y eso me permitió relajarme.

Me recliné en mi asiento, siendo consciente en aquel instante de que Matías, a mi lado, me miraba.

—Estás muy guapa hoy —dijo en un murmullo para que solo yo pudiese oírlo.

Tuve que mirarlo para asegurarme de que no estaba bromeando. Parecía decirlo en serio. Todo mi estómago dio un vuelco y traté de disimular mi nerviosismo.

—No te emociones, ¿quieres? Todavía no estoy tan borracha —contesté, y él soltó una carcajada.

Entonces, de manera despreocupada, me pasó el brazo por los hombros y nos quedamos todo lo cerca que habíamos estado jamás el uno del otro. Dejé de oír al resto del bar; de pronto, solo podía concentrarme en su cuerpo apoyado sobre el mío con naturalidad y en su perfume invadiendo mi espacio.

No me atreví a mirarlo, temía que descubriese que aquel pequeño gesto me estaba descomponiendo por completo. Él no se dio cuenta, pero Tam sí. Mi amiga me miraba desde el otro lado de la mesa como un águila a la que no se le escapa ni un detalle.

«Matías es un amigo, os caerá bien», les había dicho sin darles más detalles. Me pasaba el día con él, así que no me resultaba fácil evitar las preguntas. «Ya lo conoceréis», les aseguraba siempre.

Y esa era la noche en la que mis tres amigas podrían confirmar sus sospechas.

El alcohol había comenzado a hacer efecto, y Emma había salido a bailar con uno de los chicos del grupo: Víctor. Los dos se movían al ritmo de la música y la melena rubia de Emma se contoneaba en cada movimiento. Ella atraía la mirada de todos y Víctor sonreía, sabiendo que era el tipo más afortunado de todo el bar.

Gabi hablaba de algún tema de forma apasionada con otro de los chicos y Tam estaba intercambiando miradas con una de las camareras.

Observé de nuevo a Matías y, cuando vi su sonrisa, supe que llevaba un par de copas de más y que cualquier cosa que hiciera en ese momento rozaría el borde del abismo.

«Lánzate al vacío, a ver cómo se siente», me gritaba una voz interna.

Nos miramos fijamente y el ruido del bar volvió a desaparecer.

Su mano se deslizó con suavidad por mi mejilla y me retiró un mechón de pelo, poniéndomelo detrás de la oreja. El tacto de sus dedos hizo que la vista me bailase, incapaz de mantenerse fija en un punto concreto. Su rostro estaba muy cerca del mío y podía notar su respiración sobre mi piel. Cuando nuestros ojos conectaron de nuevo, no hubo vuelta atrás.

—Hola —dijo en un tono grave que no le había oído antes, y mi piel entera se erizó.

—Hola —contesté casi en un susurro, sin poder quitarle los ojos de encima.

No sabía si era por la situación o por el alcohol, pero mi cuerpo se encontraba paralizado. Matías se había quedado quieto también, como si estuviese meditando lo que iba a hacer a continuación. Cuando pareció convencido, se acercó.

Iba a besarme.

Y yo quería que me besara. Necesitaba ese beso de una manera desesperada. Así que, con mi corazón en las manos, cerré los ojos y esperé.

—¿Mati? —Una voz femenina interrumpió.

El beso nunca llegó.

Matías se apartó con una rapidez sorprendente para encontrarse con una chica pelirroja que estaba delante de nosotros y que lo miraba solo a él. En cuestión de segundos yo había dejado de existir.

Ignorando por completo mi presencia, Matías se había incorporado para saludarla. Yo seguía paralizada mientras su conversación fluía, mi pulso se había ralentizado de golpe y aún estaba tratando de recuperarme del impacto. Me acababa de dar de bruces contra el suelo.

Me dolía el cuerpo.

Vi como Matías acompañaba a la pelirroja a la barra. Petrificada, lo contemplé alejarse. No miró en mi dirección ni una sola vez.

Cuando el aire volvió a entrar en mis pulmones me levanté de un salto y le robé el paquete de tabaco que se había dejado sobre la mesa. Salí a la calle, sola, y traté de calmar el temblor de mis manos mientras daba una primera calada al cigarro. Era un manojo de nervios.

Estaba enfadada, dolida, humillada. Los ojos habían comenzado a picarme, pero me negaba a llorar.

«No se llora por un hombre», nos habíamos prometido entre nosotras, como si fuera un pacto factible.

«Todo menos llorar por un hombre», afirmábamos entre risas y luego brindábamos.

En ese momento no sabía que incumpliría mi promesa un millón de veces más.

Tam salió del bar y miró a su alrededor, hasta encontrarme. Supo que estaba al borde de las lágrimas nada más verme, pero se acercó a mí con lentitud. Se apoyó en la pared a mi lado y dejó que el viento le refrescara la cara. Después me sonrió con dulzura y dijo:

—¿Sabes lo que me apetece? Pizza.

Tam nunca mencionó lo que había visto aquella noche. Ninguna de ellas hizo ningún comentario al respecto. Yo lo agradecí, y tampoco hablé de ello; lo enterré bajo tierra y pretendí que nunca había pasado.

—A mí también —contesté, y apagué el cigarro—. Pero antes tengo que hacer una cosa.

Entré en el bar con pasos decididos. Matías seguía con aquella chica, hablando muy cerca el uno de la otra.

La pelirroja se reía de algo que Matías le había dicho y él se estaba llevando la copa a los labios cuando se encontró conmigo. Pero yo no caminaba hacia él. Iba directa hacia la pista de baile.

Emma besaba a Víctor cuando llegué y el resto de los chicos charlaban a poca distancia.

—¡Hey, Serena! —Uno de ellos, de quien no recordaba el nombre, se acercó a mí y supe que era mi oportunidad.

Lo besé. Fue breve pero intenso. Lo besé como si realmente lo deseara.

—Encantada de conocerte —dije una vez que nos separamos, y él, con una sonrisa tonta, murmuró algo que no fui capaz de entender.

Cuando me di la vuelta los ojos de Matías estaban puestos sobre mí. Tenía el ceño fruncido y la boca torcida. Me invadió la satisfacción de haberle hecho enfadar, de haberle hecho sentir un ápice del dolor que él me había provocado.

La realidad era que yo no tenía ningún tipo de control en aquel juego. Responder a sus acciones no era tener poder, sino participar en un concierto en el que el único director que existía era él. Matías orquestaba las canciones a su gusto y ritmo, y yo, como una estúpida, bailaba sin pausa.

Debería haber sabido que con ese comienzo era imposible que nuestra historia tuviera un final feliz. Pero no lo supe.

Lo miré fijamente, y lo último que le dije antes de irme fue:

—Me la llevo, ¿vale? —Y le enseñé su cajetilla de tabaco.

No esperé a que respondiese y me marché del bar.

Tam y yo cenamos pizza esa noche.

Gabi terminó en el *after* de un amigo suyo y Emma se fue a casa con Víctor. Comenzaron a salir al poco tiempo, pero lo suyo tampoco acabó bien.

Me removí y volví a la cocina, al presente, a mis amigas. Parecía que había transcurrido una eternidad de aquel recuerdo, aunque tan solo habían pasado tres años.

—Lo entiendo —le dije a Emma.

Sonrió agradecida y entonces dio un respingo.

—¡Se me había olvidado! —exclamó, y las tres la miramos con atención—. David nos ha invitado a una fiesta el sábado. Me ha dicho que la harán fuera del pueblo, cerca de la ciudad. Y no quiero ni una excusa; vamos a ir todas.

IV

Los lunes la librería no abría.

Me gustaba aprovechar esos días para ir al lago, que se encontraba a unos treinta minutos del pueblo. Montada en mi bici verde y con un libro en mi bolsa de tela, iniciaba el camino.

El invierno se estaba acabando, el sol tenía mayor presencia y los días eran más largos. La brisa ofrecía un sigiloso calor creciente y los colores del campo expresaban el comienzo de un nuevo ciclo.

Notaba cierto alivio en mi cuerpo al sentir cómo, lentamente, la melancolía del invierno se iba disipando.

Quizá la viveza de la primavera sería capaz de contagiarme un poco de frescura, algo que suavizara los pinchazos repentinos que sentía en el pecho. También aquel vacío que seguía golpeándome cuando menos lo esperaba. Tenía la esperanza de que el cambio de estación se llevara consigo muchas otras cosas.

Cerré los ojos unos segundos mientras disfrutaba del olor azucarado de los almendros y continué pedaleando al tiempo que contemplaba las praderas que se extendían más allá de lo que mi vista podía alcanzar.

En días como aquellos, la belleza del paisaje conseguía relativizar muchos de los pensamientos que se acumulaban en mi mente. Precisamente por ese desahogo, ir al lago se había convertido en una actividad habitual.

Una vez que llegaba a la entrada del recinto, el resto de la bajada tenía que hacerla andando. El terreno no estaba bien adaptado para ir en bicicleta porque no era un sitio demasiado transitado. Y la verdad era que desde el momento en el que las flores habían comenzado a crecer el acceso resultaba aún más difícil.

Al llegar extendí una pequeña manta sobre la hierba y me tumbé junto a la orilla.

Estaba leyendo *Alicia en el país de las maravillas*. Gloria había insistido en que, por mucho que ya conociese la historia, debía leer la obra original. Releí una de las citas que había subrayado el día anterior: «La imaginación es la única arma en la guerra contra la realidad».

—¿Vas a hacer de mi existencia un acto político? —preguntó Matías, sentado junto a mí.

Me habría sobresaltado si no fuese porque yo misma lo había situado allí.

—Incluso sin ser real, sigues siendo un verdadero incordio —protesté.

Me incorporé un poco y eché un vistazo a mi alrededor. No había nadie más.

Estábamos solos.

Estaba sola.

—Oh, vamos, así comenzó todo, ¿no? —dijo mientras sonreía, mirándome fijamente.

Era cierto, la primera interacción que Matías y yo habíamos tenido fue en un debate de clase en los primeros días de universidad. Apenas recordaba el tema del que hablábamos, pero ambos nos hallábamos tan inmersos en la discusión que fue el propio profesor quien tuvo que intervenir para apaciguar el conflicto.

En el descanso, Matías se había acercado y, con aquella mueca divertida que lo caracterizaba, se había presentado.

—Serena, ¿verdad? Soy Matías. Perdona por lo de antes, no pretendía ser brusco —dijo, y negué con la cabeza.

—No ha sido tu brusquedad lo que me ha molestado, sino la forma en la que me has «explicado» tu argumento. Como si fuese una cría a la que hay que desmigarle la teoría —contesté mientras buscaba en mi bolso la manzana que me había llevado para el descanso. Él se quedó en silencio y continué—: Los tíos soléis hacer eso, ¿sabes? Explicar en vez de debatir. Te estaba entendiendo perfectamente, que no esté de acuerdo no significa que no lo comprenda.

Por fin encontré la manzana y no tardé en acercármela a la boca mientras lo miraba. Esperaba que él tuviera algo que objetar. Pensativo, daba vueltas a su respuesta, y pude contemplarlo con más detenimiento.

Era un poco más alto que yo. Moreno, con las facciones marcadas y unos ojos grandes marrones en los que se concentraba la mayor parte de su expresión facial. Iba vestido con unos vaqueros claros, una camiseta blanca y unos mocasines a los que Gabi llamaría «zapatos de pijo». Era, sin duda alguna, atractivo.

Él, finalmente, dijo:

—Nunca lo había pensado así. Te pido disculpas —pronunció y, sin más, abrió su cajetilla de cigarros y me ofreció uno—. ¿Fumas?

Bastante sorprendida por su corta respuesta, lo observé en silencio durante unos segundos, y sonrió. No parecía querer dar más vueltas al tema; de hecho, parecía estar evitando a toda costa un nuevo debate. Y la verdad era que a mí tampoco me apetecía seguir discutiendo.

—Gracias —dije mientras le cogía un cigarro.

Yo no fumaba, pero por alguna razón quise una excusa para quedarme hablando con él un poco más.

El recuerdo se difuminó y suspiré con alivio al notar una ráfaga de aire recorriendo mis pies descalzos sobre la manta. Conectar con sensaciones físicas me ayudaba a reducir la ensoñación. Sin embargo, Matías continuaba allí. Aunque su figura había perdido consistencia durante un rato, ahora volvía a ser un fantasma de una textura compacta.

—¿Crees que en algún momento llegaremos a ser amigos de nuevo? —pregunté, consciente de que era la primera vez que planteaba esa posibilidad en alto.

La sonrisa de Matías se ensanchó.

—Amor, tú y yo nunca fuimos amigos. ¿Cómo podríamos serlo ahora? —dijo, y tenía razón.

Sentí entonces el roce de sus dedos sobre mi mejilla y cerré los ojos.

Las primeras veces que aquellas manos me habían tocado había sido con una suavidad aterradora. Matías parecía temer que fuese a romperme en cualquier momento, así que solía recorrer mi piel con lentitud y cuidado. Nadie me había tratado con tal dulzura, y yo me derretía con cada gesto.

Había relajado cada parte de mí, disfrutando de sus caricias y de sus delicados besos por mi rostro. Me había fundido entre sus brazos cada noche antes de dormir.

La intimidad de aquellos momentos era lo que más añoraba, el silencio que se quedaba entre ambos mientras nos mirábamos, y yo pensaba: «Ya lo entiendo».

Allí, en la cama tumbada, con sus dedos acariciando mi espalda desnuda, había entendido todas las canciones de amor, todas las cartas de amantes del pasado, las novelas de Jane Austen y la poesía de Pablo Neruda.

En esos instantes, lo entendía todo. Incluso el dolor, del que mi cuerpo entero se impregnaba ante la posibilidad de que aquello pudiese desaparecer.

—A veces pienso en escribirte —confesé, y miré al fantasma con cierta tensión en mi mandíbula.

Su mueca divertida se desvaneció.

—Lo sé —dijo en un tono mesurado, y suspiré mientras continuaba sintiendo su mano sobre mi piel.

—Pero luego me quedo pensando sobre qué decirte y no se me ocurre nada. Nada de lo que siento puede reducirse a un mensaje.

Sus dedos bailaron sobre mi mejilla, y el ardor en mi pecho comenzó a crecer.

—Y después… después pienso en tu reacción y ni siquiera estoy segura de cómo te sentirías al respecto. Tengo miedo de tu respuesta y tengo aún más miedo de que ni siquiera te dignes a contestar.

Un gesto triste se deslizó por sus labios y miré aquellos iris ambarinos de nuevo.

—Lo estás haciendo bien, Sere —murmuró, sabiendo que esa no era la respuesta que yo quería oír.

Notaba que los ojos habían comenzado a arderme, y suspiré.

—Suena como algo que dirías.

Me eché a reír con cierta amargura, y él asintió lentamente.

—Es probable que te eche de menos. También es probable que haya querido llamarte en algún momento. Pero al final del día la decisión está tomada, amor. Ya no hay vuelta atrás, para ninguno de los dos, y lo sabes, Serena.

La cruda realidad de aquellas palabras provocó que mi mirada se desviase de la suya y que una sola lágrima se deslizara por mi cara. Me la limpié con brusquedad.

—Siempre tan jodidamente radical —gruñí, y mi voz me rascó la garganta.

El nudo que sentía en ella hacía que me costase tragar, pero me esforcé por seguir manteniendo las lágrimas en su sitio para que ninguna otra escapase de mis ojos. Parecía una misión imposible, pero la mayor parte de las veces solo salían cuando me nublaban tanto la mirada que me resultaba imposible no parpadear.

—¿No es radical no poder decir ni mi nombre? —preguntó, y no había nada de diversión en su voz.

Lo miré. Tenía el semblante serio y las manos donde

yo podía verlas, sin caricias de por medio. El silencio se estableció de nuevo entre nosotros y el llanto comenzó a brotar. No tenía fuerza para reprimirlo más.

Matías continuaba allí, sin decir ni hacer nada. Tan solo contemplaba cómo mi rostro se empapaba más y más.

—Si pudiese olvidar tu nombre lo haría —dije con rabia.

Era mentira, y él lo sabía.

Aquello no era más que una mera provocación para ambos. Matías llevaba buscando esa reacción todo aquel tiempo, y yo deseaba ver en sus ojos algo más que la lejanía que nos separaba.

Era una vieja costumbre, la de conducirnos al límite hasta que uno rompía con el juego. Quien flaqueara antes perdía la partida, pero ¿quién había perdido esa vez?

La tensión se manifestaba en el aire, y cuando vislumbré aquella sonrisa en sus labios supe que la perdedora era yo. Mi respiración se entrecortó y no me atreví a quitar mi mirada de él mientras se acercaba un poco más.

—Dilo —murmuró.

Mi estómago se comprimió y mi rostro comenzó a arder, pero no era por las lágrimas. Habían desaparecido por completo, dando paso a la agitación.

—¿El qué?

Sus manos habían tomado mi barbilla y, si cerraba mis ojos, podía llegar a sentir su aroma como una ráfaga de viento.

—Mi nombre. Dilo —exigió de nuevo, y sus labios rozaron los míos.

Mis manos apretaron la manta sobre la que me encontraba, inclinándome hacia él. Pero me negó el beso y continuó esperando a que cumpliese con la orden que acababa de darme.

Desde esa altura podía sentirlo tan cerca que por segundos se me olvidaba que aquello no era real. Me tambaleaba en el borde del frenesí, a punto de caer en picado a un vacío del que no sabría salir. Allí, en aquel lago, la verdad no era más que un espectro. Y la existencia de él llegaba a ser casi tangible.

—Matías —susurré.

Mi corazón se puso en marcha de nuevo, consciente del tiempo que aquel nombre se había mantenido oculto entre las sombras.

Nuestras bocas se encontraron y, como una especie de recompensa, el beso se alargó en el tiempo.

Sus dedos recorrieron mi cuerpo, provocándome un temblor interno. La oscuridad parecía haber entrado en el juego y yo solo era capaz de verlo a él. Nada más.

Sentía cada caricia, cada beso. Todo en mí se tambaleaba por dentro, y empecé a caer de manera acelerada, sintiendo el vértigo por todo mi vientre.

Sus labios se deslizaron con suavidad por mi cuello, y mis manos lo buscaron con desesperación. Solo me encontré a mí misma y traté de calmar mi apetito mientras cerraba los ojos, esforzándome por mantener a Matías allí, conmigo.

Regresó, ahora sobre mí, mientras me desabotonaba la camisa y me ofrecía sentir la brisa sobre mis pechos. Toda mi piel se erizó, aumentando la sensibilidad de cada roce. Un suspiro salió por mi boca y me dejé caer por completo sobre la manta.

Así, tumbada, podía admirarlo mejor. Su camiseta también había desaparecido y su pecho relucía gracias a la luz del sol. Aquellos ojos, ahora oscuros, no parpadearon en ningún momento mientras me miraban. Mi respiración no pudo evitar acelerarse ante semejante imagen.

Agua. Oía el agua moverse con delicadeza sobre la orilla.

«Déjate llevar, querida. Como las olas. Déjate querer», me decía el lago.

Y asentí con obediencia.

Solo estábamos allí Matías, el agua y yo. Para bailar juntos.

Lo miré de nuevo, y mi corazón se comprimió ante su sonrisa. Alcé una mano y con amabilidad bajó para que pudiese tocarle el rostro.

—Ahora dilo tú —susurré contra sus labios, y oí su risa profunda, que amplificó el placer de mi cuerpo—. Di mi nombre.

Su frente chocó con la mía y besó mis labios lentamente. Entre una respiración y otra, lo escuché:

—Serena, Serena, Serena... —repitió mientras su boca descendía poco a poco por mi pecho y mi vientre hasta llegar al borde de mi falda.

Me la retiró con cortesía, y elevé las caderas con un deseo incontenible.

La boca de Matías recorrió todo mi ser, y aspiré una bocanada de aire conforme mi cuerpo se llenaba de satisfacción. Abrí las piernas para recibirlo mejor.

Con los ojos cerrados, dejé que el placer me gobernase y me permití sentirlo todo. Tumbada sobre la ribera, bajo la sombra de los árboles y el cantar de los pájaros, quise ser complaciente con mi deseo. No había juicio ni culpa, tan solo la libertad de sentir.

Me expandía en el aire al mismo tiempo que el ritmo de los dedos de Matías aumentaba. Arqueé sutilmente la espalda y mis piernas se separaron en busca de un beneficio mayor, algo que me retorciera por completo y me dejase exhausta. Necesitaba aquel descanso.

El placer me nubló la vista y jadeé, casi en un esfuerzo por detener el tiempo. Pero no fue posible, y una presión posesiva recorrió todo mi cuerpo. El sudor resbalaba por mi espalda y mis dedos se tensaron en un espasmo irrefrenable.

Alicia, que se había colado por aquel hueco y descendido lentamente, había tenido tiempo de mirar a su alrededor. Tras caer al suelo, en ese momento miraba hacia arriba y se preguntaba: «¿Dónde estoy?». Y yo, perdida en aquella oscuridad repentina, me preguntaba lo mismo.

Mis pulmones se vaciaron y volvieron a llenarse en cuestión de segundos. Con calma, abrí los ojos y me descubrí a mí misma sola, de nuevo, en la orilla.

Él ya no estaba. Nunca había estado.

Mi ropa en su sitio, ni un botón fuera de lugar. Y mi cuerpo aún resentido por un juego que había sido puramente propio y solitario.

La nostalgia no tardó en llegar, como una consecuencia de mi fantasía.

Me quedé tumbada ante el impacto, sin intentar incorporarme.

Sentí un leve cosquilleo a ambos lados de mi rostro y supe que las lágrimas habían regresado y caían sin pausa. No traté de impedirlo; simplemente acepté el resultado final.

Lloré hasta que no me quedó nada más dentro mientras el lago continuaba murmurando: «Déjate llevar, querida. Como las olas. Déjate querer».

V

—Pareces una princesa —dijo Gabi mientras terminaba de trenzar mi pelo.

Le sonreí a través del espejo y me observé con disimulo. Me había puesto un vestido largo de color verde. No era muy ajustado, pero tenía una caída elegante, y a Emma le había parecido apropiado para la fiesta de aquel sábado.

David había insistido en que fuésemos y, a pesar de que a mí no acababa de apetecerme, había terminado aceptando.

«Será en casa de un amigo suyo que vive por la zona de Los Robles. Dice que son un poco estirados pero que irá mucha gente, amigos de amigos, ya sabéis. Le he dicho que nos pasaremos. Tampoco tenemos que quedarnos demasiado». Yo sabía que ese último comentario de Emma iba dirigido a mí en especial.

Durante los últimos meses me había aficionado a refugiarme entre mis sábanas y mis libros cada noche. Allí, entre las páginas, mi mundo se desplegaba y era capaz de crear una distancia con mi angustia.

Las historias que leía me consolaban antes de dormir, dándome un sigiloso abrazo mientras conseguían que mi cuerpo se calmara lo suficiente para poder cerrar los ojos y descansar, para desconectar antes de que Matías volviera a aparecer.

Las noches eran el momento más difícil del día, y por eso había decidido protegerme del ruido y no salir. Pero no podría ser así siempre y aquella fiesta era el primer intento de un nuevo comienzo.

—¿Estamos listas? Emma ya se ha metido en el coche.

La voz de Tam interrumpió mis pensamientos, y Gabi, que se estaba atando los zapatos, contestó:

—Di a esa rata rubia que haga una meditación y se calme un poco.

Solté una carcajada mientras me incorporaba, y las tres no tardamos en salir de casa.

Había empezado a atardecer y el cielo estaba teñido de un color rosa palo que hacía que Dirio pareciese sacado de un cuento.

«Todo irá bien. Yo estaré aquí esperándote», me susurró el pueblo, y tuve que creerle.

—Sere, ¿entras? —me preguntó Tam, observándome con aquellos ojos de lince.

Asentí con rapidez y me metí en el coche con las demás. Emma, que iba en el asiento del copiloto, se giró hacia atrás para contemplarnos y nos sonrió con ilusión.

—¡Qué guapas! —exclamó.

Ella también lo estaba. Llevaba una falda larga blanca y una camiseta estampada con flores. Tam había optado por unos pantalones de traje y una camisa. Y Gabi iba con el vestido más corto que había encontrado en su armario, aunque con unas buenas deportivas, para poder conducir cómodamente.

El viaje fue rápido, aunque Emma parecía estar lidiando con el recorrido más largo de su vida. No había parado de removerse en el asiento a la vez que se llevaba los dedos a la boca para mordisquearse las uñas con nerviosismo. Tam y yo habíamos compartido varias miradas cómplices, pero ninguna de las dos dijo nada al respecto.

La zona de Los Robles estaba más cerca del centro de la ciudad que del pueblo, así que el atardecer nos acompañó durante un tiempo limitado y cuando llegamos la noche ya se había asentado.

David salió a recibirnos y Emma se fundió entre sus brazos nada más verlo. Su cuerpo inquieto entró en una calma repentina y todas suspiramos con alivio al verla tranquila. Después de saludarlo, entramos en la casa, admirando la amplitud del lugar.

Ya había bastante gente dentro y algo de música de fondo, que rellenaba la escena de forma convincente. Había una piscina enorme y un jardín bien cuidado. Las mesas tenían todo tipo de aperitivos y gran variedad de bebidas, además de estar decoradas con flores y velas. Las luces eran tenues e iluminaban toda la casa, dándole un ambiente sofisticado y recóndito.

Los invitados iban bastante arreglados para ser una fiesta en una casa, como si se tratase de un gran evento, y entendí por qué Emma había considerado mi vestido «adecuado».

—Menudo casoplón —murmuró Gabi mientras entrábamos en la cocina.

—Es la casa de los padres de mi colega, ahora os lo presento. Le encanta hacer fiestas. A mí me daría pánico que la peña manchara o rompiese cualquier cosa de aquí —contestó David, que había oído a nuestra amiga a la perfección.

A Gabi no pareció importarle y Tam hizo una mueca divertida.

Después de servirnos cada una algo de beber, David nos presentó a varios de sus amigos, haciendo especial mención a Emma, que sonreía con amplitud y saludaba a todo el mundo con desenvoltura.

Si había algo que caracterizaba a mis amigas era su capacidad de adaptación. Siempre me había gustado eso de ellas.

Tenía claro que podíamos ir juntas a cualquier sitio y sabrían exactamente cómo comportarse para hacerse un hueco en el lugar. Y sin tener que renunciar a su propia esencia.

Para mí, la admiración en la amistad es algo necesario. Y yo las admiraba todo el tiempo.

En la fiesta había una mezcla de conversaciones, risas y situaciones ajenas a nosotras. Cada vez llegaba más gente, y hubo un momento en el que nos despreocupamos de tener que presentarnos.

Supe que el alcohol estaba haciendo su efecto cuando Gabi se lanzó a la piscina sin previo aviso y la siguieron por lo menos otras diez personas. Emma se llevó las manos a la boca con horror. Miró con rapidez a David, que soltó una carcajada y negó con la cabeza, indicando que no pasaba nada.

Gabi siempre había sido el alma de la fiesta. No se sabía si era ella quien perseguía la diversión o si era la diversión la que perseguía a Gabi, pero ambas habían decidido tener una vida compartida.

Ella era ese tipo de persona que hace que todo sea más fácil, como un soplo de aire fresco, como si siempre viese las cosas desde otro punto de vista en el que la estructura fuera más sencilla.

«Creo que tú y yo somos opuestas. Yo pienso las cosas muy poco y tú demasiado», me había dicho una vez, y me pareció muy acertado.

—Me voy a poner otra copa —avisé a Tam, y ella asintió mientras miraba fijamente a una de las chicas que se había metido en la piscina con Gabi.

Sonreí divertida.

—Deberías acercarte —le dije.

Tam me miró de reojo y luego negó con la cabeza.

No insistí. Me metí en la casa y fui directamente a la cocina. Allí el sonido de la música disminuía, y agradecí tener un momento de tranquilidad.

A los segundos de aquella quietud comencé a notar cierto mareo. Me apoyé con los brazos en la encimera y supe que quizá no era buena idea añadir otra copa en mi organismo.

Tomé un par de respiraciones y elevé la mirada para buscar un vaso limpio en el que servirme agua. Al buscar, me topé con unos ojos azules que me miraban desde el otro lado de la cocina.

—¿Estás bien? —me preguntó.

Sonreí y asentí con rapidez.

Él se acercó un poco más y lo contemplé. Era esbelto y caminaba con una confianza que parecía no generarle ningún esfuerzo. Tenía el pelo negro como el carbón y un mentón marcado, que inclinó para observarme más detenidamente.

—Me suena tu cara —dijo, y no supe si era por el alcohol o por su presencia, pero me costó contestar.

—A mí la tuya no —confesé, y me arrepentí al momento de aquella sinceridad repentina.

Pero él sonrió con diversión.

—Eres la chica de la librería de Gloria —dijo convencido.

Abrí la boca, sorprendida, y la cerré de inmediato. Traté de ordenar mis pensamientos y asentí.

—¿Vives en Dirio? —pregunté, a pesar de que la respuesta era evidente.

—Sí. He ido un par de veces a tu tienda, pero supongo que no tengo una cara memorable —comentó con una sonrisa, y sus ojos azules repararon directamente en los míos.

Definitivamente sí que tenía un rostro fácil de recordar. Intenté encontrar algo que decir, pero las palabras no salieron de mi boca. Tragué saliva. Él me observaba esperando a que continuara la conversación.

—¡Serena! —La voz de Emma irrumpió en la cocina, y una avalancha de consuelo recorrió mi cuerpo.

Mi amiga se acercó hasta donde nos encontrábamos y sonrió de tal forma que pude confirmar que ella también debería parar de beber.

—¿Os habéis presentado ya? —preguntó mientras se ponía entre ambos.

—Estábamos en ello —contestó él, y volvió a mirarme con atención—. Serena, entonces, ¿no?

—Él es Aron —añadió Emma, y me obligué a quitar los ojos del chico para mirarla—. Es amigo de David, del pueblo. Iban juntos al colegio, ¡como nosotras!

Seguido de aquello, Emma me abrazó con fuerza y tuve que mirar a Aron a modo de disculpa. Él soltó una risa, y Emma se apartó.

—¡Gabriela, no entres con la ropa mojada! —gritó, y echó a correr hacia Gabi, obligándola a salir de la casa.

—Perdona —le dije. Él negó con una sonrisa—. Aron, ¿verdad? —pregunté, intentando memorizarlo con toda la capacidad mental que tenía en aquel momento. Él asintió, y sonreí—. Prometo recordarte la próxima vez.

Su mirada se iluminó por un instante, y una sensación intrusa recorrió mi cuerpo. Me entraron unas ganas enormes de salir corriendo, pero no podía despegarme del suelo.

A Aron no pareció incomodarlo el silencio que nos invadió a ambos durante unos segundos; de hecho, lucía entretenido observando mi gesto nervioso. Me noté las mejillas acaloradas y bajé la vista para disimularlo. Al poco, la voz de otra persona intervino, preguntando a Aron desde fuera de la cocina si ya había encontrado las cervezas.

—Perdón, tengo que llevar esto —comentó con rapidez al tiempo que cogía el paquete de bebidas que había sobre la encimera. Me miró por última vez, todavía sonriendo, y añadió—: Ha sido un placer conocerte, Serena.

Mi nombre salió de sus labios como un ronroneo que recorrió todo mi cuerpo. Asentí a modo de despedida y, con disimulo, lo observé mientras se alejaba. La tensión que sentía en mi interior fue desapareciendo, pero tuve la necesidad de echarme agua fría sobre la cara. Fui directamente al cuarto de baño.

Una vez que entré, cerré la puerta y me situé frente al espejo.

Mi propio reflejo estaba distorsionado y me sujeté al borde del lavabo mientras deslizaba la mirada por mi rostro. Había algo de maquillaje difuminado por debajo de mis ojos y no quedaba ni pizca del pintalabios que me había puesto antes de ir.

—¡Ocupado! —dije al oír un par de toques en la puerta que solicitaban entrar.

El nerviosismo de la conversación anterior se había impregnado en mi cuerpo y no conseguía sacarlo. Sentía mi pulso levemente acelerado y sabía que mi ebriedad no estaba ayudando. Hacía un gran esfuerzo por no prestar atención a aquel cosquilleo en mi pecho que suplicaba por traer al fantasma de vuelta. Me negaba. No era el lugar ni la situación para que Matías deambulase, mirándome desde el otro lado.

Sin embargo, su recuerdo era cada vez más insistente. Y no era que yo temiera mantener una conversación imaginaria, pero en situaciones como aquellas, en las que la realidad se distorsionaba con facilidad, mis fantasías ya no eran suficientes.

Las respuestas que me daba a mí misma perdían sentido y la curiosidad de saber dónde estaría él ahora se volvía insoportable. Había evitado aquel momento durante las últimas semanas, en un intento de protegerme de la verdad. Con todo dándome vueltas en aquel baño, era incapaz de contenerme. Necesitaba saber más.

Mis manos fueron directas al teléfono y con la respiración contenida abrí la primera aplicación que encontré. Busqué su perfil a una velocidad angustiante y una vez que lo encontré mis ojos se quedaron fijos sobre la pantalla.

Matías había publicado una foto nueva hacía una semana. Tomé aire, aún con las manos temblorosas, y al abrirla supe el error que acababa de cometer.

Posando con unas montañas de fondo aparecía él con el resto de sus amigos. Todos sonreían a la cámara menos ella. Una chica que no conocía se encontraba junto a Matías. Él tenía su brazo enroscado en su cintura y ella la mano puesta en su pecho. Ambos se apoyaban el uno en el otro con naturalidad. Ella lo miraba solamente a él.

Mi cuerpo se había quedado tan petrificado que no había forma de reanimarlo. Bloqueé el móvil con brusquedad y, sin ser consciente del recorrido, me encontré fuera de la casa, en un amago por buscar más aire.

Al alzar la mirada reparé en que frente al edificio había un largo pinar. Árboles que se alzaban hasta el cielo tiñendo de negro todo lo que se encontraba en la espesura.

La oscuridad me preguntó de nuevo: «¿Quieres entrar?». Esta vez la respuesta fue rápida, «Sí», y caminé hacia el interior.

A medida que avanzaba por el bosque, el suave sonido de la brisa a través de las agujas de los pinos era lo único que oía. No había rastro de otras personas y el ruido de la fiesta se iba desintegrando. El viento rozó mis mejillas calientes y cerré los ojos, intentando conectar con aquella parte de mí que se había quedado aterrada y escondida.

«¿Quién te ha hecho daño, niña? ¿Quién ha roto ese dulce corazón?», me susurró la oscuridad, y miré hacia arriba, comprobando cómo las copas de los árboles cubrían el cielo.

La luz de la luna se filtraba por entre las ramas, y me pregunté si ella también querría hablar conmigo.

—¿Quién te ha roto el corazón, Serena? —preguntó una voz que reconocí a la perfección.

El ardor en mis ojos fue lo que me hizo percatarme de las lágrimas.

Matías se encontraba allí, dueño de las sombras.

La rabia se cerró alrededor de mi garganta.

—Tú... —rugí y avancé hacia él—. ¿Cómo has podido? Más de tres años... ¡Más de tres años! ¿Es que no han significado nada para ti?

Hacía frío, pero este no era capaz de alcanzarme. El cuerpo me quemaba. La figura de Matías se deslizó por el espacio hasta llegar a mi espalda y su susurro acarició la piel desnuda de mi nuca.

—¿Por qué no lo descubres tú misma? —preguntó, y acto seguido mi móvil se iluminó.

Jadeé ante la propuesta y me quedé paralizada durante unos segundos, contemplando de nuevo la luz de la pantalla. No debía, todo en mí gritaba que no lo hiciera, pero mis dedos se deslizaron por el teléfono, impacientes.

Busqué aquel contacto que había ocultado durante los últimos meses. Mi pulso temblaba y no estaba segura de poder apretar el botón. La presencia de Matías se hacía cada vez más pesada, como una fuerza contra la que me resultaba imposible luchar.

«¿No estás cansada de huir?», murmuró la oscuridad, y las lágrimas continuaron deslizándose por mi rostro.

No retiré la mirada del móvil ni del botón de llamar. La adrenalina ante la simple idea de pulsarlo crecía por segundos y mi respiración se estaba transformando en algo más violento. Estaba al borde del abismo, pero a medida que pasaba el tiempo hacer lo correcto parecía importar cada vez menos.

Quería llamarlo, quería gritarle, decirle todo lo que llevaba pensando durante aquellos meses.

Quería preguntarle si era cierto, si ya había otra persona en su vida, si había conseguido reemplazarme con aquella facilidad.

Quería pedirle que viniese a por mí.

Quería confesarle lo mucho que lo echaba de menos, el dolor tan inmenso que me provocaba su falta.

Y entonces lo hice.

Todo mi cuerpo comenzó a temblar y la boca se me secó mientras los tonos de la llamada resonaban entre los árboles.

Sentí con mayor claridad la luz de la luna sobre mí y

mis ojos continuaron derramando lágrimas. Los pitidos proseguían, y me sentí ridícula por pensar que Matías iba a contestar a aquellas horas de la madrugada.

Suspiré, casi con alivio, y justo cuando pretendía colgar los pitidos pararon.

—¿Hola? —Una voz ronca se oyó al otro lado del teléfono. Toda mi piel se erizó y el corazón se me paró por completo—. ¿Serena? —volvió a preguntar, y tuve que ahogar un sollozo al oír mi nombre saliendo de sus labios.

El silencio se estableció entre ambos.

Y colgué.

VI

El mejor amigo de Matías murió el 1 de julio de nuestro primer año de universidad.

Mis padres se habían marchado a Galicia, como cada verano. Pero yo había decidido quedarme en Madrid. Recibí su llamada a las dos de la madrugada; había dejado el teléfono en sonido por si acaso.

—¿Puedes venir? —dijo con la voz temblorosa al otro lado de la línea.

No necesité más para saber lo que había pasado.

Aquella misma tarde Telmo había tenido un accidente de moto. Matías estaba conmigo cuando lo avisaron y, aunque yo insistí en acompañarlo, él había preferido ir solo al hospital.

—Estoy ahí en quince minutos —contesté, y me subí a un taxi todo lo rápido que pude.

Matías y yo continuábamos siendo amigos. O todo lo amigos que podíamos ser teniendo en cuenta el juego que habíamos iniciado, una provocación constante que nunca llegaba a su fin. Nos habíamos aficionado a tirar cada uno de un extremo de la cuerda y ver quién sobrepasaba antes el límite. No había normas, solo un tira y afloja interminable.

Ambos éramos conscientes de lo que sucedía, pero jamás lo habíamos dicho en alto. Por lo menos, no delante del otro. Era un secreto en el aire que ninguno quería confesar.

—No entiendo por qué lo hacéis todo tan complicado —decía siempre Tam, y la verdad era que, la mayor parte del tiempo, yo tampoco lo entendía.

Llegué al hospital en el plazo prometido y salí del taxi.

No tardé en ver a Matías en la entrada. Tenía las manos en los bolsillos; me sorprendí al verlo sin un cigarro entre los dedos. Cabizbajo y con la vista fija en el suelo, daba pequeños pasos de un lado a otro. Mi pecho se encogió.

Por primera vez, me parecía mucho más pequeño de lo que era. Su fragilidad parecía transformarlo en alguien a quien yo no conocía del todo.

Mis pasos le hicieron alzar la mirada y sus pupilas conectaron directamente con las mías. Su rostro cansado apenas hizo el esfuerzo de gesticular y con seriedad esperó a que llegase junto a él, para después fundirse entre mis brazos. Se refugió en mi cuello mientras sus manos buscaban con rapidez el resto de mi cuerpo. Lo sostuve con toda mi fuerza y cerré los ojos.

Sentía su respiración contra mi piel y acaricié su pelo con suavidad.

—No ha podido despedirse —fue lo primero que salió de sus labios.

Se separó poco a poco de mí, lo suficiente para que pudiera verle el rostro de nuevo. Sus ojos brillaban por las lágrimas, pero sus mejillas aún estaban secas.

—No volvió a despertarse después del accidente. Se ha ido, sin más. Sin decir adiós —añadió con el ceño fruncido, y suspiré.

Su mirada vagó por el espacio durante unos segundos y volvió a posarse sobre mí. Se quedó quieto, con los puños apretados y una sola lágrima brotando de sus ojos. La presión en mi pecho se agrandó y, con sigilo, me acerqué a él de nuevo. Sostuve sus manos con delicadeza entre las mías y las llevé a mis labios para besar sus nudillos. Después lo miré y, en un susurro, le dije:

—Lo siento.

Su boca se apretó y cerró los ojos, dejando salir todas aquellas lágrimas contenidas.

Mi mano se deslizó por su rostro y acaricié su piel húmeda mientras juntaba mi frente con la suya. No recuerdo cuánto rato estuvimos así, en silencio.

La quietud nos protegía. Quise creer que el tiempo se había puesto en pausa para darle consuelo, para otorgarle unos minutos de calma antes de que la verdadera tormenta llegara.

Una vez que su respiración se estabilizó, Matías volvió a abrir los ojos. El dolor estaba reflejado en cada uno de sus rasgos, y tuve que contenerme para no abrazarlo de nuevo.

—Ven a casa. Durmamos un rato, y mañana ya nos ocuparemos de todo, ¿vale? —murmuré.

Vi como su primera reacción fue negar con la cabeza,

pero ambos sabíamos que ninguno tenía la energía suficiente para discutir aquella noche, así que acabó aceptando.

El viaje en coche no tuvo palabras de por medio. No eran necesarias.

Era incapaz de imaginarme lo que Matías debía de estar sintiendo en aquel momento. Jamás había experimentado una pérdida parecida. Él tampoco hasta ese día. Así que juntos volvimos a casa sin decir nada.

—¿Quieres cenar algo? —le pregunté al llegar, pero Matías no tenía hambre.

En mi habitación le ofrecí ropa para cambiarse, y no tardó en sentarse sobre la cama, como si su cuerpo no tuviera más fuerza para mantenerse en pie.

—Estaré en el salón. Si necesitas cualquier cosa avísame, ¿vale? —dije, pero no me dio tiempo a dar un paso atrás; su mano había tomado la mía con rapidez.

—Quédate —me pidió con un hilo de voz.

Contemplé sus ojos enrojecidos y la tensión de su mandíbula. También sus hombros caídos, su pecho descubierto y los dedos sosteniendo los míos. Después miré la cama.

Nunca habíamos dormido juntos y probablemente, en cualquier otra situación, me habría negado. Pero aquella noche todo eso nos era ajeno. Todo nuestro juego se había puesto en pausa.

—Claro —contesté.

Apagué la luz y, en silencio, nos deslizamos entre las sábanas.

Era verano, pero una pequeña brisa entraba a través

de la ventana abierta. La noche estaba despejada y la luz de la luna me permitía ver todo lo que me rodeaba. Incluido a él.

Matías miraba el techo y su cuerpo continuaba rígido. Su pecho subía y bajaba con lentitud. Y, aunque se encontraba a pocos centímetros de mí, parecía estar a miles de kilómetros de distancia.

Quería acercarme, calmar aquella tristeza. Quería quitarle ese dolor que lo atormentaba, suplicar al tiempo que retrocediera. Ansiaba gritar al cielo que yo tampoco entendía cómo todo podía oscurecerse tan rápido, cómo alguien podía irse sin desearlo. El pecho me dolía y no lograba encajar el orden de las cosas.

La impotencia me había paralizado a mí también, y nosotros, en aquella cama, nunca nos habíamos sentido tan indefensos.

Mi cuerpo se giró hacia su lado y mis dedos viajaron hasta su brazo, dejando una pequeña caricia sobre su piel. Matías se tensó y volvió el rostro. Nuestros ojos se encontraron y vi el brillo de las lágrimas de ambos reflejado en el otro. Él deslizó su mano hasta tomar la mía y entrelazó nuestros dedos con lentitud.

Respiramos de nuevo.

—¿Puedo abrazarte? —pregunté casi en un susurro.

Matías asintió con firmeza y me acerqué un poco más. Fue él quien me rodeó con sus brazos y no tardé en apoyarme en su pecho. Noté como su cuerpo se relajaba poco a poco y su mentón se posaba sobre mi cabeza.

—Todo irá bien —dije con la voz temblorosa, y su agarre se apretó un poco más a modo de aprobación.

No nos movimos hasta que amaneció. Nos mantuvimos abrazados mientras las horas pasaban. El sueño iba y venía por instantes, pero ninguno de los dos descansamos aquella noche.

Cuando el sol salió y miré a Matías, parecía, por fin, haberse dado por vencido y se encontraba en un sueño profundo que lo mantenía con los ojos cerrados y el cuerpo relajado. Suspiré con cierto alivio y me deslicé de la cama con la mayor delicadeza posible. Después salí de la habitación y cerré la puerta.

Llegué a la cocina y mientras el suave sonido de la cafetera me acompañaba traté de poner mis pensamientos en orden. Mi camiseta olía a él y el cuerpo aún me cosquilleaba por el tacto de sus manos. Me sentía egoísta por pensar en aquello en ese momento, pero me había pasado la noche intentando ignorarlo y me encontraba ya al borde del delirio.

Aquella intimidad entre ambos nunca había sido tan evidente, y ahora que había salido a la luz no estaba segura de poder seguir ocultándola.

Suspiré mientras me recogía el pelo, y cuando me serví la segunda taza de café noté que los dedos aún me temblaban. Justo en ese instante oí que la puerta de mi habitación se abría. Mi cuerpo se tensó durante unos segundos, y cuando me giré vi a Matías aproximándose. Tenía el rostro abatido y la mirada apagada. Caminaba con lentitud, casi arrastrando los pies. Cuando llegó a la cocina, apenas entró.

—Perdón, no quería despertarte —dije mientras me acercaba con delicadeza y le ofrecía una taza.

—Tranquila —contestó, y la cogió—. Gracias —añadió antes de apoyarse en el marco de la puerta.

Lo contemplé, sin fuerzas para disimular mi preocupación. Matías dio un sorbo al café, para mirarme después. Ambos nos quedamos en silencio.

Preguntarle qué tal estaba me resultaba ridículo; la respuesta era más que evidente. Pero seguía sin encontrar las palabras adecuadas para aliviar el momento. Quizá no debía suavizarlo, quizá simplemente tenía que permitir que las cosas sucedieran tal y como debían suceder.

Sus ojos del color de la miel tenían un tono más oscuro de lo habitual. Una sombra ligera en sus facciones le hacía parecer un poco más mayor y su cuerpo expresaba cierta distancia. No me miraba directamente, y, con temor, me pregunté si había hecho algo mal.

—¿Qué estamos haciendo, Serena? —dijo de repente en un tono de voz grave, y fruncí el ceño, confusa.

—¿A qué te refieres?

—Tú y yo. Esta situación —insistió, y entonces sus ojos viajaron directamente hasta los míos.

Mi pulso se aceleró al momento e, incapaz de mantenerle la mirada, me alejé. Sabía muy bien a qué se refería.

—No creo que sea el momento de hablar de esto, Matías —contesté con un poso de incredulidad.

Él apenas reaccionó ante mi respuesta. Dejó la taza sobre la encimera y se acercó un poco más a mí.

—Creo que debo ser yo quien elija eso.

Contuve la respiración, notando como el calor se había empezado a manifestar en mis mejillas, y le di la espalda durante unos segundos. Un latigazo me recorrió el cuerpo. Cerré los ojos, intentando calmarme, y después volví a mirarlo.

—No. No tienes derecho a hacer esto. —Mi tono de voz salió con mayor enfado de lo esperado y pude ver un brillo de sorpresa en sus ojos.

—¿A hacer qué? ¿A empezar una conversación que deberíamos haber tenido hace meses? —Su tono se alzó, y volvió a dar un paso hacia mí.

—¡Precisamente! —jadeé—. Sabes que no hemos hablado de esto antes porque tú lo has estado evitando. —Lo señalé con el dedo mientras sus ojos aún oscuros seguían posados sobre mí—. Así que no…, no tienes derecho a sacarlo ahora.

—¿Por qué? —insistió.

Di un paso más. Nuestros cuerpos casi podían rozarse, y puse toda la fuerza que me quedaba en mantenerme donde estaba.

—Porque lo único que demuestras es que eres un cobarde —pronuncié enfatizando cada una de las palabras, y me concentré en no apartar de él la mirada en ningún momento.

El rostro de Matías se ensombreció de inmediato.

Me costaba respirar. No estaba preparada para hablar de aquel tema. Me estaba esforzando en no temblar, en no soltar todas las lágrimas que tenía contenidas ni dejarme ahogar por el nudo que notaba en mi garganta.

—¿Perdona? —murmuró con rabia.

O con dolor. No supe diferenciarlo.

—¿De verdad ha tenido que pasar algo tan terrible para que te dignes a ser honesto conmigo? —Mi voz salió sofocada. Había una parte de mí que me pedía a gritos callarme, pero la otra solo tenía unas ganas terribles de gritar.

—No lo estás diciendo en serio, Serena...

Sus ojos no se despegaron de los míos. Traté con todas mis fuerzas de mantenerme firme ante su presencia inquebrantable.

—Por supuesto que sí. Me merecía más. ¡Me merecía tener esta conversación de otra forma!

Me ardía la garganta y noté como una lágrima se deslizaba por mi mejilla.

—Bueno, perdóname por no estar a la altura de tus fantasías de niña pequeña, Serena. ¡Sorpresa! Esto es la vida real.

Matías no era capaz de ocultar su rabia y mi rostro tampoco era capaz de ocultar mi tristeza.

—Vete a la mierda —gruñí, y salí de la cocina sin darle la oportunidad de responder.

Entré en mi habitación con las manos temblorosas y me asomé a la ventana, inhalando algo de aire fresco para calmar mis nervios. El pecho me quemaba, de dolor y culpa a la par.

Llevaba mucho tiempo a la espera de aquella conversación y, aun así, anhelaba que aquellas palabras no salieran nunca a la luz. En ese momento, aunque sentía cierto alivio por haber confirmado lo que ambos sentíamos, no me pareció que esa fuera la forma correcta de hacerlo. Esa escena no había nacido ni del amor ni del deseo, sino del miedo. Y yo estaba cansada de actuar por temor a las cosas.

No me encontraba cómoda en aquel reclamo, pero el impacto había sido tan repentino que no había tenido tiempo para racionalizar mi respuesta. Y ahora no sabía distinguir entre lo correcto y lo erróneo. Deseaba liberar mi mente, tener una reacción clara. Pero mis emociones lo nublaban todo.

No quería hacerle daño de nuevo, no quería empeorar las cosas. Quizá mi reacción había sido egoísta, quizá tendría que haber ignorado mi decepción.

Respiré de nuevo.

Cuando noté cierta calma recorrer mi cuerpo y el aire volver a entrar en mis pulmones, me giré hacia el interior de la habitación con la intención de ir a la cocina de nuevo. Pero no fue necesario. Matías estaba en la puerta.

Su cuerpo también se había destensado levemente, su rostro había abandonado la expresión de enfado y el cansancio lo gobernaba otra vez. Ambos nos miramos, y permití que él hablara primero.

—Lo siento —fue lo primero que dijo, y sabía que estaba siendo sincero—. Tienes razón, soy un cobarde.

La culpa me golpeó con fuerza, una vez más.

—Matías...

—Espera. Déjame acabar —murmuró, y se acercó a mí con lentitud—. Siento no haberte dicho todo esto antes. Siento haberte confundido y haberte hecho esperar. Sé que has querido hablar conmigo de esto en otras ocasiones y lo he ignorado.

Ahora su rostro estaba inclinado hacia el mío. Sus

manos se posaron con delicadeza sobre mis mejillas y tuve que mirar hacia otro lado para esconder mi conmoción.

—Soy un cobarde porque debería haberte besado aquel día en el bar y no lo hice. Debí besarte muchas otras veces después de aquello, pero no fui capaz. Y créeme cuando te digo que me arrepiento. Me arrepiento muchísimo.

Contuve la respiración y mi corazón comenzó a ir tan rápido que podía sentirlo golpeando mi pecho. Me pregunté durante un breve instante si Matías también sería capaz de oírlo. Estaba petrificada, con los ojos húmedos y la respiración ralentizada.

—Y sí, estoy aterrado, Serena. Porque acabo de perder a mi mejor amigo y no puedo soportar la idea de perderte a ti también. —Su voz se rompió al final, pero sus dedos se mantuvieron firmes a ambos lados de mi rostro.

El nudo de mi garganta se agrandó y mis manos se posaron sobre sus muñecas, acercándome un poco más a él.

—Eso no va a suceder —prometí con un hilo de voz.

La tensión que fluía entre ambos hacía casi imposible la idea de separarnos.

Sus yemas rozaron mi piel y entonces mis ojos viajaron hacia sus labios. Su mirada se deslizó por mi cara hasta llegar a mi boca y uno de sus dedos aterrizó allí, acariciándome con suavidad el labio inferior. Suspiré, y nuestros ojos volvieron a encontrarse.

Ambos sabíamos lo que estaba a punto de ocurrir.

Sabíamos que estábamos poniendo fin a aquella competición. Íbamos a sellar la paz o a pactar un nuevo juego del que todavía no conocíamos las normas. Sabíamos que una vez que eso sucediese no habría marcha atrás y que nuestra historia podría ser eterna o tener un final con una destrucción inevitable. Y los dos estábamos dispuestos a correr el riesgo.

Como si lo hubiéramos dicho en voz alta, aceptamos aquel trato al mismo tiempo y nos inclinamos el uno hacia el otro. Sus labios se acercaron con delicadeza a los míos hasta fundirnos en un beso sin fin.

Su piel era suave y su boca cálida. Sus manos acariciaron mi pelo mientras el beso se intensificaba, y nuestros cuerpos se juntaron casi por instinto.

Sentí que podía respirar de nuevo y que la presión en mi pecho iba desapareciendo.

Mi cabeza entró en un silencio inquietante; solo podía concentrarme en el calor de sus labios sobre los míos. Ambos nos aferramos a aquel instante como si deseáramos quedarnos en él para siempre.

Aquel momento resultaba tan natural que entendí que, antes o después en nuestra historia, habría acabado sucediendo. Habría dado igual que los dos lo hubiéramos evitado, que hubiésemos luchado con todas nuestras fuerzas para impedirlo. Porque contra viento y marea, contra toda la tristeza del mundo, ese beso estaba destinado a ocurrir.

VII

—¿Sabes quién es Hécate?

Gabi estaba sentada al otro lado de la librería mientras yo ordenaba unas novedades en su sección. Elevé mi mirada hacia ella. Estaba sumergida en un libro en el que yo no había reparado antes.

—No tengo ni idea de lo que me hablas —confesé, y continué con mi tarea.

—Es la diosa de la magia en la mitología griega —explicó—. Dice aquí que Perséfone pasaba más tiempo con ella que con su marido, cosa que me parece fascinante. Mi abuela Ágata siempre la tenía puesta por casa.

La abuela de Gabi era una de las mujeres más especiales que yo había conocido. Cuando éramos pequeñas nos encantaba ir a su casa, siempre llena de velas e incienso. Nos explicaba las propiedades de todos los minerales que tenía sobre su gran mesa y nos mostraba los tarros con diferentes flores y hierbas.

Su casa olía a limón y almizcle, y la luz suave del sol entraba por las ventanas, tiñéndola de una suavidad acogedora que te hacía desear quedarte allí para siempre.

Tenía miles de cuadros coloridos en las paredes y también estanterías repletas de libros que, de vez en cuando, me prestaba para poder disfrutarlos en su pequeño pero maravilloso jardín.

La observábamos completamente fascinadas mientras nos contaba historias de su juventud y nos narraba aventuras que había compartido con sus amigas, además de todos los romances que había experimentado. Su vida era más interesante que cualquier novela que yo leyese después. Siempre me había rondado la cabeza la idea de escribir sobre ella en algún momento, pero nunca había sabido por dónde empezar.

Me costaba quitar los ojos de aquellas manos. Los dedos de Ágata eran finos y largos, mantenía siempre sus uñas pintadas y utilizaba varios anillos plateados. Se movían con seguridad, parecían tener vida propia, con una delicadeza y elegancia únicas. Yo no podía evitar comparar mis manos, aún pequeñas, y desear que cuando creciera se parecieran a las de ella.

La abuela de Gabi solía ponernos a todas en corro cuando discutíamos. Eran enfados breves, pero en aquellas edades todo parecía mucho más importante de lo que era. Las emociones estaban a flor de piel y el carácter en construcción de cada una de nosotras se ponía a prueba día a día. Ágata nos decía que cerráramos los ojos y que nos diéramos la mano. Nosotras, recelosas, obedecíamos.

—Tamara, ciérralos bien, que te estoy viendo —añadía mientras las demás nos removíamos con nerviosismo—. Ahora quiero que os concentréis en lo que sentís.

Está bien enfadarse, sentirse frustrada, confusa, triste… Hay que dar un lugar a todo ello.

Cuando el cosquilleo del tacto entre mano y mano recorría nuestra piel y se deslizaba entre nuestros pequeños dedos, lográbamos ser capaces de disminuir la indignación. El acaloramiento de la disputa anterior se iba enfriando conforme todas intentábamos poner en orden cada uno de nuestros sentimientos. Parecía un trabajo individual, pero en aquel ejercicio surgía una unión grupal; algo especial nos invadía mientras nuestros ojos se mantenían cerrados.

—Sin separar las manos, sentid vuestra unión, todas estáis conectadas por un mismo hilo. Lo que sentís ahora, niñas, es vuestra amistad. Ahí la tenéis, entre vuestras manos. Debéis protegerla antes de que la madurez os la pueda arrebatar.

En ese momento no entendía a qué se refería la abuela de Gabi. Pero habían pasado años desde entonces y en aquel instante, contemplando mis propias manos en la librería, creí comprender, más que nunca, las palabras de Ágata.

Miré de nuevo a mi amiga, que tenía su rostro escondido entre las páginas de aquel libro.

—¿La echas de menos? —pregunté al mismo tiempo que me deslizaba entre las estanterías para colocar algunas de las baldas de las que no me había ocupado aún.

—¿A mi abuela?

—Sí.

Subida a una escalera de madera, para alcanzar mejor las baldas más altas, volví a mirar a Gabi y vi que se le había escapado una sonrisa melancólica.

—Por supuesto, pero yo siempre la siento conmigo, me acompaña allá adonde voy. Probablemente ahora esté aquí con nosotras —contestó, y me quedé observándola con detenimiento, asombrada por sus palabras.

Tuve el impulso de echar un vistazo a mi alrededor, casi a la espera de encontrar a Ágata al otro lado de la librería observándonos con aquella mirada dulce tan suya. Suspiré, pero cuando quise dar una respuesta a Gabi el ruido de la puerta abriéndose nos interrumpió.

Bajé con rapidez la escalera y al salir al pasillo vi un rostro conocido entrando en la tienda. Noté una ligera sacudida en todo el cuerpo.

—Aron —murmuré, casi sin darme cuenta de que lo estaba diciendo en voz alta.

El chico de pelo negro y ojos azules me sonrió al tiempo que caminaba por el interior de la tienda. Eran la misma sonrisa y la misma expresión gentil que recordaba de la noche de la fiesta.

—Cumpliste tu promesa —dijo nada más llegar a mi altura, y asentí con una media sonrisa.

En efecto, era imposible no reconocerlo.

—Siempre —contesté en un tono más acentuado del esperado.

Las facciones de Aron estaban más definidas que la primera vez que lo había visto. Suponía que se debía a que la ausencia de alcohol me permitía apreciarlo todo con mayor claridad. Sus ojos construían una cara atractiva, sus hombros se mantenían relajados y sus manos estaban escondidas en los bolsillos, como si estuviera especialmente cómodo en aquel espacio.

Me di cuenta del silencio que se había establecido cuando su mirada se elevó por encima de mí. Parpadeé repetidas veces para salir del ensimismamiento.

—Hola. Gabi, ¿verdad? —confirmó, y me giré hacia mi amiga, que asentía y sonreía. Aron me miró de nuevo—. Vengo a por un libro que mi hermana Vera reservó la semana pasada.

—¡Claro! —Me moví con rapidez hacia el mostrador, intentando ignorar los ojos brillantes de Gabi, que me avisaban de que tendríamos una conversación sobre aquel encuentro más tarde—. ¿Me recuerdas el título?

—*Una habitación propia*, creo que era.

Mientras lo buscaba sentí los ojos de Aron viajar sobre mí. Parecía estar observándome de la misma forma que yo había hecho con él hacía un instante. Un hormigueo se produjo en mi vientre.

—Aquí está. Veo que ya lo pagó, así que eso sería todo. —Le entregué el libro con rapidez y vi como la curvatura de sus labios se elevaba.

Nuestras miradas se encontraron y él se mantuvo quieto durante unos segundos, como si sopesara decir algo más. Agradecí que el mostrador se encontrara entre ambos, pues mi cuerpo estaba desesperado por poner distancia. No porque la presencia de Aron me incomodara, sino porque su compañía me resultaba demasiado confortable y aquello no terminaba de gustarme.

—Bueno, gracias —añadió finalmente, y sonreí como respuesta mientras se alejaba.

Acto seguido se despidió de Gabi con la mano y salió por la puerta, no sin antes volver la vista atrás, hacia donde yo me encontraba. Otro cosquilleo recorrió mi columna vertebral y le vi desaparecer, casi temblorosa.

El silencio se hizo de nuevo en la librería y traté, con todas mis fuerzas, de no mirar a mi amiga. Sabía perfectamente que estaría sonriendo.

—¿Me he perdido algo? —preguntó.

Alcé los ojos hasta encontrarme con los de ella, que relucían de emoción. Negué con la cabeza de inmediato, esforzándome por evitar aquel extraño nerviosismo que notaba en el pecho.

—Absolutamente nada —contesté, algo tajante.

Traté de continuar con mis tareas mientras sentía su mirada vibrante sobre mi nuca. Gabi no dijo nada, o al menos tardó unos minutos en hacerlo. Yo continué deslizando los libros por las estanterías, hasta que la oí de nuevo.

—¿Sabes qué? Cuando Ágata murió sentí el mayor dolor del mundo. Creí que el pecho se me había partido en dos. Una se imagina que sus abuelos se van a marchar en algún momento, pero no creí que fuese a suceder tan pronto —confesó.

Me giré hacia Gabi. Seguía sentada, con el libro entre sus brazos y la mirada fija en mí.

Mi amiga no solía hablar de sus sentimientos. Eran algo que apenas compartía con nosotras y, aunque las demás fuéramos capaces de percibirlos, dejábamos que ella decidiera en qué momento tomar la palabra al respecto. Así que, cuando por fin se disponía a compartir una pequeña parte de aquellos secretos, era inevitable dejarlo todo para poner la atención en ella y escucharla atentamente.

—El caso es que, a medida que transcurrieron los meses, el dolor pasó de ser algo insoportable a algo adictivo. Encontré comodidad en la tristeza. Creo que pensé que era más fácil de gestionar que cualquier otra emoción. Estaba triste, y esa emoción parecía llenarlo todo de un significado concreto, de una razón especial por la que justificar el resto de mi vida.

Yo lo sabía, había sido capaz de ver cómo la pena consumía a mi amiga poco a poco. Teníamos diecisiete años. Emma, Tam y yo habíamos estado con los ojos puestos en ella durante todo aquel año, en el que la veíamos tambalearse en cada una de sus decisiones, en el que la luz de Gabi iba desapareciendo a una velocidad terrorífica.

Ella, que siempre había sido la chispa que lo encendía todo, estaba completamente apagada. La pérdida de Ágata parecía haberse llevado consigo el alma de Gabriela.

—Ya lo sabes… Decidí no ir a la universidad, acabé mi relación con Arlo y dejé de competir en atletismo. Decidí que todas esas cosas ya no tenían sentido, como si no fuera capaz de hacerlas mías cuando algo tan importante en mi vida se había marchado. Me daba terror perderlas, así que opté por acabar yo con ellas antes. —Sus ojos brillaron, húmedos, pero ella se mantuvo firme y la voz nunca le tembló—. Y me arrepiento muchísimo. Menos de lo de Arlo, de eso no me arrepiento nada.

Ambas no pudimos evitar reír. Arlo había sido un novio de Gabi en el instituto, un tío bastante idiota, y todas nos habíamos alegrado cuando lo mandó a paseo. A pesar de que las razones no fueran las correctas.

Pero era cierto, Gabi había rechazado una beca para ir a la universidad a estudiar Biología marina. Había sido su sueño desde pequeña, todas lo sabíamos. El mar era su gran amor, su debilidad. En los veranos apenas la veíamos porque dedicaba sus vacaciones a sumergirse en el agua, todo lo lejos posible de la ciudad. Cuando dio la espalda a aquella oportunidad, comprendimos que la situación era mucho peor de lo que pensábamos.

Conseguimos convencerla para que hiciera un curso de Diseño gráfico y resultó ser bastante buena en ello, así que resolvió continuar su camino en aquella dirección. No era su pasión, tampoco su trabajo soñado, pero al menos volvió a poner en orden lo que la rodeaba. Hizo del diseño su profesión, y ahora era a lo que dedicaba la mayor parte de su tiempo. Aun así, yo estaba segura de que añoraba el mar cada día.

Pocas veces habíamos hablado de la decisión sobre no estudiar su carrera deseada. Lo habíamos comentado entre nosotras, sin poder comprender las razones de Gabi, con un miedo constante a que aquello la hiciera miserable, a que se arrepintiera y nosotras hubiésemos sabido desde el principio lo que iba a ocurrir.

Pero, con el tiempo, habíamos comprendido que no podíamos intervenir siempre en la vida de las demás. Aunque nos acompañáramos, había cosas que teníamos que aprender por nuestra cuenta. Había errores que debíamos cometer para poder seguir avanzando. Aunque eso no significaba que no me doliera que Gabi hubiese pasado por todo aquello y yo no hubiera podido evitarlo.

Me acerqué adonde ella se encontraba y me agaché a su lado, sosteniéndole la mano con delicadeza.

—Lo siento mucho —le dije con seriedad, y Gabi sonrió negando con la cabeza.

Se me comprimió el pecho al ver que una lágrima caía de sus ojos y se la limpiaba enseguida. Gabi no lloraba nunca.

—Lo que te quiero decir, Sere, es que no te quedes pegada a la tristeza. Te veo de lejos con ese peso sobre la espalda impidiéndote a ti misma seguir adelante y me veo a mí hace unos años. Si Ágata nos enseñó algo fue la importancia de vivir, y no creo que a ninguna nos apetezca contradecirla, ya sabes cómo se ponía.

Las dos sonreímos bajo la nostalgia, y asentí con rapidez, agradeciendo sus suaves palabras. Notaba un nudo en la garganta que me dificultaba hablar; aun así, conseguí pronunciar:

—Gracias.

Mis amigas tenían el poder de hacerme sentir reconocida. Sabía que, pasara lo que pasase, habría alguien al otro lado observando, velando por mí y haciendo lo posible por comprenderme a cada paso. Era una conexión humana provocada por un vínculo inquebrantable que habíamos fortalecido con los años, hasta hacerlo irrompible. Nos pertenecíamos las unas a las otras, y ese hilo que habíamos creado en nuestra niñez perduraría para siempre. Y no había nada que me hiciese sentir más segura.

—A ella le encantabas…, lo sabes, ¿verdad?

Suspiré y apreté la mano de Gabi.

Ágata podía ver más allá de lo tangible, más allá de lo que nosotras éramos capaces de comprender. Cuando aquellos ojos tiernos te miraban, parecían vislumbrar lo más íntimo de ti. Daba un lugar a cada rincón, cada secreto, cada doblez de la intimidad. Y te sentías arropada por esa bondad palpable.

Aquellas tardes en su casa habían hecho de mi infancia algo especial. Las conversaciones en las que nos enseñaba a mirar el mundo de otra forma se habían impregnado en mí como la mayor de las enseñanzas. Habíamos entendido lo que nos rodeaba de otra forma, con una sensibilidad peculiar que nos hacía apreciar las pequeñas cosas.

Ella había insistido en que la esencia de la vida estaba en los detalles, en la amabilidad de los gestos y en nuestra propia naturaleza. Tenía claro que yo era como era gracias al cobijo de la abuela de Gabi, e iba a estarle siempre agradecida.

—Yo también la echo de menos —susurré, y mi amiga no tardó en abrazarme con fuerza.

—Lo sé.

Aquella noche soñé con Ágata. Fue el resultado inevitable de la conversación de esa misma tarde, pero un regalo que sin duda necesitaba. Pude volver a ver aquel jardín en el que mariposas de todos los colores revoloteaban en el aire. Volaban a mi alrededor y se posaban en mis dedos para que pudiera apreciar su belleza detenidamente.

En el centro, había una fuente de agua cristalina en la que los pájaros se paraban a beber mientras me deleitaban con su melodía. Los árboles se movían con los susurros del viento, y las esculturas de piedra que había entre ellos me observaban como si tuvieran vida propia.

Mientras caminaba por el pequeño sendero de tierra que cruzaba de un lado a otro el jardín, pude distinguir a Ágata sentada en uno de los bancos. Parecía ocupada haciendo un ramo de flores. Con aquellas manos trabajadas colocaba cada requiebro como si de las piezas de un puzle se tratara.

Nuestras miradas se encontraron una vez que me fui acercando. Aquella sonrisa inolvidable se deslizó sobre sus labios y con la mano me animó a que me sentase junto a ella. Yo estaba tranquila, en paz. Sentía que había conseguido retroceder en el tiempo, a cuando nada dolía, a cuando mi corazón aún se encontraba intacto, sin ninguna grieta.

Sin embargo, como siempre, la mirada de Ágata pareció reconocer aquel dolor en mí. Me sostuvo la mano, con sus dedos suaves, y me miró fijamente a los ojos.

—Quémalo todo, niña. Atrévete a liberarte —murmuró.

Esa voz profunda pero apacible que llevaba años sin oír me llegó directa al corazón y removió cada uno de mis recuerdos.

—No estoy segura de poder... —confesé en un susurro.

Ella sostuvo mis manos con mayor firmeza.

—Por supuesto que sí. Todas nosotras tenemos que quemar algo en nuestra vida. Todas debemos hacer ese sacrificio para poder continuar. Quémalo, Serena, y las estrellas, los árboles y la luna estarán contigo.

Me pregunté entonces si ella también hablaría con la oscuridad, si ella podía oír los susurros del bosque. Me pregunté si compartíamos el mismo secreto, porque al mirar directamente aquellos ojos creí verme reflejada. Creí estar mirándome a mí misma.

Algo tiró de mí y eché un vistazo detrás de Ágata. El fantasma de Matías me observaba sin parpadear desde el final del jardín. Un escalofrío casi llegó a despertarme.

Mis ojos viajaron a la abuela de Gabi con mayor velocidad y ella simplemente asintió, como si conociera a la perfección lo que se encontraba a su espalda. De su boca no salió nada más, pero a mí me pareció oír un murmullo, una leve brisa que surgía de ella y me decía: «Deja que el fuego se lo lleve, que lo convierta en cenizas. Deja que la muerte os separe, querida».

VIII

Durante nuestra relación había momentos en los que miraba a Matías y una montaña rusa de emociones recorría mi cuerpo. Al principio, prevalecía la felicidad de tenerlo junto a mí, la comodidad de notar sus manos sobre mi cuerpo, de poder mirarnos a los ojos, de nuestros labios uniéndose, de susurrarnos lo mucho que nos queríamos, de sentirnos en una burbuja en la que solo importábamos él y yo, un espacio en el que el resto del mundo desaparecía.

Solo deseaba fundirme entre sus brazos y quedarme allí para siempre. Su olor calmaba todos mis recelos y sus caricias provocaban que no existiese un atisbo de tensión en mi cuerpo.

Nunca me había sentido así y pensaba en el maravilloso regalo que era poder experimentar un amor tan intenso, estar en un lugar tan seguro. Había una profunda creencia de que nada malo me sucedería estando a su lado, de que él lucharía contra todos mis monstruos para mantenerme a salvo. Mientras estuviéramos juntos todo lo demás tan solo nos rozaría, como si nuestra unión fuese una armadura inquebrantable.

Pero había noches en las que aquella tranquilidad desaparecía y me quedaba mirándolo dormir desde el otro lado de la cama. Existía un terror silencioso ante la idea de perderlo y mi pecho se comprimía al saber que Matías podía desaparecer en cualquier instante.

La imagen de Telmo siendo enterrado me hacía rodar de un lado a otro. Los sollozos de su novia, absolutamente rota, se me habían incrustado en la memoria y no era capaz de olvidarlos. Matías se había mantenido con los ojos enrojecidos y repletos de lágrimas, pero no había dicho nada en todo el día.

Había noches en las que él se despertaba y me atrapaba despierta, mirando el techo, casi paralizada por el miedo. Me acariciaba la mejilla y me preguntaba: «¿Otra pesadilla?».

Yo asentía. No sabía cómo explicarle que no me hacía falta soñar para enfrentarme a mis mayores temores. Enterraba mi rostro en su cuello y él me acariciaba la espalda hasta que conseguía tranquilizarme y dormirme.

Ahora que Matías no estaba, ahora que mis pesadillas se habían hecho realidad, las noches eran mucho más largas. No había nada que consiguiera calmar mi pulso acelerado y mi cuerpo petrificado.

Aquella noche en concreto tenía un par de velas encendidas para contar con algo de luz y un libro entre las manos que me ayudaba a lidiar con la inquietud de estar despierta todavía a las cuatro de la madrugada.

Cuando trataba de cerrar los ojos, un nerviosismo comenzaba a recorrer mis piernas y subía por mi vientre hasta llegar a mi pecho, y entonces mi respiración se descontrolaba. Debía volver a incorporarme y repetirme a mí misma: «Todo está bien».

Esas noches era mejor no dormir y limitarme a esperar a que el sol saliese de nuevo.

—¿Cuánto tiempo vas a seguir ignorándome?

El fantasma de Matías se encontraba sentado en la silla de mi escritorio. Tenía los codos en las rodillas y llevaba mirándome fijamente desde hacía más de una hora. Me había prohibido a mí misma entrar en el juego, aferrarme a aquel delirio, pero cuando llegaba la madrugada y los ojos me pesaban por el cansancio la voz de Matías era como el canto de una sirena.

—¿Sigues enfadada conmigo?

Estaba tratando de no mirarlo, de no reconocer su presencia, pero siempre acababa resultándome imposible. Mis ojos se deslizaron hacia su rostro y suspiré.

—¿Cuándo vas a desaparecer?

Su sonrisa aguda hizo que el calor subiera a mis mejillas, pero no aparté mi mirada de la suya.

—¿Realmente quieres que desaparezca? —preguntó, y el aire se hizo más denso.

No estaba segura, y él lo sabía. A aquellas horas era difícil negar lo evidente. El fantasma de Matías me acompañaba en los momentos más oscuros, me sostenía cuando la soledad me golpeaba con fuerza y me permitía calmar mi añoranza.

Contemplé cómo su figura se desplazaba en un abrir y cerrar de ojos hasta llegar junto a mi cama.

Estaba levemente incorporada y percibí su esencia alrededor de mi cuerpo, como si una fuerza invisible tirara de mí hacia él. Cerré los párpados cuando sentí sus manos acariciar mi piel y sus labios rozar mi frente.

Matías besó con delicadeza cada parte de mi rostro: la nariz, las mejillas, el mentón y, finalmente, los labios. Tal y como hizo aquella primera vez.

Mi boca siempre le había pertenecido, pero la suya nunca había sido mía. Lo sabía, y por eso había vivido cada beso suyo como si fuera el último, con la pequeña esperanza de que fuera para siempre.

Se separó de mí con lentitud, la punta de su nariz acarició la mía y vi como la comisura de sus labios subía, creando una dulce sonrisa.

Habían pasado años desde que había visto esa expresión suya por primera vez y, aun así, continuaba produciendo el mismo efecto en mi cuerpo, un nerviosismo que se expresaba con un hormigueo en el vientre y una ilusión casi infantil en el pecho.

—¿Sabes cuál es uno de mis momentos favoritos contigo? —preguntó, y alcé la mirada, intrigada, en busca de una respuesta inmediata.

Me colocó un mechón de pelo detrás de la oreja y volvió a hablar:

—La primera vez que nos presentamos oficialmente juntos, en el cumpleaños de Emma. Tú llevabas un vestido azul y el pelo recogido. No paré de repetirte lo guapa que estabas. Emma lo celebró en el jardín de la casa de sus padres, y cuando se hizo de noche encendieron unos farolillos y pusieron música. Aunque la gente se comenzó a ir, tú y yo habíamos creado nuestra propia pista de baile. Nos cantamos el uno al otro y bailamos como si nadie más estuviese mirando.

Aquel también era uno de mis recuerdos favoritos.

Mientras estábamos juntos siempre nos encantaba rememorar escenas que habíamos vivido. Yo nunca me cansaba de ver nuestra historia a través de sus ojos. «¿Qué pensaste la primera vez que me viste?», le susurraba cuando me costaba dormir, y él se reía y me lo contaba todo como si de un cuento se tratase. «Me fijé en ti nada más entraste por la puerta del aula», decía, y yo sonreía con diversión.

«Eres un mentiroso», replicaba.

Miré al fantasma de Matías, aún sentado frente a mí, y deslicé la yema de los dedos por su rostro, con un pinchazo de culpa por estar llevando el juego demasiado lejos. Pero ya había caído en las garras de la fantasía y no tenía fuerzas para salir.

Rendida ante su provocación, me incorporé y me coloqué con calma sobre sus piernas, enroscándolas alrededor de su cintura. Sus manos se movieron inmediatamente hasta mis caderas, sosteniéndome, y alzó la mirada para contemplarme.

El silencio de la noche reinaba en la habitación y la luz de las velas bailaba, llenando mi cuarto de un ambiente nostálgico. Los dedos de Matías recorrían mi piel desnuda por debajo de la camiseta y nuestros labios se rozaron en un juego por conseguir que el otro se rindiera antes.

—¿Estás segura? —susurró sobre mi boca.

«¿Estás segura?», me había preguntado también la

primera vez que nos habíamos entregado el uno al otro. Yo había asentido con rapidez y nos habíamos envuelto en un beso lleno de necesidad.

Y eso fue exactamente lo que pasó en ese instante.

Mis labios se fundieron con los suyos y solté un suspiro al notar cada parte de su cuerpo rozar el mío. Mi camiseta desapareció al mismo tiempo que la suya y le acaricié la espalda, encontrando su columna vertebral y cada uno de sus músculos. Mi boca se desplazó hasta su cuello y emitió un gemido ronco mientras sus dedos se hundían en mi piel.

Con soltura, Matías nos movió a ambos sobre la cama hasta dejarme debajo de él. Tomó mis piernas para poder retirarme los pantalones con mayor facilidad, y mi ropa interior no tardó en desaparecer también. Ambos, desnudos, rodamos por la cama hasta quedar yo, de nuevo, sobre sus caderas.

Allí, desde ese ángulo, podía ver su rostro a la perfección, con esa seriedad propia del momento, sus mejillas ruborizadas y sus labios ligeramente hinchados. Con aquella mirada tranquila y sus ojos oscurecidos, simplemente lo contemplé. Nadie más tenía la oportunidad de presenciar aquello, era un regalo que nos hacíamos el uno al otro, el privilegio de la intimidad.

Matías, sin dejar de mirarme, acercó dos de sus dedos a mi boca y los introdujo en ella con suavidad. Una vez húmedos, los sacó y los posó en mi centro, haciendo uso de la presión exacta para que mi espalda se curvara hacia atrás.

Una exhalación salió de mis labios y dejé que me estimulara mientras mi cuerpo se fundía en un placer añorado. Mis caderas se movieron a su compás, circulares, y el alivio fue inmediato. Mi mano sostenía su muñeca en una súplica para que no parase, y no tardé en notar que algo más grueso que sus dedos rozaba contra mí.

El deseo era cada vez más impaciente, y sabía que Matías disfrutaba de mi desesperación.

Un gruñido inevitable escapó entre mis labios, exigiendo que completara el acto, y entonces, con una sonrisa de satisfacción, se introdujo en mí con lentitud. Sus ojos se cerraron mientras mi cuerpo le daba la bienvenida, y ambos nos convertimos en una sola pieza que se movía al unísono.

Cuando su respiración encontró de nuevo el ritmo deseado, Matías se incorporó y su boca abrazó la mía al tiempo que sus caderas se impulsaban con intensidad. En un abrir y cerrar de ojos, volvió a estar sobre mí y mis piernas se abrieron más, casi por instinto.

Mis manos soltaron su cuerpo y buscaron las sábanas para tirar de ellas mientras disfrutaba de aquella nueva postura. Su pecho se alzaba frente al mío, y al mirarlo me pregunté si él también disfrutaría de verme allí con el pelo enredado y la respiración acelerada, si apreciaría la libertad de cada gemido y la delicadeza de cada caricia.

También me pregunté si sabría todos los pensamientos que una mujer tiene sobre una cama, lo fácil que es alejarse durante unos segundos del acto y simplemente desaparecer. Me forcé a estar presente de nuevo y me incorporé lo justo para poder besarlo. Nuestros movimientos eran cada vez más desenfrenados y mis uñas se clavaron en su piel.

El sexo era una herramienta, lo había descubierto estando con él. Cuando Matías se distanciaba, cuando no conseguía acceder a él de otra forma y la angustia se acumulaba en mi pecho, sabía que si lo complacía volvería a tenerlo de vuelta conmigo.

Un sonido áspero salió de su garganta, indicándome lo que estaba a punto de ocurrir. Asentí y volví a tumbarme, enroscando con más fuerza mis piernas alrededor de su cintura, apretando su cuerpo contra el mío.

Nuestras manos se encontraron y nuestros dedos se entrelazaron. Notaba su agarre firme contra el mío y lo miré fijamente a los ojos, observando su expresión, que se tornaba de esa oscuridad que yo adoraba.

Un nuevo gemido salió de mi boca mientras notaba el temblor de Matías al llegar al orgasmo. «¿Has llegado tú?», me preguntaba cuando no lo veía claro, y a veces le respondía que sí, aunque fuese mentira.

El fantasma se transportó a mi lado en la cama y, mientras ambos tratábamos de reconciliarnos con nuestra propia respiración, apoyé mi cabeza sobre su pecho. Las sábanas se nos habían pegado por el sudor y, aunque el calor en la habitación había aumentado, una ráfaga de viento entró por la ventana abierta y rozó nuestros cuerpos, incitando a que nos acercáramos más el uno al otro. Uno de sus brazos me rodeó y acarició mi pelo con dulzura.

Mi cuerpo había entrado en un estado de tranquilidad inmediato, como si toda esa agitación anterior hubiese purgado mi malestar. Si me concentraba podía sentir su respiración sobre mi rostro y el calor de su aliento rozar mis mejillas.

Allí, en aquella cama, atrapada en su recuerdo, era consciente de que para mí él siempre había sido suficiente. La dulzura de sus besos, el sonido de su risa y sus abrazos cálidos me habían hecho sentir completa. Y durante un pequeño instante me había autoconvencido de que el sentimiento era mutuo.

Cerré los ojos mientras continuaba sintiendo sus caricias y dejé que todo mi cuerpo descansara. Los párpados comenzaron a pesarme y mi visión se hundió en una oscuridad placentera.

Matías continuaba allí, con su figura entre las sábanas y su cuerpo junto al mío. Y justo cuando creí haber caído en un profundo sueño, su boca se acercó a mí y me susurró:

—Creo que no estoy enamorado, Serena.

IX

La segunda semana de abril se celebraban las fiestas de Dirio.

Era un momento muy especial en el que todo el pueblo se llenaba de lucecitas y adornos colgados de los balcones.

El silencio habitual se transformaba en una melodía constante, compuesta por las conversaciones en las calles y, por la noche, los conciertos de la plaza, que era el corazón del pueblo, latente en cada celebración, en cada danza y cada cántico que se realizaba. Había puestos artesanales por todas partes en los que podías encontrar libros, joyas, cerámica y antigüedades extraordinarias.

Emma estaba impaciente; iba a aquellas fiestas desde que era pequeña y significaban una delicada vuelta a la infancia. Seguía teniendo ese brillo cándido en los ojos cuando veía a la gente con los preparativos para los siguientes días.

En el resto del pueblo también se sentía esa beatitud, el sentimiento de un movimiento conjunto en el que lo más relevante eran la tradición y el homenaje a su hogar.

Había algo mágico dentro de las tradiciones. La capacidad de replicar un acontecimiento año tras año desde tiempos antiguos era una forma de viajar al pasado. Era extraordinaria la repetición, la unión colectiva de hacer algo por y para todos, dejando a un lado las diferencias entre unos y otros.

Gloria también estaba entusiasmada, iba de un lado a otro mientras poníamos juntas el puesto de libros fuera de la tienda. Durante aquellos días trabajaríamos en la librería itinerante para acompañar a los demás artesanos.

«Recuerdo cuando tenía tu edad. Yo trabajaba en la tienda con mi padre y siempre intentaba escabullirme para ir a bailar un rato con mis amigas a la plaza», decía mientras sonreía con dulzura ante su propio recuerdo.

A mí no me hacía falta escabullirme para ir a bailar con Tam, Gabi y Emma, porque Gloria siempre me animaba a salir antes de mi hora para poder disfrutar de las fiestas. Juntas íbamos a cenar a los diferentes restaurantes del pueblo, charlábamos con una copa de vino en la mano y cuando terminábamos íbamos directas a la plaza para disfrutar de la música en vivo.

Bailábamos de la mano, dábamos vueltas juntas y nos uníamos a las danzas regionales sin tener ni idea de cómo movernos. Hacía mucho que no disfrutaba tanto.

El fantasma de Matías solo aparecía de vez en cuando, especialmente cuando me encontraba con David y Emma bailando juntos. Algo en mi interior se removía y al elevar la mirada encontraba a Matías observándome desde el otro lado de la plaza. A veces me tomaba la mano y bailaba conmigo durante unos segundos, pero enseguida volvía a desaparecer.

La primavera, en diferentes tradiciones, significaba limpieza y renovación. En honor a eso, en Dirio el 18 de abril se prendía una gran hoguera en la plaza del pueblo y las personas quemaban aquello que deseaban dejar ir.

—¿De verdad no hay nada que te apetezca quemar? —me preguntó Emma mientras miraba con poco disimulo la sudadera de Matías sobre mi cama.

—No —respondí de manera inmediata.

Recordé al instante las palabras de Ágata en mi sueño: «Quémalo todo, niña. Atrévete a liberarte», y me pregunté si se referiría a aquella hoguera.

—Puedes escribir una nota con todo lo que te apetezca dejar atrás —insistió mi amiga.

Emma no sabía que yo ya lo había intentado.

La noche anterior había cogido un lápiz y un papel y había tratado de escribir aquello que quería quemar en la hoguera.

«¿Estás segura de que me quieres dejar ir?», me susurraba Matías al oído y el pulso me temblaba, sin ser capaz de poner nada más en aquel escrito.

—¿No te basta con la caja entera de recuerdos que va a quemar Gabi? —preguntó Tam mientras entraba en la habitación.

Emma suspiró.

—Me hacía ilusión que lo hiciéramos todas.

No quería disgustar a mi amiga, así que, bajo su mirada afligida, cogí un folio en blanco.

—Pensaré algo que escribir, ¿vale? —le prometí, y Emma sonrió.

Tam se rio mientras revolvía mis cajones en busca de algún vestido que pudiera coger prestado. Al parecer, debíamos ir de blanco y ese no era un color que se encontrara dentro de su armario.

Por otro lado, Gabi seguía en busca de cosas que quemar, a pesar de que Emma le había advertido que no le dejarían echar tantas al fuego.

Desde la muerte de Ágata, Gabi había desarrollado una habilidad para acabar con las relaciones, para dejar trabajos o irse de donde no quería estar. Mi amiga cortaba las cosas de raíz y no miraba atrás. Y yo, a veces, la envidiaba.

Emma había seleccionado un par de fotografías con personas que ya no formaban parte de su vida y pude observar entre ellas una de Víctor. Me pregunté si se acordaría mucho de él; hacía tiempo que no le mencionaba.

Víctor había engañado a Emma repetidas veces y ella había puesto toda su energía para que aquella relación funcionara, pero no había sido suficiente. Nunca es suficiente con hombres así. Emma se quedó destrozada cuando su relación acabó y hubo un pequeño instante en el que temimos que la amiga que conocíamos desapareciese para siempre, que Víctor hubiese acabado con su ilusión inocente. Pero no fue así. Emma se fue recuperando y poco a poco volvió a ser la chica que conocíamos.

Tam, para mi sorpresa, también había escrito una

nota. Pocas veces mostraba su vulnerabilidad, pero aquel pequeño trozo de papel debía de ser importante para ella.

Una vez que estuvimos todas preparadas salimos de casa, camino a la plaza del pueblo. Se podía apreciar la emoción en el ambiente. La música recorría las calles, y Emma y Gabi avanzaban de la mano, moviéndose al compás.

Tam me cogió del brazo y la miré con cariño.

—¿Tienes ganas de esta noche? —me preguntó.

—La verdad es que sí.

Siempre me gustaba pensar en aquellas niñas que jugaban juntas en clase e imaginar sus reacciones de haber podido contarles que seguirían siendo amigas años después y que se mudarían juntas a un pueblo en la montaña.

Esa imagen me ayudaba a poner todo en perspectiva, y los días que la tristeza parecía un muro inquebrantable me daba un largo paseo por Dirio y conseguía que el malestar disminuyera.

Juntas llegamos a la plaza cuando la hoguera ya se había empezado a prender. A medida que nos íbamos acercando, el calor nos abrazaba con más fuerza y se nos iluminaba el rostro de una luz tenue y rojiza. Emma comenzó a mover la mano con energía, y seguí su mirada hasta encontrar a David y a sus amigos caminando en nuestra dirección.

Llevaban bolsas con bebida y comida, igual que el resto de las personas que empezaban a disponerse alrededor del fuego. No tardamos en presentarnos.

Una vez que saludé a la mayoría, llegué a la única persona de la que recordaba el nombre. Pero, antes de que pudiese decirle nada, él habló.

—Serena —me saludó al mismo tiempo que se acercaba con dos vasos de plástico en la mano y me ofrecía uno.

—Aron —lo imité, y asentí en forma de agradecimiento.

Lo contemplé con disimulo. Llevaba una camiseta de manga larga remangada que dejaba ver varios tatuajes en su antebrazo, pero no logré distinguirlos con claridad desde donde me encontraba. Vi que había dejado una sudadera gris sobre un banco de piedra que teníamos cerca y que de su bolsillo central sobresalía lo que parecía ser una hoja de papel doblada. ¿Él también iba a quemar algo?

Uno de sus amigos se acercó a nosotros para coger el alcohol de la bolsa de Aron e intercambiaron un par de palabras mientras yo los observaba.

Había algo cautivador en la presencia de Aron. Tenía un gesto amable en el rostro y se movía con suavidad, como si el cuerpo no le pesase en absoluto. La comisura de sus labios se alzaba hacia arriba y su mandíbula se mantenía relajada. Sus ojos azules estaban iluminados con las llamas del fuego y su mirada no divagaba, se quedaba fija en lo que requiriese de su atención.

No tenía que hacer ningún esfuerzo a la hora de interaccionar con la gente; conocía a la mayoría de las personas que nos rodeaban y se dirigía a todas con gentileza.

Me fijé en sus manos y en los dos anillos de plata que llevaba. Y volví a reparar en sus tatuajes, confirmando que uno de ellos parecía llegar hasta su cuello, pero seguía sin reconocer lo que era.

La hoguera cada vez era más grande y la plaza se había llenado de personas, emocionadas por poder quemar aquello de lo que deseaban liberarse. El fuego nos alumbraba a todos y, aunque la noche ya se había puesto sobre nosotros, podíamos verlo todo con claridad.

Tam y Emma estaban juntas hablando con David. La mano de él reposaba en la cintura de Emma y ella se apoyaba sobre su cuerpo con tranquilidad. Gabi, por otro lado, le estaba enseñando a una chica que no había visto antes toda la caja de recuerdos que pretendía quemar. La chica se reía en alto, y sonreí con tan solo imaginarme lo que mi amiga le estaría contando.

Al poco tiempo se anunció que ya podíamos echar al fuego nuestros objetos y la gente empezó a movilizarse. Emma y Gabi fueron las primeras en ponerse en la fila mientras que Tam, sin prisa, continuó hablando con David.

Busqué entonces en mi bolso el pequeño papelito en blanco, pero cuando iba a sumarme a la cola una ráfaga de aire me lo quitó de las manos. Este llegó al suelo, a pocos pasos de mí, y fue Aron el que logró alcanzarlo.

El papel se había desdoblado, mostrándose vacío, sin nada escrito, y vi el ceño de Aron fruncirse mientras caminaba hacia mí para dármelo. Lo cogí enseguida y lo miré algo avergonzada.

—Es que a Emma le hacía ilusión que lo hiciéramos

todas —me excusé, aunque dudé si sería una explicación coherente para él.

Sin embargo, Aron sonrió y asintió con la cabeza.

Quise darme la vuelta al instante, pero noté su mano sostener mi brazo con suavidad. La respiración se me ralentizó ante su tacto y me volví hacia él.

—Espera —dijo, y con curiosidad contemplé cómo sacaba del bolsillo su nota.

Me miró de nuevo antes de desdoblar poco a poco su papel y abrí ampliamente los ojos al ver que él tampoco había escrito nada. Su risa hizo que un cosquilleo recorriera mi vientre y conecté mi mirada con la suya. Durante unos segundos sentí que todo nuestro alrededor se fundía en un silencio.

—No siempre hace falta escribir algo. En el fondo, todos sabemos lo que queremos quemar —dijo en un tono de voz más cálido, y volví a mirar ambas notas en blanco.

De pronto, aquellos papeles sin nada escrito tenían un valor especial, algo que no había considerado antes. Cogí aire y solo fui capaz de sonreírle de vuelta. Él pareció no necesitar más.

El ruido resurgió y advertí que la fila comenzaba a avanzar. Sentía la presencia de Aron junto a mí y aprecié cierta tensión en mi cuerpo al notarlo tan cerca. Los dos nos mantuvimos en silencio, pero en compañía el uno del otro.

Una vez que nos encontramos frente a la hoguera no pude evitar volver a mirarlo. Él fijó sus ojos en el fuego y la luz rojiza enfatizó sus facciones. Ambos tiramos nuestra nota al mismo tiempo. La voz de Ágata volvió a hacerse presente. «Quémalo todo, niña. Atrévete a liberarte». Aquella frase resonaba en mi cabeza mientras veía el papel desaparecer entre las llamas.

No sabía si estaba cumpliendo con el mandato de la abuela de mi amiga, pero hubo algo dentro de mí que pareció desprenderse de mi cuerpo. Una ligereza que llevaba tiempo sin percibir se apoderó de mí y sonreí con amplitud.

—Se siente bien, ¿verdad? —dijo Aron, y lo miré, asintiendo con rapidez.

—Se siente increíble —afirmé.

Al tiempo, ambos nos retiramos poco a poco de la hoguera.

Caminando juntos salimos de la multitud y traté de encontrar a mis amigas con la mirada. Miré a Aron y él señaló con su dedo un grupo de personas que se encontraba a un lado de la plaza. Entre ellos reconocí a Emma y a Tam, y decidimos ir en esa dirección.

—¿Te gusta vivir en Dirio? —me preguntó.

—La verdad es que creo que podría quedarme aquí para siempre —confesé, y era la primera vez que lo decía en alto.

Aquella noche, bajo las luces de las calles y el sonido de la hoguera, Dirio lucía como el lugar con el que siempre había soñado. Me sentía en casa. Cada paso que daba hacía del pueblo un lugar más propio, y la paz que me otorgaba no me la proporcionaba ningún otro sitio.

—¿Tú naciste en Dirio?

—Sí, mi familia es de aquí de toda la vida —dijo Aron.

Quise saber más, pero Gabi apareció entre la gente y dijo en alto:

—¡Aron! Me han contado que El Jardín es tu restaurante... ¿No necesitaréis a una camarera para algo?

—¿Es camarera? —me preguntó él disimuladamente.

—No —confirmé, y ambos nos miramos, para después echarnos a reír.

Gabi frunció el ceño mientras llegaba, pero Aron le siguió la conversación y ella no tardó en comenzar a hacer preguntas. Decidí que era el momento de ir al encuentro de Tam y Emma. A medida que me alejaba, sentí la mirada de Aron sobre mí y luché contra mi propio instinto para no darme la vuelta.

Emma me vio primero y con rapidez se acercó a mí y me tomó de las manos.

—¿Cómo estás? ¿Te ha servido? —preguntó con cierta emoción en la voz.

Tam se unió a nosotras y sonrió.

Recordé el desagrado de Matías cuando le conté mi plan: «Somos jóvenes, ¿qué sentido tiene irse ahora a vivir a un pueblo?».

—Me siento mucho mejor —dije, y Emma me abrazó de inmediato.

En otro momento solo habría dicho aquello para contentarla, pero esa noche era verdad. Algo en mí había cambiado y sentía que ya no había vuelta atrás.

X

Llegó mayo.

Aquellas últimas semanas habían sido sorprendentemente tranquilas. Pasadas las fiestas de Dirio, el peso en mi pecho era menor, las noches eran más cortas y el fantasma de Matías no se me aparecía tan a menudo.

El tiempo comenzaba a ser más caluroso y las flores habían conquistado los jardines y las praderas. Después de guardar la ropa de invierno en los armarios, en casa ya habíamos comenzado a utilizar de nuevo nuestro patio con vistas al bosque. Había estado solitario durante el frío, pero con la primavera se inauguraba la época en la que hacíamos mayor uso de él. Pasábamos nuestras tardes libres allí juntas, disfrutando de la calidez. Todavía no nos habíamos bañado en el río, pero sí que dábamos paseos por la orilla.

Sentía que podía respirar con mayor facilidad, como si parte del dolor se hubiese marchado con el humo de aquella hoguera. Recordaba la imagen del papel quemándose y también la presencia de Aron junto a mí.

Aron… Su nombre me rondaba la cabeza sin pausa.

Después de la noche de la hoguera me surgió la curiosidad de encontrar su restaurante, así que una mañana, temprano, decidí ir a investigar. Sabía que se llamaba El Jardín, y fui siguiendo las instrucciones que me había dado Emma. Al preguntarle, había elevado las cejas con curiosidad, pero se había abstenido de hacer ningún comentario al respecto y simplemente me había explicado cómo llegar. «Hemos pasado varias veces por delante... No te habrás fijado», me dijo, y asentí.

Durante las últimas semanas estaba descubriendo nuevos lugares en el pueblo, dándome cuenta de que llevaba meses sin mirar al frente ni prestando atención a lo que me rodeaba. Pasé por la plaza, que aún mantenía algunos de los adornos de la verbena, y después de un par de calles más di con él.

Lo reconocí, era cierto que lo había visto antes. Dirio no era tan grande como para mantener oculto un restaurante como ese. Al observar con más detenimiento, comprendí el motivo del nombre: la fachada estaba decorada con miles de plantas enredaderas y el color del cartel era de un verde seco precioso. Me fijé en que no había nadie en la terraza y supuse que se debía a que era la primera hora de la mañana. Nadie iba a un restaurante tan pronto.

—¿Está la chica de ciudad espiándome? —Una voz a mis espaldas hizo que me girara automáticamente.

Aron se encontraba a pocos pasos de mí. Tenía entre sus manos una caja de bebidas y la misma sonrisa amable de siempre. Algo en mí se encendió al contemplar la escena y di un paso hacia atrás.

—Si estuviese espiándote habría hecho mejor trabajo para esconderme.

Era, sin duda, mentira. Porque sí que lo estaba espiando y, desde luego, había hecho un trabajo terrible para ocultarme. Le sonreí, aún con cierto nerviosismo y sin saber cómo explicar mi presencia allí. Él, de manera despreocupada, dejó la caja de bebidas sobre una de las mesas. Se sacudió las manos y volvió a mirarme.

—¿Y a qué le debo el placer? —preguntó.

Eché otro vistazo a mi alrededor y entonces distinguí un cartel que ponía en mayúsculas: CERRADO. Cogí aire y miré de nuevo a Aron, que parecía bastante entretenido con la situación.

—¿No abrís hoy? —dije, sin responder a la pregunta anterior.

—Abrimos en una hora.

—¡Ah! Bueno, pues nada… Solo quería un sitio para tomarme un café. ¡Seguiré buscando!

Casi en un estado de urgencia, comencé a moverme en su dirección para continuar mi camino de la vergüenza hasta la librería, pero Aron se deslizó. Se puso frente a mí, impidiéndome el paso, y me paré en seco. Alcé la mirada para contemplarlo y choqué directamente con aquellos ojos del color del mar. Él bajó el mentón en un gesto cortés.

—¿Cómo lo quieres?

Creo que me hizo el mejor café que he probado nunca. Ambos nos sentamos a una de las mesas de aquella bonita terraza después de que yo le diese las gracias repetidas veces.

Durante la conversación, me contó que había estado viviendo en diferentes lugares mientras se formaba como cocinero. Cuando volvió a Dirio, modificó un poco la carta de El Jardín, transformando los platos más tradicionales en otros más innovadores, y ahora trabajaba como jefe de cocina en el restaurante de sus padres, quienes, gracias a la ayuda de Aron y su hermano, se habían podido retirar del negocio.

—¿Te gusta trabajar en la librería? —se interesó a la vez que daba vueltas con la cucharilla a su café cortado.

Volví a fijarme en sus manos. Eran grandes y esta vez no tenía sus anillos puestos.

—Me encanta, la verdad.

«No deberías conformarte solo con eso, Sere».

—Gloria te estará agradecida. A todo el pueblo le dolía ver el cartel de SE VENDE en la puerta —añadió, y asentí despacio.

—Yo también le estoy agradecida a ella —confesé, y él me miró fijamente durante unos segundos, como si tratara de ver más allá de lo que le estaba mostrando.

Sabía lo que Aron quería averiguar en realidad. David se lo había preguntado a Emma cuando se conocieron: ¿qué hacían cuatro chicas de veintidós años mudándose a un pueblo en la montaña? ¿Había una razón oculta? ¿Un secreto que tan solo nosotras sabíamos? La respuesta era difusa. Quizá, en el fondo, sí que había un motivo silencioso por el que nos habíamos marchado de Madrid, una huida pactada en la que no habían hecho falta palabras.

—¿Me recomendarías algún libro? No suelo leer mucho.

La pregunta de Aron me pilló desprevenida y volví a mirarlo mientras él bebía de su café.

—No sé si te conozco lo suficiente para saber qué libro te podría gustar —confesé, aún pensativa.

Él asintió y puso los codos sobre la mesa, inclinándose apenas hacia mí.

—Cierto. Hagamos un trato. Tú me recomiendas un libro basándote en la primera impresión que has tenido de mí y yo te cocino una receta con las mismas condiciones —dijo.

La propuesta me provocó una risa divertida y me sorprendí por la falta de sutileza.

—No es justo, tienes ventaja, me gusta la mayor parte de la comida.

—Intentaré arriesgarme —contestó, y pude ver un destello de agudeza en sus ojos.

Aquel parecía un juego inocente, pero sentí un vaivén de emociones. Aron estaba relajado, esperando una respuesta. Al ver su cuerpo reposando sobre la silla y la agradable expresión reflejada en sus ojos, yo misma supe que no había ningún peligro. Tan solo éramos dos personas que querían conocerse mejor.

—Está bien. Acepto.

Él trató de disimular su gesto de satisfacción, y reí mientras negaba con la cabeza suavemente.

—¿Y bien? —dijo.

—¿El qué?

—El libro —añadió, y volví a recordar mi cometido.

Me acomodé en la silla y procuré encontrar un título para él. Miles de nombres se me pasaron por la mente mientras Aron esperaba. Ninguno me convencía lo suficiente, hasta que una chispa de inspiración me iluminó. Era una decisión arriesgada, lo sabía, pero había algo dentro de mí que me pedía a gritos que lo hiciera. Lo miré a los ojos y sonreí.

—*Cumbres borrascosas*, de Emily Brontë.

Una prueba. Tanto para él como para mí misma. Sus cejas se alzaron y me pareció que intentaba predecir el porqué de mi elección. Era imposible que lo adivinara, así que, sin hacer ningún juicio de valor, sacó el móvil para apuntar con rapidez el título.

—Y otra cosa... —dije. Aron volvió a mirarme—. Solo probaré tu receta cuando te hayas terminado el libro.

—¿No te fías de mí, chica de ciudad? —inquirió con cierta picardía en su voz.

—Por supuesto que no —contesté con una sonrisa cómplice.

Cuando sus ojos volvieron a conectar con los míos, mi respiración se ralentizó levemente. Alargó su brazo y me ofreció un apretón de manos. Aún con dudas, imité su gesto y nuestras palmas se juntaron.

Había algo cálido y firme en el tacto de su piel sobre la mía que hizo que aquel roce fuese distinto a lo que ambos habíamos pretendido en un inicio. Los dos relajamos nuestro gesto, casi por instinto, y volvimos a mirarnos.

—Trato hecho entonces —dijo él en un tono de voz más profundo, y asentí.

Aguardé a la cena para contárselo a mis amigas.

—Espera, ¿una cita? ¿Vais a tener una cita? —preguntó Emma con rapidez.

Yo reí, bajo la mirada de estupor de todas.

—¡No es una cita! Hemos hecho un trato, solo eso.

—A mí me ha sonado bastante a una cita —añadió Gabi, disimulando su sonrisa.

Puse los ojos en blanco y volví a negar.

—¿Cómo te sientes al respecto? —preguntó Tam.

La conversación cambió de tono de manera instantánea y quise regresar al debate anterior, pero todas las pupilas estaban clavadas en mí. Suspiré y me hundí un poco en la silla.

—No lo sé. Han pasado cuatro meses. Y no es que me esté forzando a pasar página, simplemente… quiero pasármelo bien.

Era cierto, quería divertirme. Quería experimentar el alivio de no echarle de menos a todas horas, de atreverme a dejar el duelo atrás. Había un hilo sutil que tiraba de mí, que me susurraba: «¿Y si vuelve?». Pero Matías no iba a volver.

En las últimas semanas, había momentos en los que su fantasma no aparecía y otros en los que estaba siempre ahí. Había días en los que sentía una tristeza profunda y otros en los que creía que el enfado y la rabia podrían conmigo. No había conseguido llegar en ningún punto a la indiferencia, pero no creía que eso fuera a ocurrir realmente.

Ya no existía esperanza, solo un montón de dudas sin respuesta. Y algunas noches existía la intensa certeza de que mi vida no podía acabar allí, de que no debía darle el poder de arrebatarme todo lo que quedaba de mí.

Entre todas aquellas cosas, el rostro de Aron aparecía de forma breve en mi mente, solo por unos segundos. Como un recordatorio de lo que existía más allá del pasado.

—Pues a mí me parece estupendo —dijo Gabi.

Las demás también asintieron.

—No os hagáis ilusiones. Ni siquiera sé qué piensa él de todo esto —advertí.

—¡Oh! Ya te lo digo yo... ¿No te diste cuenta de cómo te miraba en la hoguera? —inquirió Emma.

Volví a reír, y noté mis mejillas ruborizarse.

—¿De qué narices estás hablando?

—¡Todas lo vimos! Estuve a punto de preguntarle a David...

—¡No! ¡Nada de preguntar a David! —interrumpí, alarmada.

—Vale, vale, entendido.

Emma sonrió divertida, y suspiré con alivio.

—¿Cuándo habéis quedado, entonces? —continuó Tam.

Me mordí el labio, sabiendo perfectamente cuál iba a ser su reacción.

—Cuando se acabe el libro.

—¡Serena! —exclamaron entre risas.

Cuatro días después de esa cena, cumplí veintitrés años. Era una cifra que se me hacía ajena, como si no me pudiera pertenecer. Era extraño todo lo que podía cambiar en un año. Mis veintidós fueron particulares y, desde luego, la última parte de ellos no había sido la etapa más placentera. Quizá aquella nueva edad era la oportunidad perfecta para poner el contador a cero.

Volver a empezar.

Esa mañana me despertó un olor a manzanas que me impulsó con rapidez fuera de la cama. Bajé la escalera y vi a mis tres amigas en la cocina con la tarta sobre la mesa. En ella había dos velas con el número que ahora me correspondía.

Bajo el canto del *Cumpleaños feliz*, caminé hacia ellas, emocionada. Era una de esas escenas que sabía que se me quedarían guardadas en la memoria, recuerdos que me iban a acompañar durante toda la vida.

—Gracias, sois las mejores —murmuré, y noté un sutil nudo en la garganta.

Después de abrazarlas, nos sentamos alrededor de la mesa a hacer una de nuestras cosas favoritas: desayunar juntas. Verlas allí a las tres me llenaba el pecho de calor. Si había algo que no quería que cambiase aquel año era mi amistad con ellas. El mundo podía dar mil vueltas, que nosotras seguiríamos juntas.

Por un momento, observando la escena desde lejos, creí que sería un cumpleaños tranquilo. Empezar de cero, de repente, me pareció sencillo. No tardé en sentirme una ingenua. Estábamos acabando de desayunar cuando me fijé en que mi móvil se iluminaba. Al inclinarme para ver la notificación, identifiqué de inmediato el nombre del contacto al que le pertenecía el mensaje. Las voces de mis amigas se comenzaron a alejar mientras yo no era capaz de apartar los ojos de la pantalla. Mi pulso se había acelerado y un incómodo cosquilleo comenzó a recorrer todo mi cuerpo. Sentí la tarta de manzana dar vueltas en mi estómago y me arrepentí de haber comido tanto. Releí el mensaje una y otra vez, hasta asimilar que no formaba parte de ninguna fantasía propia.

Feliz cumpleaños, Sere

—Me ha escrito... Matías me ha escrito —murmuré, casi sin creerme mis propias palabras.

Mis amigas pararon la conversación de forma tajante. El silencio se hizo en toda la casa y con lentitud les mostré el mensaje. Sus rostros trataron de mantener una expresión neutra, aunque pude apreciar alguna mueca de desagrado y preocupación. Ninguna dijo nada por unos segundos, ni siquiera yo, y cuando sus ojos entraron en contacto con los míos, me esforcé por tomar una larga respiración.

—Menudo capullo —expresó Gabi y, a pesar de que quería darle la razón, mi mente no parecía ser capaz de reaccionar.

Hacía cuatro meses que no recibía ningún mensaje de Matías. Mi cuerpo se encontraba absolutamente descompensado ante el impacto. A él le habría llevado un segundo escribir esa frase, se habría guardado su móvil en el bolsillo y habría continuado con su día como si nada hubiera ocurrido. Mientras tanto, a mí ya se me había clavado la lejanía de sus palabras, el recordatorio de que él no estaba allí, celebrándolo conmigo, por primera vez en cuatro años.

—Es egoísta por su parte, Serena. ¿No tiene nada mejor que hacer? ¿Nada mejor que decir? Lleva meses sin preguntarte qué tal estás —exclamó Emma, con un enfado visible.

—Lo sé —murmuré, aún con los ojos fijos en aquel mensaje; sentía un nudo en la garganta.

Tam les dirigió una mirada de advertencia y las dos parecieron entenderlo con rapidez. Noté el delicado tacto de la mano de mi amiga sobre la mía. Me dedicó una dulce sonrisa que me ayudó a relajar poco a poco mi cuerpo, y volví a entrar en contacto con lo que me rodeaba.

—Lo peor ya ha pasado. No dejes que esto te lleve hacia atrás —dijo, y aquellas palabras se sumergieron en mí.

Era cierto. Mientras las tres me observaban miré de nuevo mi pantalla y entré en la conversación. Los dos mensajes anteriores eran:

Amor, ¿cuánto te queda?

Cinco minutos! Deseando verte

Después de mi respuesta no habían existido más mensajes, porque aquel día Matías decidió poner final a nuestra historia. No volvió a escribirme, y yo, aunque había tenido mil dudas al respecto, tampoco lo había hecho.

Vi su contacto. Tenía puesta una foto analógica que yo le había hecho mientras conducía. En ella se le veía de perfil, con un fondo verde que pertenecía al paisaje que estábamos recorriendo. Había sido uno de mis viajes favoritos, y esa foto, una de las más especiales. Todavía la tenía impresa; la guardaba en una pequeña caja de recuerdos que mantenía oculta en mi habitación. Sentí otra punzada en el pecho.

«¿Por qué sigue teniendo esta maldita foto?», me pregunté a mí misma, con rabia, lidiando con un picor amargo en los ojos gracias a las lágrimas contenidas. Aun así, reuní todas las fuerzas que tenía y leí su felicitación por última vez.

Feliz cumpleaños, Sere

No le contesté. Y a partir de ese día, no miré esa conversación nunca más.

XI

Había vuelto a escribir.

Hacía tiempo que no era capaz de armar una frase correctamente, no lograba poner mis ideas sobre el papel. Mi dificultad y mi poca claridad eran la prueba de mi vorágine interna. Porque escribir requería de un orden, de una franqueza con una misma que yo todavía no había experimentado. Temía que, si comenzaba a escribir, la verdad saliera a la luz y no pudiese negarla durante más tiempo.

Ahora que la marea se había calmado, parecía que todas aquellas palabras encerradas dentro de mí luchaban por salir. Sentía el impulso constante de transcribir todo lo que se había mantenido oculto en mi memoria. Casi con un verdadero miedo al olvido, inicié un diario en el que documentaba cada uno de mis recuerdos. Por muy doloroso que llegara a ser, también existía algo sanador en aquel proceso.

Escribía por las noches, cuando el sueño tardaba en llegar. Escribía en la librería, cuando esta se encontraba en soledad. Y escribía los lunes en el lago, mientras el agua ponía melodía a mi tiempo.

Mis textos eran cortos, muchas veces no los terminaba y había miles de frases sin coherencia. Pero cuando escribía me sentía liberada, como si cada punto, cada coma fueran un peso menos sobre mis hombros. Mis pensamientos se iban disponiendo como las piezas de un puzle, dando sentido a mis sospechas, reconstruyendo mi mapa interno.

La honestidad con una misma era el primer paso. En el proceso había encontrado algunas verdades de las que llevaba queriendo huir desde hacía mucho. Ahora me tocaba mirarlas de frente, asumir su presencia y su auténtico significado.

Al escribir me sentía aún más unida con mi trabajo en la librería. Era donde me pasaba la mayor parte del tiempo. Caminaba entre las estanterías, casi como si flotara, y siempre tenía un libro nuevo entre las manos.

«Ay hija, este lugar ya tiene escrito tu nombre», me decía Gloria, y una parte de mí también lo sentía así.

La librería me abrazaba al llegar, el aroma de los libros se me pegaba a la piel y había instantes en los que me parecía que todas las historias de aquel lugar me pertenecían a mí. Y yo les pertenecía a ellas.

Me estaba reconciliando con pasar tiempo a solas, sin ensoñaciones ni fantasmas.

No era fácil; mis fantasías me suplicaban aparecer en los momentos de silencio. Cuando todo lo que me rodeaba se nublaba, un hilo interno me suplicaba que les diera un lugar, que las dejara aparecer. Me había aficionado a esconderme en mi mente, en aquel mundo ajeno en el que podía desentenderme de la verdad, en el que yo era la creadora, capaz de elegir el orden de los sucesos, la tonalidad de los colores y la suavidad de las palabras.

Mis fantasías eran, a veces, mi mayor consuelo. Pero aquellos últimos días estaba teniendo la fortaleza de encerrarlas y mantenerlas lejos de mi realidad.

El último mensaje de Matías se paseaba en mi memoria y me arrebataba más tiempo del que deseaba.

En ocasiones, el alivio de que se hubiese acordado de mí me recorría todo el cuerpo, como si pudiera respirar de nuevo ante el hecho de que él me hubiera tenido en su mente durante unos segundos, como si mi recuerdo en su pensamiento me devolviera la existencia. Luego la realidad me golpeaba, siendo consciente de que era eso en lo que yo me había convertido: un recuerdo.

No le había contestado y no tenía intención de hacerlo. Sentía que, poco a poco, estaba consiguiendo desprenderme de él y no podía permitirme darle un lugar de nuevo. No deseaba notar ese vacío en cuanto los mensajes llegaran a su fin. Cuando la conversación se envolviera en un silencioso frío y Matías me mandase sus palabras, el cuerpo se me helaría por completo. Y retrocedería en esa angustia de nuevo, quedándome días enteros petrificada por el impacto. Quizá aquella era la primera vez en toda nuestra historia que yo conseguía ser fiel a mi instinto, cuidarme a mí misma de una tragedia inevitable.

De cuando en cuando también volvía a mi mente la foto de él con aquella chica a su lado y su brazo rodeándole la cintura. Tan solo la había visto una vez, pero la tenía incrustada en la memoria. Recordaba a la perfección todo en la imagen, cada detalle del paisaje, a cada una de las personas de ese grupo y a ellos dos. Si cerraba los ojos veía con nitidez el gesto de sus rostros, las sonrisas amplias y la mano de Matías sosteniendo a la chica junto a su cuerpo.

Me era fácil comenzar a imaginar diferentes realidades en las que los dos estaban viviendo la vida que en algún momento fue nuestra.

Trataba de evitar la tristeza, y en algunas ocasiones esta llegaba a disiparse. La veía de lejos, observando paciente, aguardando a que llegara su momento. Y yo la mantenía allí, la hacía esperar, con firmeza. Ella sabía que siempre tendría un hueco en mi vida, que una parte de mí le pertenecía, pero aquello no le daba derecho a gobernarme para siempre.

Otras veces, la pena me pesaba tanto que era imposible mantenernos separadas, y tenía que cargar con ella el resto del camino.

De la misma forma que la pesadumbre estaba ahí, la felicidad había comenzado a tener su sitio. Ya no sufría constantemente la presión en el pecho y, a veces, me sentía tan ligera que me encontraba con la esperanza de que la angustia se hubiese ido para no regresar. No era cierto, la angustia seguía allí, pero habíamos aprendido a convivir.

No sabía en qué parte del camino estaba exactamente, pero sabía con seguridad que había avanzado un par de pasos. Y esa pequeña distancia se sentía como estar llegando a la cima de una gran montaña después de meses luchando por subir.

Aquel día de mayo me encontraba en la librería, como de costumbre. La luz entraba por las ventanas abiertas y la brisa recorría los pasillos, llenando el lugar de un aroma fresco y cítrico. Por la mañana había tenido varios clientes, pero aquella tarde todavía no había entrado nadie, así que estaba apoyada en el mostrador de madera oscura mientras releía un libro. Había descubierto una nueva edición de *La campana de cristal*, de Sylvia Plath, y estaba absorta en ella cuando la puerta se abrió.

Giré mi rostro y alcé las cejas, sorprendida.

—Aron —saludé, y lo miré mientras se dirigía hacia donde me encontraba.

—Serena —saludó de vuelta.

El caminar de Aron era siempre relajado, pero daba cada paso con seguridad. Iba vestido con unos pantalones de chándal gris y una camiseta ancha negra. La fina y cálida luz de la librería le iluminaba el rostro, suavizando sus facciones. Me quedé observándole fijamente hasta que llegó junto a mí.

Tuve ganas de retirarme el pelo de la cara y sonreír, como si quisiera que Aron pudiera verme bien con aquellos ojos azules. Pero me mantuve quieta, reprimiendo el impulso. Bajé la mirada hasta sus brazos y fruncí el ceño.

—¿Qué traes ahí?

Él no contestó de inmediato, sino que puso el objeto sobre el mostrador.

Era un libro. Reconocí la portada de inmediato: *Cumbres borrascosas*. Alcé los ojos hacia él, confundida, para ver un gesto de diversión en su rostro.

—¿Te lo has comprado? —pregunté mientras rozaba la cubierta del libro con la yema de mis dedos.

—Me lo terminé ayer —contestó, y me percaté de cierta satisfacción en su voz.

No pude ocultar mi sorpresa.

Había pasado una semana desde que él y yo habíamos hecho el pacto. Con cierto arrepentimiento, recordé haber dudado de que Aron se leyera el libro de verdad. Que lo hiciera en una semana era algo que definitivamente no entraba en mis planes.

Tomé el libro entre mis manos, casi como si de esa forma pudiera confirmar que lo que me estaba diciendo era cierto. La curiosidad llegó poco después del asombro, y un cosquilleo me recorrió la columna vertebral al ver aquella expresión hipnotizante. Aron continuaba esperando una respuesta por mi parte.

—¿Y bien? ¿Te ha gustado? —pregunté.

Su sonrisa se amplió y negó lentamente con la cabeza.

—Eso te lo contaré cuando pruebes mi receta —dijo, recordando el trato que habíamos hecho.

Una risa salió de mis labios de forma inevitable y asentí.

—Me parece justo.

Le devolví el libro y durante el intercambio nuestros dedos se rozaron. Fue tan solo un segundo, pero el contacto entre ambos provocó, de nuevo, una especie de tensión en el ambiente que lo paralizó todo por unos instantes. Mi boca se secó y devolví mis manos al mostrador, tomando una profunda respiración con disimulo.

En la mirada azul de Aron se veía la conciencia de

aquella tensión. Era algo que también había sentido el día de la hoguera, en el momento en el que ambos mirábamos en silencio el papel ardiendo. Allí había existido una fuerza latente que tiraba de nuestros cuerpos, el uno hacia el otro. Pero ambos parecíamos ser pacientes, casi temerosos ante aquel impulso interno que nos condenaba.

Aunque llegaba a ser apacible coincidir en esa sensación, tenía que obligarme a mantener los pies en la tierra y no echar a correr. Mi cuerpo estaba condicionado por el miedo y la inseguridad ante el recuerdo de lo que aquella primera inquietud podía significar.

—Propón un día y me encargo de organizarlo todo —dijo Aron en un tono de voz más profundo de lo habitual.

Su sonrisa continuaba ahí, pero había algo en su gesto que seguía tratando de digerir lo ocurrido poco antes.

—El viernes por la noche sería perfecto —conseguí decir, y la comisura de mis labios se elevó casi sin pretenderlo.

Aron aceptó, complacido por mi respuesta.

—Pues el viernes entonces, en El Jardín, ¿te parece?

Vi que sus hombros se habían relajado y volvía a tener esa tranquilidad interna que lo caracterizaba. Lo imité y me relajé mientras me apoyaba sobre el mostrador.

—Claro, allí estaré.

Una cita…

Una ilusión infantil pareció hacerse conmigo durante unos segundos. Traté de disimular mis mejillas sonrojadas y el movimiento nervioso de mis dedos. Aron asintió complacido y comenzó a retroceder hacia la puerta.

—¿Tienes alergia a algo? —preguntó cuando ya se alejaba.

Negué rápido con la cabeza, tomando todavía el mostrador como punto de anclaje para mis pies impacientes.

—No. Y no pienso darte más pistas —añadí.

Él se apoyó en el marco de la puerta y nuestras miradas conectaron con mayor intensidad.

—No necesito pistas, chica de ciudad —contestó y, después de unos segundos de silencio en los que parecíamos no poder quitar la mirada el uno del otro, se marchó.

Sentía que todo en mí se había puesto alerta ante aquella última interacción. A pesar del temor que me generaba, había algo reconfortante en cada encuentro con Aron, una promesa silenciosa de algo más. Y no me gustaba la vulnerabilidad en la que aquella posibilidad me encerraba. Conectar con la dulzura del quizá me atrapaba en el tiempo, con el vivo recuerdo de lo que había significado esa ilusión. Pero ya no podía echarme atrás, porque, aunque quisiera, existía una fuerza dentro de mí que me lo impedía.

Ante la agitación del momento, el silencio de la librería se había transformado en algo sólido, algo que pesaba a cada paso, que me presionaba en el pecho, ralentizando mi respiración. Maldije internamente ante lo que aquello significaba.

Noté unas manos sigilosas en la cintura y un aire cálido en la nuca. Esos dedos firmes ya se me habían clavado en la piel antes, dejando su huella donde no podían ser vistos. Su aliento me rodeó como un humo tupido que me volvía casi invidente.

Era consciente de que su presencia era inevitable en momentos como esos, sabía que su existencia se nutría de mi desesperación y temor. Así que me entregué a ese caluroso abrazo y dejé que sus labios rozaran mi hombro con una suavidad aterradora.

—Él nunca será yo —susurró en mi oído, y me acarició con lentitud la mejilla.

Toda mi piel se erizó. El peso en mi pecho se agrandó y me giré para quedar frente a Matías. Sus ojos oscurecidos eran el contraste perfecto con los ojos claros de Aron. Tampoco había nada en el rostro del fantasma de su gesto amable, solo una expresión sombría.

Matías era la tormenta. Era el dios del caos, la anarquía y la discordia. Yo, ansiosa de aire, había disfrutado de aquella falsa libertad que él ofrecía, de aquella visión del mundo que prometía, sin normas, sin nada que nos limitara, que todo era posible. Quise creerle, porque era más fácil soñar que entender que me estaba aferrando a una idea vacía.

Lo observé, viendo su figura desaparecer y aparecer con rapidez. Sabía que era mi mente tratando de luchar contra él, pero a Matías aún le quedaban fuerzas.

—Tengo que seguir viviendo —supliqué a aquellos ojos afilados que me penetraban con lentitud.

Sentía sus manos aferrarse a mí con mayor determinación. El calor que desprendía nos provocaba a ambos sudor en la piel y una respiración pausada. Posó su frente en la mía y juntó nuestros cuerpos con mayor intensidad. Llegaba a notar como en algunos momentos nos convertíamos solo en uno.

Los dedos de Matías se deslizaron como un suspiro y sus labios se posaron con suavidad sobre los míos. Recibí un beso denso y ambiguo que removió cada parte de mi ser, un beso de esos que se quedan en el aire para siempre, que provocan un dolor placentero en los labios y humedecen cada secreto de una misma. Jadeé cuando fui consciente de que, poco a poco, se separaba.

—No te vas a librar de mí tan fácilmente —sentenció, y cuando abrí los ojos el fantasma me consumió por completo.

XII

El comienzo de mi relación con Matías había sido idílico. Aquel primer verano, aprovechando que mis padres se habían marchado, nos pasábamos los días juntos. Por fin, él era solo para mí. Lo miraba fijamente, embelesada por aquellos ojos ambarinos y aquella sonrisa irresistible. Me deshacía entre sus manos cada vez que me tocaba. Sus caricias eran todo un alivio, una cura para cualquier herida existente.

La mayor parte de los días nos costaba salir de la cama, las sábanas se nos enredaban entre las piernas. Los besos eran eternos, lentos, llenos de miles de palabras que no decíamos en alto. Nuestros dedos se entrelazaban mientras sus labios recorrían todo mi cuerpo.

Era el beneficio de la intimidad lo que nos regalábamos el uno al otro, el privilegio de cada susurro, cada clímax compartido, esa vulnerabilidad exhibida en una habitación cerrada.

Dormíamos abrazados, y si nos despertábamos separados en mitad de la noche él volvía a tomarme entre sus brazos y me sostenía con ternura. Enterraba su rostro en mi cuello y me besaba. Yo hundía los dedos en aquel cabello fino y me dejaba complacer. A veces nos volvíamos a dormir y otras nos saboreábamos hasta que salía el sol.

Nunca teníamos suficiente el uno del otro. Y yo era completamente adicta.

Su olor se había impregnado en mí, tenía pequeñas marcas del roce de sus dientes y la piel me cosquilleaba nada más sentirlo cerca. Jamás había experimentado algo parecido.

Las mañanas eran calmadas; tomábamos el café en el balcón y él fumaba el primer cigarro del día. Se levantaba con el pelo alborotado y los labios hinchados. Se paseaba por la casa con solo unos pantalones puestos y escogía nuestras canciones favoritas para que sonaran por el altavoz.

Yo aprovechaba para sacarle fotos con la cámara analógica cuando estaba distraído. Y cuando me pillaba me perseguía por toda la casa mientras yo reía, hasta que lograba quitarme la cámara. Eran mis fotos preferidas y siempre tenía alguna de ellas como fondo de pantalla o impresa sobre el corcho de mi habitación.

Ambos acabábamos de sacarnos el carnet de conducir. Yo adoraba ir con él en el coche. Poníamos la música a todo volumen y, a la vez que cantábamos, solíamos cruzar miradas y sonreír con diversión. Yo le acariciaba la nuca mientras él se mantenía al volante y mis ojos rebosaban de adoración. La carretera ofrecía una falsa sensación de pausa en la que simulábamos que el resto del mundo dejaba de existir. Solo éramos él y yo. Y el paisaje que nos abrazaba desde las ventanillas.

El recuerdo de Telmo nos acompañaba. Manteníamos largas conversaciones sobre su amistad y su muerte. Cuando Matías contaba anécdotas, se le quebraba la voz. Yo le sostenía la mano con fuerza. Algo en él había cambiado desde aquella noche, como si la vida le hubiese recordado que no iba a estar en este mundo para siempre. Parecía mirar a su alrededor con los ojos más abiertos y, en ocasiones, también me miraba a mí con esa misma intensidad.

A los dos nos había costado encajar lo sucedido y la mayor parte de las veces tratábamos de distraernos lo suficiente para no pensar en su pérdida. Pero yo sabía que el dolor perseguía a Matías. Lo veía en su gesto oscurecido y en la tensión de su cuerpo. Era algo momentáneo, como si la imagen de su mejor amigo lo atrapase durante unos segundos. «¿Estás bien?», le preguntaba. Y él me miraba, relajando la expresión, y contestaba: «Sí, perdona, solo estoy cansado».

Era siempre la misma respuesta, y yo nunca insistía.

El verano finalizó y comenzamos el segundo curso de la carrera. En clase hacíamos un gran esfuerzo por concentrarnos, pero la mayor parte de las veces nos pillábamos el uno al otro dedicándonos miradas cómplices y sonrisas juguetonas desde la otra punta del aula.

Visitábamos los aseos de la universidad a menudo, como si no pudiéramos esperarnos a llegar a casa, y allí nos desenvolvíamos, experimentando el placer de lo prohibido. Yo adoraba la tensión de su cuerpo cuando se me escapaba un gemido demasiado alto o cuando él tenía que contenerse para que nadie más nos oyera.

«Ay, el primer amor», había dicho su madre mientras nos observaba juntos en el salón de su casa.

Yo me había sonrojado y me había preguntado a mí misma: «¿Será también el último?». Todo en mí deseaba que lo fuera, que Matías fuese el definitivo. No quería buscar más, no quería imaginarme la vida con otra persona. Lo deseaba todo con él, cada uno de mis días, para siempre. Pero eso era algo que no me había atrevido a confesar en alto.

Aquella misma noche, mientras veíamos una película en su habitación, me giré para observarlo. Tan solo teníamos puesta la ropa interior y yo había estado posada sobre su pecho hasta aquel momento. Nuestros ojos se encontraron y él sonrió y me besó la frente. Después me volvió a mirar y soltó una pequeña risa ronca que me vibró por dentro.

—¿Qué pasa?

—¿Te has enamorado alguna vez? —le pregunté.

Matías pareció sorprendido, y ambos nos incorporamos un poco para vernos mejor.

Yo no sabía demasiado de su pasado, Matías no era una persona que hablara a menudo sobre sus emociones ni sobre aquellos sucesos que lo habían convertido en lo que era en aquel momento. No solía echar la vista atrás. Siempre tenía la mirada puesta en el futuro, como si todo lo demás hubiese dejado de importarle al segundo de que ocurriera. No comprendía mi melancolía, mi afición por volver a aquellos viejos recuerdos de vez en cuando.

—¿A qué viene esa pregunta?

—No lo sé. Curiosidad.

Habría dicho que Matías no tenía ningún interés en contestar. Aun así, insistí con la mirada. Se acomodó de nuevo y suspiró, pensativo. A mí me parecía una pregunta muy sencilla.

—No lo creo.

—¿No lo crees? Eso se sabe.

—Me han gustado algunas chicas, pero enamorarme… Eso es algo más serio —contestó.

Lo miré fijamente, intentando averiguar si había algo oculto en aquella respuesta, algo escondido en esas pupilas negras y ese gesto desenfadado. Pero Matías parecía estar siendo sincero.

—Entonces ¿no?

—No, supongo que no. ¿Y tú?

De manera egoísta su contestación me llenó de alivio. Saber que no había otra chica antes que yo, algún nombre que divagase por su memoria del que yo tuviese que preocuparme, me daba paz. Sin embargo, aunque en aquel momento creí que era algo a mi favor, más tarde sería lo que acabaría con todos y cada uno de mis sueños.

—Yo sí, una vez. A los quince años tuve un novio en el instituto con el que creí que iba a casarme.

Sonreí divertida y él elevó las cejas con curiosidad.

—¿Y qué pasó?

—Me dejó. Mi primera ruptura. Lloré como si el mundo se acabara.

Reí al recordarlo y él sonrió con ternura.

Me acarició con delicadeza el pelo y me puso un mechón tras la oreja. Mis ojos brillaron ante el roce que ofrecían las yemas de sus dedos.

—Si yo te hubiese conocido entonces, le habría dado a ese chaval su merecido —murmuró y, antes de que pudiera besarme, solté una carcajada.

—Oh, por favor... Si me hubieses conocido entonces habrías sido tú el que me habría roto el corazón —dije, y no pudo contener una risa juguetona.

Después me cogió por la cintura y jadeé mientras me tumbaba en la cama y se ponía sobre mí. Me imaginé cómo me vería Matías desde allí arriba, con el pelo largo esparcido sobre el colchón y las mejillas rosadas, con la boca entreabierta y los ojos destellantes, contemplándolo como si estuviera bajo un encantamiento. Se inclinó poco a poco, y mi pulso se aceleró.

—Me encargaré de mantener ese corazón tuyo intacto —me susurró al oído, y todo en mi interior se erizó mientras sentía sus labios sobre mi piel.

Un gesto travieso me tiñó el rostro y lo impulsé para darnos la vuelta. Conseguí que él acabara tumbado, conmigo encima. El pelo ondulado me cayó por los hombros, cubriéndome el pecho, y mi mirada se volvió más afilada, toda ella centrada en él.

Los ojos de Matías soltaban chispas de excitación y me dejé empapar por aquella calurosa agitación. Puse las manos sobre sus muñecas, las mantuve sujetas con mis finos dedos enroscados en ellas. Mi boca rozó la suya con sutileza.

—Prométemelo —pedí, aún sin llegar a besarlo.

Mis caderas se movieron lentamente sobre las suyas,

presionando aún más nuestros cuerpos. El jadeo ronco que salió de sus labios me debilitó casi por completo, pero traté de mantenerme firme hasta conseguir mi respuesta. Matías tenía la respiración agitada; lo veía cada vez que su pecho subía y bajaba.

No tardó en soltarse de mi agarre y sus manos llegaron con rapidez a mi cintura, hundiendo los dedos sobre mi piel. Se incorporó lo suficiente para juntar aún más nuestras bocas y, con delicadeza, me mordió el labio inferior. Reprimí un gemido y posé las palmas sobre sus hombros desnudos.

—Te lo prometo —fue lo último que oí antes de que me devorase por completo.

Nunca supe si aquella promesa había sido real o una mentira empujada por el deseo. Pero como aquella hubo muchas otras, palabras que ofrecían una esperanza vacía en la que yo había creído ciegamente.

Inocente de mí, quise pensar que cada declaración de amor, cada beso suyo, cada secreto compartido eran una confirmación de que Matías estaba enamorado de mí. Pero él nunca lo dijo y yo jamás se lo pregunté.

La luna de miel duró un año. Durante aquellos meses me había dado tiempo a desarrollar una necesidad constante de su presencia. Su nombre era lo primero que pensaba al despertarme y lo último que recordaba al acostarme.

Lo anteponía a todo, incluso a mí misma. Los días que él estaba feliz yo estaba feliz. Los días malos para él también eran días malos para mí. Y como consecuencia, no tardó en aparecer el miedo perpetuo a que algo malo le sucediera. Si Matías desaparecía, yo no lograría entender mi existencia.

Cuando no estábamos juntos me volvía irascible, luchaba sin pausa contra mi manía persecutoria. Los escenarios en mi cabeza se habían vuelto propios de una historia de terror y una voz interior me intentaba convencer de que cada una de mis pesadillas tenía grandes posibilidades de hacerse realidad.

Cuando Matías cogía el coche por la noche para volver a su casa, me quedaba despierta, pegada a la pantalla del móvil, a la espera de recibir un mensaje que me indicara que había llegado. Trataba de ocultar mis temores, avergonzada de ellos, pero la primera vez que no recibí aquella notificación sentí que el pecho se me comprimía y me quedaba sin aire. Con los dedos temblorosos lo había llamado, con la total convicción de que algo terrible había ocurrido. No lograba diferenciar mi ansiedad de mi intuición. Tenía un nudo en la garganta y los ojos húmedos mientras los pitidos de la llamada transcurrían. Fueron los segundos más largos de mi vida.

—Amor, dime. —La voz de Matías sonó al otro lado de la línea, y una ola de alivio me tambaleó tanto que tuve que volver a sentarme—. ¿Serena?

—¿Estás bien? —fue lo único que fui capaz de vocalizar, con un hilo de voz.

—¿Yo? Claro. Acabo de llegar a casa. ¿Por qué lo preguntas? —Ante su confusión, la vergüenza no tardó en sacudirme y me mordí el labio inferior con fuerza—. Serena, ¿qué pasa?

—Nada, perdona, soy una idiota. Como no me has avisado al llegar, me he preocupado.

La risa de Matías me interrumpió, y me removí, un poco incómoda, al oírlo.

—Tranquila, está todo bien. Te dejo, ¿vale? Que he quedado con estos —dijo.

Me pregunté si tan bien había fingido mi aflicción para que él no notara el pánico en mi voz.

—Sí, adiós. Te quiero —contesté, pero Matías ya había colgado.

Me quedé allí, sentada sobre la cama, mientras mis manos aún temblaban. Una especie de tristeza me invadió y el pecho se me llenó de pesadez. Tuve que tumbarme hasta regular mi respiración de nuevo, siendo consciente de que estaba experimentando un terror que mi propia cabeza había creado. Nada de aquello era real.

Sabía que era mi responsabilidad, que debía hacerme cargo de mi miedo, así que Matías apenas tuvo conocimiento de lo que sucedía cuando él se marchaba, cuando tardaba en llegar a casa o cuando no me contestaba.

Por desgracia, a medida que yo me iba atando cada vez más a la relación, él retomó un juego que ya me sabía de memoria. Unos días era el chico del que me había enamorado: encantador, divertido, cariñoso, amable... Y otros se convertía en una persona distante, amarga y fácilmente irritable. Bastaba con un simple comentario para que el cambio en él se produjera, y entonces todo pendía de un hilo.

A partir de ese segundo verano comenzaron las discusiones, los resoplidos, los días de tensión y las decepciones constantes. Yo necesitaba más y a él todo le parecía demasiado.

—Serena, no te puedes poner así porque llegue media hora tarde —decía mientras se llevaba el cigarro a los labios.

Teníamos aquella conversación cada semana. Yo lo miraba con indignación, sin soportar aquella calma que se esforzaba por mostrar, como si nada le afectase, como si él fuera inmune a mi rabia y mi dolor. Ponía aquella muralla indestructible y me mantenía bien lejos, para que yo no pudiera alcanzarlo.

—¡No es por la maldita media hora de hoy! Es por la de ayer, la de antes de ayer y la de la semana pasada —trataba de explicarle mientras lo veía negar con la cabeza.

—Ya te he pedido perdón, no sé qué más quieres que haga...

Y aquella era la frase que lo explosionaba todo.

—¡Que respetes mi tiempo!

—Vale, genial, ahora no respeto tu tiempo. Esto es increíble.

—Matías, llegas siempre tarde. Tardas horas en responder a los mensajes y parece que tenga que rezar un padrenuestro para conseguir verte cada semana... —Mi voz ronca ocultaba la tentación del llanto.

Mis razones nunca le parecían suficientes y me ahogaba tratando de hacerle ver que aquella relación se caía a pedazos. Y me dolía cada uno de ellos. Sentía cada desprendimiento, cada temblor, cada trozo chocar contra el vacío. Él parecía no verlo ni oírlo.

—Serena, tengo una vida, tengo más cosas… No puedo estar constantemente pendiente de ti.

Él sabía lo que hacía, sabía cómo cada una de esas palabras se me clavaban en el pecho. Aun así, trataba de mantenerme firme y daba un paso hacia delante, sin titubear.

Creía que luchar contra lo imposible era ser valiente, que era una demostración del amor que le tenía. No quería admitir que solo me desgastaba, que me quitaba las fuerzas, que la felicidad del comienzo se había deshecho por el camino y ahora solo intentaba recuperarla, sin éxito alguno.

—Tan solo te estoy pidiendo que me tengas un poco en consideración, ¿es eso mucho pedir? —Mi gesto era serio, pero por dentro mi alma temblaba ante la posibilidad de que un día él se diera por vencido.

A veces su mirada dudaba, como si tuviese dos respuestas distintas y estuviese decidiendo cuál era mejor expresar. Pero se recomponía con facilidad y la seguridad en su voz ocultaba cualquier incertidumbre anterior. Tiraba el cigarro al suelo y lo pisaba con calma. Después se acercaba a mí y me tomaba el rostro entre las palmas de sus manos. El tacto de su piel contra la mía no tardaba en hacer su efecto.

—Vale, perdóname. No quiero discutir más. Prometo estar más pendiente, ¿está bien? —decía con suavidad, y un ápice de esperanza volvía a iluminarme la mirada.

Sabía que no necesitaba más. Porque cuando me acariciaba las mejillas y me besaba los labios con delicadeza todo en mí se ablandaba. Y el enfado, poco a poco, se iba desprendiendo de mi cuerpo.

Después de cada discusión, venía la calma. Venían el compromiso y las promesas. Venían las declaraciones de amor más bonitas jamás escuchadas y días enteros en los que todo parecía brillar de nuevo.

Mi buen humor era notable. Salía con mis amigas y me reía sin pausa, ordenaba mi habitación de arriba abajo, me ponía al día con la universidad y veía a Matías más a menudo.

El sexo de reconciliación era intenso, lo hacíamos mirándonos a los ojos y abrazados el uno al otro. La atmósfera se nublaba de una oscuridad opaca y una humedad asfixiante. Luego nos quedábamos abrazados en la cama y yo estaba convencida de que lo tenía todo, de que con Matías allí, con sus brazos sosteniendo mi cuerpo, nada más era necesario. Me sentía invencible, con un tesoro entre mis manos, y volvía a rozar la felicidad, creyendo que esa sensación sería eterna.

—Tú y yo contra el mundo —nos prometíamos.

—Siempre.

—Siempre.

XIII

Solo era una cita, pero no había podido concentrarme en todo el día.

Me había escondido en la librería, como si allí pudiese hacer acopio de toda la fuerza que necesitaba para aquella noche. Había limpiado cada estante, cada mota de polvo de los libros almacenados en las cajas apiladas al fondo de la tienda.

Me había recorrido el lugar sin pausa durante toda la mañana, imaginando los diferentes escenarios y las posibles conversaciones que sucederían en la cena. Aquella falsa sensación de control me otorgaba tranquilidad. Pero eso duraba tan solo unos segundos, después mi pulso volvía a dispararse.

Era extraño experimentar ese nerviosismo y que la sensación no le perteneciese a Matías. Llegaba a sentir una mezcla de alivio y melancolía.

El temor también estaba ahí, escondido. Si me paraba y respiraba hondo, podía encontrarlo refugiado, como si estuviese esperando a salir cuando menos me lo esperase. Era consciente del riesgo que estaba corriendo, del hueco que estaba abriendo al conocer mejor a Aron.

Llegaba a haber una parte de mí que deseaba que, al descubrir más de él, ese atisbo de curiosidad se disipara y yo no encontrara más razones para continuar nuestra historia. Pero, muy en el fondo, era consciente de que había pocas posibilidades de que aquello sucediese, porque, a medida que mis encuentros con Aron se iban frecuentando, mi interés por él no había hecho más que aumentar.

—Solo es una cena, solo es una cena... —me repetía mientras subía y bajaba la escalera de madera que utilizaba para alcanzar la parte más alta de las estanterías.

Sentía que los libros se miraban entre ellos y se reían en silencio ante mi inquietud.

«Está asustada», murmuraban, y yo suspiraba... porque tenían razón.

Aron me había escrito el día anterior y habíamos concretado que sería yo la que iría a El Jardín, porque él ya estaría allí.

Una vez cerrada la librería, me fui a casa y nada más entrar me encontré a mis amigas juntas en el salón. Nos miramos en silencio y observé sus sonrisas divertidas, apenas disimuladas.

—¡No quiero oír ni una palabra! —exclamé, y subí con rapidez a mi habitación.

Emma me había ayudado a elegir qué ponerme: una falda larga de color negro y una camiseta blanca con un fruncido alrededor de los tirantes. Añadió unos zapatos con algo de tacón y una chaqueta fina por si hacía frío.

—Pelo recogido en una coleta —dijo mi amiga con seguridad, y yo obedecí.

Allí, frente al espejo, fui capaz de mirarme detenidamente, de parar durante unos segundos y respirar. Estaba guapa, me gustaba lo que veía. Las ojeras que me habían acompañado durante ese tiempo habían ido desapareciendo a medida que el insomnio se alejaba. La melena me caía larga por la espalda, sujeta con una cinta. El sol había devuelto cierto color dorado a mi piel y mis mejillas tenían un tono rosado, provocado por la agitación de aquel día. Les había añadido algo de colorete y un poco de brillo a los labios.

Era la hora.

Bajé la escalera y me encontré con los ojos de Gabi, después con los de Emma y, por último, con los de Tam. Las tres me contemplaban desde el sofá, y suspiré.

—¿Qué tal estoy? —murmuré.

—Estás increíble —dijo Tam, y las demás asintieron con determinación.

Sonreí, apreciando su cautela, y me acerqué un poco más.

—Va a ir bien —aseguré, más para mí misma que para ellas.

Emma se incorporó y me abrazó con fuerza.

—Disfruta, ¿sí? Es lo único que importa —dijo, y tenía razón.

Le devolví el abrazo y después me despedí. Al salir por la puerta un viento amable me acarició el rostro e inicié mi camino hacia el restaurante. La luz ya era casi inexistente y El Jardín se adivinaba desde lejos gracias a la iluminación y al ruido de las conversaciones en la terraza. A medida que me acercaba mi pulso se iba acelerando, pero traté de mantener el gesto tranquilo y las manos quietas. Cuando estuve frente al restaurante, miré mi móvil. Tenía un mensaje de Aron:

Cuando llegues, entra

Asentí, y me deslicé al interior del restaurante.

Allí también había mesas, aunque era un ambiente mucho más íntimo y cálido. El olor de las flores se entremezclaba con el delicioso aroma de la comida y se oía una melodía suave de fondo que parecía proceder de otro lugar. Traté de seguir el sonido de aquel violín y logré ver otra puerta al final de la sala que, supuse, daría a otra habitación.

Busqué a Aron con la mirada mientras caminaba hacia donde la canción me guiaba y no tardé en encontrarme con un pequeño patio interno en el que había también algunas personas cenando. Aquel lugar parecía sacado de un cuento. Cada mesa estaba iluminada por una vela y las plantas abrazaban el espacio, lleno de flores de todos los colores. Estaba claro que el nombre del restaurante hacía honor a aquel rincón.

—Serena.

Todo mi cuerpo se estremeció al oír mi nombre salir de los labios de Aron una vez más. Me giré con lentitud para encontrarlo frente a mí. Mis ojos viajaron por su figura. Iba vestido todo de negro, con unos vaqueros y una camisa que le quedaba perfecta. Sus tatuajes, de nuevo, estaban visibles y llevaba los anillos puestos. Era, sin duda, irresistible a la vista.

—Este lugar es increíble —dije, mordiéndome la lengua para no hacer ningún comentario sobre su aspecto.

Aron sonrió, complacido.

—Me alegro de que te guste. Nuestra mesa es esa. —Señaló un espacio que se encontraba un poco más apartado. Otro cosquilleo me erizó la piel. Una cita... Era, definitivamente, una cita—. ¿Vamos?

Asentí, y los dos caminamos en la misma dirección. Él, amablemente, retiró la silla para que me sentara y después se acomodó enfrente. Sentí su mirada sobre mí y nuestros ojos no tardaron en encontrarse.

—Estás muy guapa —dijo, y el calor me subió de forma inmediata al rostro.

—Gracias, tú también —contesté, y Aron sonrió con diversión ante mis mejillas sonrojadas.

Un camarero vino a tomarnos nota de la bebida y agradecí la discreción de ambos, pues, a pesar de conocerse, no hicieron ningún comentario cómplice al respecto.

—Bueno, ¿nerviosa por probar mi plato? —preguntó Aron, y se llevó la copa de vino a los labios.

Se me escapó una pequeña risa y negué con la cabeza.

—Creo que eres tú el que debería estar nervioso.

—Lo estoy —confesó, y sus labios se curvaron en una sonrisa.

Miré a mi alrededor, aún maravillada por aquel lugar.

—¿Hoy no trabajabas?

—Por la noche no.

—¿Te gusta trabajar aquí?

—Sí. Mis padres se han dedicado a este restaurante toda su vida, así que ha sido especial poder coger el relevo.

Lo observé detenidamente mientras hablaba. Por lo que sabía, Aron tenía veintiséis años, pero en él existía un gesto más adulto, sensato. Quizá era el sentido de la responsabilidad y el compromiso que parecía vincularlo a aquel lugar lo que le hacía tener una actitud más madura.

—Así que tus padres ya no trabajan aquí...

—Bueno, siguen siendo los dueños, pero la mayor parte de las cosas ya están a mi cargo y de mi hermano. Así que, por lo general, no.

—Es admirable —admití, y asintió agradecido.

—¿Tienes hambre?

Sabiendo lo que esa pregunta significaba, afirmé con la cabeza.

—Perfecto —dijo—. Permíteme un segundo.

Aron se incorporó y entró en el restaurante con rapidez. Mi agitación había disminuido y, allí sentada, fui consciente de lo cómoda que me sentía. No tenía que esforzarme en pretender ser alguien que no era, tampoco creía que tuviese que complacer una expectativa externa. Podía respirar, darme la libertad de disfrutar de la cena.

Aron no tardó en volver a salir con dos platos en las manos y, con delicadeza, dejó uno frente a mí en la mesa. Con una sonrisa en los labios lo contemplé, disfrutando del aroma que me llegaba de él.

Me fijé detenidamente en el plato y cuando me di cuenta de lo que era fruncí el ceño. «*Risotto* de trufa negra con huevo poché y escamas de parmesano», así había dicho Aron que se llamaba.

—¿Y bien? —dijo, a la espera de una respuesta por mi parte—. ¿No vas a probarlo?

Continué mirando el plato, desconcertada, y mis ojos viajaron a él una vez más. Aron me examinaba con atención mientras yo trataba de articular palabra.

—Este es... Este es uno de mis platos favoritos —dije de forma casi inaudible.

A él se le escapó una pequeña risa y lo observé confusa.

—¿Sí? No sabes cuánto me alegro —contestó con una sonrisa encantadora, y algo en su tono de voz me hizo seguir mirándolo fijamente.

Cuando mi cabeza consiguió poner todos mis pensamientos en orden, abrí la boca, perpleja.

—¡Has hecho trampas! —exclamé, y varias personas de la mesa de al lado se giraron. Aron soltó una carcajada y bajé de inmediato el tono de voz—. Te lo ha dicho Emma. No me lo puedo creer...

Aron levantó las manos con inocencia, aún riendo.

—Lo siento, lo siento... No podía arriesgarme a hacer algo que no te gustase.

Aquella confesión me sacó una sonrisa, aunque negué con la cabeza.

—¡Esa era la gracia!

—Solo pruébalo y después, si quieres, puedes seguir enfadada.

Su rostro estaba iluminado con aquella expresión que hace que una se olvide de sus propios argumentos. Negué con la cabeza de nuevo, divertida esa vez, y me dispuse a probarlo. Cuando el *risotto* entró en mi boca, una explosión de sabores recorrió mi paladar. Tuve que hacer un esfuerzo por no hundirme de placer en el asiento.

—Es el mejor *risotto* que he probado nunca —admití, y era la verdad.

—Muchas gracias.

Aron estaba satisfecho, y supe que aquello era exactamente lo que quería oír.

—Pero no me puedo creer que hayas hecho trampas —insistí.

—Bueno, decidí hacerlas cuando me di cuenta de que tú también me habías engañado —dijo en un tono despreocupado.

Fruncí el ceño.

—¿Yo?

—Sí, tú. *Cumbres borrascosas.* No me recomendaste el libro porque pensaras que me iba a gustar, solo querías ver lo que opinaba de él, ¿verdad? Era una prueba.

Traté de disimular mi gesto de sorpresa mientras lo observaba.

¿Cómo narices lo había averiguado?

—Puede ser... —dije, y su sonrisa se amplió, sabiendo que acababa de cazarme en mi propia trampa.

—¿Por qué? —preguntó con genuino interés.

Busqué una respuesta coherente lo más rápido posible.

—Creo que se puede conocer mejor a las personas por lo que piensan de un libro. Y ese para mí es especial —contesté; aunque no era toda la verdad, tampoco estaba mintiendo.

Aron pareció aún más intrigado y afiló la mirada.

—Así que tengo que ser meticuloso con lo que diga...

—No. Quiero que seas sincero. Prometo no juzgar —insistí, y eché el cuerpo hacia delante, con curiosidad por lo que él fuera a comentar.

—No es una novela fácil, me costó leerla. —Aquello me chocó, teniendo en cuenta que la había terminado en una semana—. Nunca había leído algo así... Tan oscuro. No sé si me explico.

—Perfectamente.

—Me ha gustado, no te voy a engañar. Y no te lo estoy diciendo para complacerte. Me gusta cómo se habla de la lucha de clases sociales y esa moralidad ambigua con la que actúan los personajes, seres humanos, al fin y al cabo. Supongo que esperaba una historia de amor, pero me equivoqué.

Lo estudié con la mirada, para comprobar si aquellas palabras que salían de sus labios eran genuinas. Y lo parecían. Estaba sorprendida, no porque se lo hubiera leído de verdad o porque le hubiese gustado. Tampoco por las conclusiones que había sacado. Estaba sorprendida por la importancia que le había dado, porque no estuviese banalizando la novela o el tema de conversación.

Quizá era a eso a lo que estaba acostumbrada, a una frivolidad constante.

—Bueno, sí que es una historia de amor —dije, y tomé otra cucharada del plato.

—¿Amor? No, no lo creo —contestó con seguridad, y volvió a inclinarse hacia delante, con su plato casi intacto. Lo miré, explorando cada rasgo de su expresión. Tomó un nuevo sorbo de vino antes de continuar—: Obsesión. Un juego de poder, más bien. Aquello estaba destinado a la autodestrucción. No creo que el amor sea eso.

Me quedé muy quieta ante sus palabras, como si acabase de recibir una bofetada.

Al oírlo me sentí casi avergonzada de haber pensado en aquella novela como una historia de amor apasionado y por haberlo justificado todo por ese sentimiento. Noté mi pulso levemente acelerado y me hundí un poco más en la silla.

«No creo que el amor sea eso», acababa de decir Aron. Por supuesto que no lo era.

—¿Estás bien? —oí que preguntaba, y lo miré con rapidez, regresando a la realidad.

—¡Sí! Perdona, es que nunca lo había pensado así.

Aron asintió, observándome con cautela.

—De todas formas —añadí—, me alegra saber que te ha gustado. Al final sí que he cumplido con mi parte del trato.

Su risa vibró sobre mi cuerpo y le regalé una sonrisa de complicidad.

—Supongo que yo también —contestó mientras indicaba con la vista mi plato impoluto. Asentí a mi vez—. Tengo una última cosa preparada. Vengo enseguida.

Aron se levantó de la silla, pero no tardó en regresar con otro plato entre sus manos: *coulant* de chocolate con helado de vainilla, mi postre favorito. Mi cara se iluminó por completo al ver que lo ponía sobre la mesa, y por su gesto confiado supe que Emma también le había dado esa información.

—Estás teniendo ventaja y no me está gustando —dije falsamente molesta mientras me disponía a probarlo.

Él se volvió a sentar con un gesto risueño y negó con la cabeza.

—Créeme, vas más por delante de lo que te imaginas —aseguró, y el calor me subió de inmediato a las mejillas.

Mis ojos chocaron directamente con los suyos y detecté otra vez ese azul brillante que nunca dejaba de conmoverme.

—No lo tengas tan claro —repliqué, para después llevarme un trozo de *coulant* a la boca; estaba increíble.

Cuando terminamos de cenar, Aron se ofreció a acompañarme a casa y acepté sin dudarlo. Su compañía era reconfortante, ese tipo de presencias que no conllevan esfuerzo. Cuando hablaba, sus palabras acariciaban como el viento. Y cuando escuchaba, lo hacía de manera atenta y amable. Ambos caminamos juntos por las calles iluminadas de Dirio y, a medida que nos íbamos acercando a casa, noté que un hormigueo volvía a invadirme por dentro.

—Gracias por la cena, creo que voy a soñar con el *risotto* esta noche —dije mientras llegábamos a mi puerta.

Él se rio y ambos nos paramos, uno delante del otro. Mi pulso se aceleró.

—Gracias a ti, por la compañía —respondió en un tono más serio, observándome de cerca.

Mi respiración se ralentizó y toda la calma del paseo anterior desapareció en un instante. Volví a mirarlo a los ojos y noté como mi boca se secaba. Los dos nos quedamos en silencio y él, con delicadeza, retiró un mechón de pelo de mi rostro. La yema de su dedo rozó mi mejilla y suspiré mientras una voz interna me pedía a gritos que reaccionara. Pero era incapaz, estaba paralizada.

—Serena —murmuró, y mi nombre salió de sus labios con ternura y calidez. Poco a poco me atreví a posar los ojos sobre los suyos, dándole a entender que le estaba escuchando. El volvió a acariciar mi mejilla y sonrió con la misma suavidad—. No tengo ninguna prisa.

Toda una ola de alivio me golpeó el cuerpo y noté cierta humedad en los ojos. Tragué saliva y asentí con rapidez. Aron, de la forma más delicada posible, depositó un beso en mi mejilla. Me deshice ante el tacto de sus labios sobre mi piel y pude respirar de nuevo.

Se separó lentamente y sonreí con timidez.

—Gracias —susurré.

—Descansa —dijo, y poco a poco retiró su mano de mi rostro.

Quería besarlo, pero no lo hice. Simplemente le vi alejarse, aún petrificada, frente a la puerta de casa.

Me gustaba. Aron me gustaba, y aquello me tenía aterrorizada por completo.

XIV

No volví a escribirle. Después de más de una semana no había sido capaz de redactar un mensaje. Él tampoco se había puesto en contacto conmigo, pero lo comprendía. Había sido yo quien le había dado a entender que necesitaba más tiempo. Ahora quien tenía que mover la siguiente ficha era yo. Y estaba siendo incapaz de hacerlo.

No era porque no tuviera ganas. Aquel dulce beso en la mejilla rondaba mi memoria de manera constante. Sus manos, sus ojos azules y sus labios suaves eran algo difícil de olvidar. Quería hacerlo, quería reunir las fuerzas suficientes para decirle: «¡Hola! ¿Te apetece volver a vernos?». Era una pregunta simple, no debería resultar tan complicado formularla, pero cada vez que lo había intentado mi pulso se había disparado y me había quedado paralizada. Igual que en la puerta de casa, cuando por mucho que quería besarlo, mi cuerpo no me lo permitió.

A mis amigas se lo había contado todo, cada detalle de la cita. Las tres habían escuchado atentamente, con sonrisas cómplices mientras les narraba la cena. Y habían suspirado ante aquel final. Sin beso, sin una caricia correspondida, con solo una mirada temerosa y un pequeño temblor en mis manos.

—Es normal, Sere. Y él pareció entenderlo. No le des más vueltas —me había dicho Gabi después de que yo me replantease una y otra vez si había tomado la decisión correcta.

—Queda con él de nuevo, poco a poco —insistió Emma.

—¿Qué te da tanto miedo? —había preguntado Tam.

Miedo. Eso era lo que tenía. Un miedo que me acompañaba a todas partes y que, cuando la oscuridad llegaba, conseguía atraparme en la cama.

Mis sueños eran cada noche más extraños; el rostro de Matías viajaba por ellos, adueñándose por completo de mis horas de descanso. Como si la cita anterior hubiera sido un grito de ayuda, ahora el fantasma reinaba en mi mente con un trono propio.

Me levantaba con las sábanas empapadas de sudor y mi corazón bombeando con fuerza. Tardaba minutos en recuperarme del pánico de las pesadillas nocturnas. Después trataba de olvidarlo, pero a la noche siguiente los sueños volvían a aparecer.

—Le escribiré, lo prometo —les había dicho a mis amigas.

Y ellas, aunque a veces preguntaban, no habían insistido. Menos Tam. Para Tam aquella promesa no había sido suficiente. El lunes, mientras estaba preparándome para mi camino al lago, ella apareció en el salón.

—¿Hoy no estudias? —pregunté sorprendida al verla a aquellas horas fuera de su habitación o de una cafetería.

Ella negó con la cabeza.

—Hoy no. ¿Puedo ir contigo?

La pregunta me extrañó, pero asentí con rapidez mientras la miraba de reojo, intentando comprender qué era lo que estaba sucediendo para que hubiese cambiado sus planes de forma repentina y quisiera acompañarme.

Aun así, no dije nada. Decidí esperar a que fuera Tam la que me lo contara. Ambas nos montamos en las bicis y comenzamos nuestro camino. Hicimos el viaje en silencio, disfrutando del recorrido. Había una seriedad en mi amiga que me hizo sospechar cierto enfado por su parte, pero continué callada hasta que llegamos al lago.

El susurro del agua nos saludó a ambas y mi cuerpo se dejó llevar por el ruido de la corriente, atrapada en una calma inmediata. Ese era el efecto que tenía aquel lugar en mí. Allí no hacía falta esforzarse por existir, nadie miraba, estábamos solo yo y la naturaleza que me rodeaba. Y esa vez, junto a mí, Tam.

Ambas nos sentamos frente al lago y me tumbé a contemplar el azul de un cielo despejado y las hojas de los árboles siendo mecidas por el viento. Tomé una larga respiración y cerré los ojos durante unos segundos. Después miré a mi amiga, quien miraba embelesada el agua mientras el aire le movía el pelo rizado.

—Tamara —dije, reclamando su atención. Sus iris oscuros se posaron sobre mí y me incorporé un poco—. ¿Qué ocurre?

Si algo tenía seguro de nuestra amistad es que no podíamos escondernos la una de la otra. Nos cazábamos en la más ligera mueca, en el secreto mejor guardado, en los silencios desapercibidos.

A pesar de que su gesto continuaba siendo serio, parecía que el lago había suavizado sus facciones. Quizá había conseguido calmar esa vorágine interna suya que había mantenido durante todo el camino. Una vez más, parecía estar escogiendo con mucho cuidado sus palabras antes de responder a mi pregunta.

—Creo que te estás equivocando —dijo, y fruncí el ceño, sentándome de nuevo.

—¿A qué te refieres?

—A Aron. Te estás saboteando a ti misma no escribiéndole. —Sus palabras eran firmes y su tono de voz honesto.

Tam siempre era honesta. Yo sabía que siempre había tratado de no meterse en nuestras relaciones, de no juzgar nuestras decisiones y de no imponer su opinión sobre la de las demás. Así que no pude evitar mostrar mi sorpresa ante la repentina sinceridad al respecto de aquel tema.

Tam sabía el efecto que tenían sus palabras, la fortaleza en su tono de voz y su capacidad de convencer. Cuando estábamos en el instituto, hacía uso de ese poder a menudo. En aquel momento, ser justa y tener la razón era para ella lo más importante. Y, a cambio, era capaz de sobrepasar todos los límites con tal de conseguir su cometido. Con el tiempo, sin embargo, fue consciente de que a veces lo más valioso no era ganar una discusión ni dar el mejor consejo. A veces, lo único que las demás necesitábamos de ella era que estuviese allí. Nada más.

—No es tan fácil, y lo sabes —murmuré.

—No he dicho que sea fácil.

—No me apetece…

No me apetecía hablarlo. Era una conversación que no deseaba tener, y Tam era consciente de ello, pero esa vez había decidido no quedarse al margen. No podía culparla, llevaba mucho tiempo viéndome dar vueltas, pero yo solo deseaba que me dejara tambalearme un poco más.

—No quiero volver a pasarlo mal.

Ella negó con la cabeza con rapidez y pude apreciar un atisbo de indignación en su mirada que me pilló por sorpresa.

—A esto me refiero. Te cuentas a ti misma una mentira tras otra.

—¿De qué estás hablando? —pregunté, abriendo los ojos con confusión.

—No lo haces por no sufrir de nuevo —contestó, mirándome fijamente a los ojos.

—¿Ah no?

Una risa seca salió de mis labios ante la afirmación de Tam, pero ella se mantuvo seria.

—No. Lo haces porque si das una oportunidad a Aron significa tener que decir adiós para siempre a Matías.

Me quedé en silencio.

Tam continuó observándome, a la espera de una respuesta, pero le quité la mirada, tratando de sostenerme. Había sido un golpe directo del que parecía tener que recuperarme. Mis ojos viajaron al agua del cauce, que seguía su ritmo, y a los pocos segundos oí la voz de mi amiga de nuevo:

—Yo sé lo que es perder a alguien por las razones equivocadas. Sé lo que es tomar una decisión en plena huida. Y sé lo que es mirar atrás y que te duela el pecho al saber que cometiste el mayor error de tu vida cuando ya no hay forma de arreglarlo.

Tam se había enamorado una sola vez.

Se llamaba Marga y era compañera suya en las prácticas de la universidad. Se habían hecho amigas nada más conocerse. Fue una de esas conexiones que ocurren pocas veces en la vida. Tam hablaba de Marga a todas horas, todo le recordaba a ella. Cualquier motivo era suficiente para mencionarla en una conversación.

Todas nos habíamos dado cuenta de que algo estaba sucediendo entre ambas y bromeábamos con ello mientras Tam se sonrojaba y negaba con la cabeza. Solo eran amigas, se repetía a menudo. Pero en el fondo ella sabía que aquello no era cierto.

—Me gusta la persona que soy con Marga. No sé..., creo que soy más feliz desde que la conozco —me confesó una noche que había venido a cenar a mi casa.

Yo le había sonreído con ternura y había cogido su mano.

—A eso se le llama estar enamorada, Tamara —le dije casi en un susurro, y me miró con sus preciosos y grandes ojos.

No era fácil verla asustada, pero aquella noche pude ver el miedo en su rostro.

—No quiero perderla —admitió con un hilo de voz.

Su vulnerabilidad me comprimió el corazón y asentí, porque conocía ese temor a la perfección. Yo continuaba pasándome las noches en vela, aterrorizada ante la idea de que Matías pudiese desaparecer en cualquier momento, pero todavía no se lo había contado a nadie.

—Es un riesgo que todos tenemos que correr.

No eran palabras de consuelo, pero sí una realidad que quizá la haría sentirse menos sola.

Después de aquella conversación tuve la esperanza de que mi amiga se atreviera a dar el siguiente paso, que se concediera la oportunidad de perder el control durante unos segundos para poder disfrutar del oleaje sin mirar constantemente si se alejaba demasiado de la orilla. Pero el miedo era más grande de lo que todas pensábamos.

Cuando acabaron las prácticas fue Marga la que le confesó lo que sentía.

Tam no fue capaz de corresponder los deseos de ambas.

—Creo que estamos mejor como amigas —nos había dicho al resto, a pesar de que todas, en silencio, supiéramos la verdad: que Tam estaba huyendo y no había nada que pudiéramos hacer para evitarlo.

Ellas habían continuado manteniendo una amistad, y yo estaba segura de que Marga estaba a la espera de que Tam tuviese el valor de dar el siguiente paso. Pero en ese tiempo de expectación conoció a alguien más.

En un abrir y cerrar de ojos, mi amiga tuvo que ver cómo la chica a la que quería se marchaba de su vida con otra persona. Se quedó destrozada y algo de aquella ilusión que había encontrado durante ese tiempo desapareció para siempre.

—¿Te arrepientes? —pregunté mientras veía aquel dolor en sus ojos que me revolvía el alma.

El viento pareció entrar en calma de golpe y el lago dejó de sonar.

—Todos los días. —Noté que intentaba que su voz no se rompiese, y asentí—. Y lo peor es que fue mi culpa, de nadie más. Marga hizo lo que habría hecho cualquiera en su lugar. Y yo soy responsable de la decisión que tomé y de todo lo que no hice después.

No pude evitar acercar mi mano a la suya y tomarla con delicadeza. A Tam le costaba mirarme.

—Todas hemos cometido errores. Y todas somos responsables de ellos —murmuré.

Por fin, Tam conectó sus ojos con los míos.

—Matías no va a volver. ¿Y sabes qué? Que me alegro. No te lo he dicho nunca, pero no te merecía y creo que tú, en el fondo, lo sabes.

Aquellas eran palabras incómodas. Sentí un sabor ácido en la boca mientras la escuchaba. Tenía claro lo que Tam opinaba de él. Lo había visto en su mirada, en cada gesto de su rostro, en cada suspiro cuando le tocaba consolarme y en cada mirada compartida con el resto de mis amigas.

«No lo conocen como lo conozco yo», me había dicho a mí misma al captar esos atisbos de desagrado ante la figura de Matías. Pero resulta que habían acabado teniendo razón.

Aun así, yo había tomado la decisión de quedarme

con él. Una y otra vez. Lo había elegido con los ojos vendados. La gasa era fina y entraba la luz, pero yo no había querido mirar. Mi gran error había sido ignorar las pistas, todas las indicaciones que me avisaban de que debía irme lejos.

Era más fácil quedarse en el dolor del abandono, en la decepción de una relación rota por la elección de uno solo. Me resultaba más sencillo culparlo a él por todo lo sucedido y permanecer en silencio ante todas las preguntas restantes. Pero la verdadera cuestión a la que no quería enfrentarme era por qué yo había decidido ese destino para mí misma.

Había deseado ignorar la gran responsabilidad que caía sobre mis hombros, la que había sido la elección constante de mantenerme allí, con él, por no romper mis sueños, por no impactar de frente contra mis propias fantasías. Me había construido mi propia trampa y después, sin mirar, había caído en ella hasta chocar con el fondo.

Volví a acomodarme sobre la tela que teníamos puesta en la hierba y el silencio nos acompañó durante unos segundos hasta que volví a mirarla.

—Tienes razón. Debo decirle adiós.

XV

«Te he estado esperando», me susurraba la oscuridad mientras me animaba a seguir caminando entre las sombras de los árboles.

Existía un cántico de fondo, un leve murmullo que me convencía de que no estaba sola.

No había nada en aquel instante que me produjese temor. Mi cuerpo se mantenía firme ante las suaves caricias de la arboleda, que me iban guiando por un camino concreto. La luna alumbraba lo suficiente para que pudiese observar por dónde iba. Oía mis pisadas y mi propia respiración, como si el cielo oscuro provocara un eco envolvente. Sabía que después de aquella noche todo sería diferente.

Llegué a la explanada y miré a mi alrededor. Solo había árboles, negritud y una hoguera en el centro. Las llamas del fuego me iluminaban únicamente a mí, y solté el aire cuando el calor que salía de ellas me acarició todo el cuerpo.

«¿Quién te ha hecho daño, niña? ¿Quién ha roto ese dulce corazón?», cantaba el bosque.

En el interior de mi cuerpo se produjo una espiral que removía sin pausa todos aquellos recuerdos guardados en una caja secreta. Era la hora de dejarlos salir, de darles el espacio que les había arrebatado durante demasiado tiempo. Ahora les ofrecía toda una noche para que tomaran aire y disfrutaran de su existencia.

—Él.

Arrojé todos los anhelos a la hoguera. La bolsa con lo que alguna vez le había pertenecido estaba vacía. Ya no quedaba nada. Todo estaba ardiendo. El rojo del fuego se reflejaba en mis ojos y una pequeña sonrisa se deslizó en mis labios.

«Quémalo todo, niña. Atrévete a liberarte».

Notaba mi cuerpo lleno de vitalidad, como si se me acabara de devolver la vida. El fuego corría por mis venas. Sentía las raíces de la tierra, bajo mis pies, las ramas de los árboles moviéndose y la oscuridad rodeándome y elevándome como al humo de la hoguera.

Yo era parte del bosque y el bosque era parte de mí. Ya no pertenecía a nadie más que a mí misma.

El fuego continuaba bailando, y cuando todo se convirtió en cenizas me desperté.

Las sábanas se habían humedecido por el sudor, y al palpar mi propia piel sentí el calor irradiar de ella, como si ese fuego hubiese existido de verdad. Miré a mi alrededor: la habitación en calma, la noche aún presente. Y, debajo de mi pequeño escritorio, la bolsa con la ropa de Matías y la cajita con todos sus recuerdos aún guardados.

Con la respiración contenida salí de la cama y no tardé en tomar ambas cosas entre mis brazos. El sueño hacía que no pudiera moverme con agilidad, pero mi mente parecía estar más despierta que nunca, con una idea clara: deshacerme de todas las huellas del pasado.

Si no lo hacía en aquel momento no lo haría nunca.

Así que, con decisión, salí de mi habitación, bajé la escalera con el mayor sigilo posible y me desplacé al exterior de la casa. Caminé en silencio hasta los contenedores de basura, que recogerían por la mañana, y me quedé estática, notando el pequeño hilo que me tiraba hacia atrás y me pedía que no lo hiciera, que aguantara un poco más.

Al cerrar los ojos, la voz de Matías resonó en mi memoria:

—Tenemos que hablar.

Ambos nos encontrábamos en mi habitación un domingo por la noche. Mis padres no estaban en casa. Él acababa de llegar y yo había sentido que algo no estaba bien desde el principio, desde el beso en la puerta, desde su caricia en mi mejilla mientras me saludaba. Sus pasos eran lentos al entrar y contenía la respiración al hablar. Recordaba a la perfección que se me había cortado el aire ante su petición.

—¿Qué ha pasado? —le pregunté con temor en mi voz.

Matías no era capaz de mirarme a la cara. Podía ver la vergüenza impregnada en cada parte de su rostro. Se mantuvo de pie, delante de mí, mientras continuaba sentada en la cama, sintiéndome cada vez más pequeña, más frágil, como si pudiera romperme en cualquier momento.

—Anoche salimos y…

Me incorporé de un salto.

No hizo falta que dijera nada más, yo ya lo sabía. Una ola de calor me recorrió de los pies a la cabeza, perteneciente a las brasas de mi pecho. Me ardían las mejillas, me dolía el cuerpo. Comencé a caminar de un lado a otro, cruzando la habitación, mientras Matías me seguía.

—Serena, deja que me explique, por favor…

El nudo que notaba en la garganta era tan grande que creí que me ahogaría en aquel mismo momento. No podía respirar. Tuve que sostenerme el pecho entre las manos, en pánico. Mi corazón se estaba rompiendo, sentía cada pedazo de él desprenderse de mí. Era un dolor agudo y físico que se mantenía firme, asfixiándome.

Corrí al cuarto de baño. Sus pasos firmes pisaban los míos, pero fui incapaz de girarme. Aceleré el ritmo y cerré la puerta, dejándolo fuera. Oí su voz pronunciar mi nombre, pero yo solo podía prestar atención a mi dolor. Gemí mientras trataba de respirar de nuevo.

Me sostuve sobre el lavabo y fijé la mirada en mi reflejo. Tenía los ojos enrojecidos, la cara desfigurada y las mejillas empapadas de lágrimas.

El dolor dio paso a la rabia en cuestión de segundos; mi nombre saliendo de los labios de Matías me atormentaba. Quería taparme los oídos, quería gritarle que se callara. No quería escucharle. Mi mente se retorcía intentando dar forma a la imagen de él con otra persona, de sus manos sobre otro cuerpo y sus labios sobre una boca que no era la mía. Tenía ganas de vomitar.

La puerta parecía palpitar, suplicando abrirse, y el

dolor en mi pecho había comenzado a convertirse en un ardor insoportable. Giré el pomo con brusquedad y me encontré su rostro descompuesto. Jadeó mi nombre de nuevo, tratando de decir algo más que no pude entender. Nada en mi cabeza tenía sentido. Puse las manos sobre su pecho y lo empujé con fuerza. Matías apenas se tambaleó.

—¿¡Por qué!? —rugí, y el grito me rascó la garganta. Él volvió a apartar la mirada—. Te estoy haciendo una pregunta, ten la decencia de mirarme a la cara y responder —exigí.

Su gesto se pintó de un color oscuro y supe que mi tono no le estaba gustando en absoluto. Aun así, se aclaró la garganta y posó sus ojos sobre los míos.

—No sé qué pasó… Estaba enfadado por nuestra discusión de ayer y perdí el control —dijo con la mandíbula tensa y una voz que no dejaba ver ni un ápice de vulnerabilidad.

Lo observaba petrificada y retrocedí otra vez.

Lo sabía.

Una risa amarga, camuflando un sollozo, salió de mis labios.

Lo sabía.

—Lo has hecho para hacerme daño…

—No, Serena.

—¡¿No?! Dime su nombre —exigí.

Me daba igual que los vecinos me oyeran. Me daba igual que mis gritos llegaran a la parte más alejada de la ciudad. Matías se quedó en silencio y miró el suelo de nuevo.

—¡Que me digas su maldito nombre!

—No me acuerdo —murmuró en un tono casi inaudible.

Negué con incredulidad.

—Lo has hecho para hacerme daño —insistí y, aun con todo el cuerpo tembloroso, me acerqué a él lentamente—. No perdiste el control. Tú nunca pierdes el control. Sabías exactamente lo que estabas haciendo. Sabías que lo importante no era follarte a esa tía. Lo importante era venir hoy y contármelo.

Ahí estaba la verdadera razón de aquel ardor en cada parte de mi ser. No por el engaño, sino por el motivo detrás de aquel acto egoísta y cruel. Matías me miró en silencio. Me observó con aquellos ojos grandes y, por primera vez, no supo qué decir.

Quería irme a dormir. Quería cerrar los ojos y volver a despertar, como si aquello solo hubiese sido una pesadilla más que poder olvidar. El juego había llegado demasiado lejos, a un lugar en el que las normas ya no importaban. Algo se corrompió aquella noche. Podía sentirlo en el aire, en el olor metálico en Matías y el peso sobre mi cabeza.

La inocencia y la ilusión de nuestra relación habían desaparecido como si nunca hubiesen existido y ahora solo quedaban dos personas envenenadas, una enfrente de la otra.

—¿De verdad me lo merecía?

—No. No, joder, claro que no. —Por fin logré distinguir algo de emoción en su voz, algo real. Dio otro paso hacia mí, pero me quedé donde estaba—. Lo siento. Te juro que lo siento. No sé qué cojones me pasa, no sé por qué lo arruino todo siempre.

Sus ojos brillaban, pero no derramó ni una sola lágrima. Se quedó allí, con los puños apretados y la mirada fija.

—Di algo, por favor —susurró, y casi disfruté de verlo a punto de romperse.

Pero se sostuvo sobre sí mismo, inquebrantable.

Me mantuve en silencio y cerré los ojos. Poco a poco el aire había vuelto a mis pulmones y sentía, por fin, los dedos de las manos. Las lágrimas habían dejado de quemar. El pánico parecía estar quedándose atrás y una calma peligrosa se apoderó de mí. Anestesió el dolor en mi pecho y cada uno de mis pensamientos. Matías no tardó en percibirlo.

—¿Me quieres? —pregunté, casi sin expresión en el rostro.

—Te quiero —dijo, y decidí creerle.

—¿Quieres seguir en esta relación?

—Más que nada en el mundo.

Y decidí creerle.

Así que asentí, sin fuerzas.

El alma me pesaba, los ojos me picaban. Noté que él se acercaba poco a poco y me sostenía el rostro entre sus manos. Lo observé, con mi mirada nublada, y suspiré.

—Perdóname, por favor —susurró mientras juntaba su frente a la mía.

Me quedé en silencio. Ya sabía cuál iba a ser mi respuesta, y, en el fondo, él también.

Lo quería tanto que era más dolorosa la idea de perderlo que aceptar que había estado con otra persona solo por rencor. No podía soportar no tenerlo junto a mí, aunque aquello significase pasar por encima de mí misma.

Un error. Uno más.

Y lo perdoné.

—Es tarde, necesito dormir —contesté mientras me separaba de él.

Aunque no era la respuesta que esperaba, Matías supo que había ganado la batalla. Y me había dejado sin aliento. Caminé hacia la habitación y me siguió. Ambos nos metimos en la cama con lentitud y sin más palabras de por medio. Dejé que me abrazara.

Aquella noche Matías durmió como si no hubiese pasado nada, apenas tardó unos segundos en cerrar los ojos. Con una calma petrificante se rindió ante un sueño profundo. Yo, en cambio, no fui capaz.

Con sus brazos alrededor de mi cuerpo y notando su respiración en mi nuca me pregunté qué había pasado para que todo se tiñera de negro tan rápido. Me pregunté si aquella presión en el pecho se iría en algún momento o me acompañaría para siempre a partir de ese día, y era consciente de que si eso ocurría sería mi propia condena, por haberme quedado a su lado.

La infidelidad se mantuvo oculta en las sombras de nuestra relación y solo salía en momentos puntuales, entre gritos y discusiones, como reproche, como recordatorio, como advertencia. No se lo conté a nadie, se quedó como un secreto entre los dos. Fue una grieta en nuestro vínculo que jamás sanó.

Aquel recuerdo, que el fantasma de Matías nunca había mencionado, esa noche resurgió entre las llamas, llenándome de dolor y rabia mientras me mantenía quieta con sus pertenencias entre mis manos.

«Lo has hecho para hacerme daño». Esa frase resonaba en mi memoria sin pausa, junto con el hecho de que él nunca lo hubiera negado.

Ya no me quedaban lágrimas, no me quedaba nada por lo que llorar. Lo había dado todo, había puesto cada parte de mí en aquella relación. Había entregado mi inocencia y mi deseo a una persona que al acabar con nuestra historia había dicho: «No creo que el amor sea sacrificio», cuando yo me había sacrificado a mí misma. Y él lo sabía.

Abrí el contenedor con firmeza e impulsé la bolsa con la ropa de Matías y la caja llena de recuerdos. Ambas cosas sonaron al caer en él y mis manos cosquillearon al quedarse vacías. La tapa volvió a cerrarse con un golpe seco y me quedé estática, asimilando que ya no podría recuperar nada de lo que acababa de deshacerme.

Lo que me temí que sería un momento desgarrador se convirtió en un alivio repentino que me acarició las mejillas y besó mis labios. Creí haber despertado de nuevo.

Miré lo que me rodeaba; calles vacías y un cielo estrellado, iluminado por una luna llena que parecía sonreírme desde las alturas. Sonreí de vuelta y me permití disfrutar del silencio de la noche.

Respiré y sentí el aire más limpio que nunca. Experimenté cómo entraba por mi nariz hasta llenarme los pulmones, limpiando cualquier rastro de nostalgia. La ligereza en mi cuerpo me hizo pensar que podría empezar a flotar en cualquier momento. No pude evitar recordar otra vez aquella noche en la que me pregunté con el alma llena de angustia si aquel peso permanecería en mí para siempre. Los ojos se me humedecieron al ser consciente de que la pesadumbre había desaparecido.

Supe en ese instante que había tomado la decisión correcta. Ahora me tocaba volver a casa. Volver a mí.

XVI

El mar cicatriza las heridas. Actúa como un vendaje que regenera los tejidos dañados y ayuda a curar la pena. La inmensidad del mar suponía un mero recordatorio de lo insignificante que era nuestra existencia y, a veces, ese pensamiento constituía mi mayor alivio. Nada era tan importante, todo podía desaparecer con un gran oleaje. Y, después, tan solo quedaría la espuma.

Con todo mi pasado quemado en aquella hoguera, los siguientes días habían sido ligeros. La frescura de la primavera se estaba transformando en la calidez del verano que estaba por llegar, y nosotras ya habíamos comenzado a planificar nuestras vacaciones. Queríamos marcharnos a principios de junio, cuando no hiciera demasiado calor y los lugares no estuvieran repletos de gente.

Gloria había insistido en que me marchase los días que yo deseara, que ella se quedaba a cargo de la librería. Yo había aceptado con recelo. Habíamos estado mirando diferentes sitios, teniendo una única cosa clara: queríamos playa, queríamos mar. Así que buscamos durante días cuál podría ser nuestro destino. Hasta que una tarde Emma llegó entusiasmada a casa diciendo:

—¡Nos vamos a Menorca!

Al parecer, David tenía una casa familiar allí y nos había ofrecido ir con él y sus amigos. No tardamos en aceptar y solo por la ilusión de Emma mereció la pena.

Ella había hecho una lista con todas las calas a las que podríamos ir y todos los restaurantes con vistas al mar en los que quería cenar. Gabi había estado mirando discotecas y Tam y yo nos habíamos ocupado de localizar los pueblos que estaría bien visitar.

—Va a venir Aron —dijo Emma una noche mientras cenábamos.

Las tres guardaron silencio, y Tam me miró de reojo.

—Genial —contesté con una media sonrisa, y Gabi cambió de tema con rapidez.

Saber que lo vería en los próximos días había provocado que mi estómago diera un vuelco y, aunque había tratado de disimularlo, se me había quitado el apetito.

Habían pasado tres semanas y todavía no había sido capaz de enviarle un mensaje. Lo había intentado, lo había redactado mil veces, pero ninguna de ellas había conseguido enviarlo. Sentía un vértigo desde la cabeza hasta los pies, las manos me sudaban y volvía a bloquear el móvil durante las siguientes horas.

Tam me había insistido en varias ocasiones, y le había prometido que le escribiría. Y deseaba hacerlo, cada día con más fuerza, pero al temor se le había sumado la vergüenza de haberlo hecho esperar tanto tiempo. Así que era la combinación perfecta para continuar posponiéndolo.

Los días pasaron y, en un abrir y cerrar de ojos, nos encontrábamos sentadas en el avión. Con una pequeña maleta y dos libros en mi bolso me había marchado de Dirio.

Hacía nueve meses que no me alejaba tanto tiempo de aquel pequeño pueblo que se había convertido en mi refugio y existía una sensación de añoranza en mi cuerpo que no había experimentado con ningún otro lugar, como si temiera que Dirio fuera a desaparecer si yo no estaba allí para retenerlo.

David y el resto de sus amigos ya habían llegado, así que cuando aterrizamos el novio de nuestra amiga vino a recogernos en coche. A Emma le brillaba el rostro de emoción y corrió hacia él enseguida.

—¡Pero si se vieron hace dos días! ¡Qué exageración! —murmuró Gabi, y Tam le propinó un codazo.

Una risa salió de mis labios y, tras saludar a David, fuimos metiendo las cosas en el maletero.

—Os va a encantar la casa —nos prometió al subirnos al coche.

Tardamos unos treinta minutos en llegar. Íbamos con las ventanillas abiertas y el aroma salado nos acompañaba durante el viaje.

Al inicio recorrimos una carretera costera que nos permitía disfrutar de las aguas cristalinas del Mediterráneo. Después contemplamos los campos de olivos por el interior de la isla y a medida que subíamos por la montaña disfrutamos de las vistas de unas suaves colinas y unos bosques verdes. Y, finalmente, llegamos.

Era una casa amplia, con grandes ventanales y nada

más que naturaleza a su alrededor. Mientras sacábamos las maletas todas observábamos perplejas el que sería nuestro hogar durante los días siguientes.

—¿Qué os pasa con las casas grandes? —preguntó Gabi, y oímos la risa de David, que caminaba hacia la entrada.

Emma le lanzó una mirada ceñuda y Gabi se encogió de hombros, divertida.

Para mi propia suerte, el resto de las personas, incluido Aron, estaban en la playa, así que tenía libertad para moverme por la casa sin temor ninguno.

Tam, Gabi y yo llegamos a nuestro dormitorio, y sonreí al ver las vistas que se podían apreciar desde nuestra ventana: colinas lisas que llegaban hasta el mar.

—No, pero, en serio, ¿de dónde saca el dinero esta gente? —dijo Gabi mientras recorría la habitación observándolo todo con los ojos muy abiertos, y volví a reír.

—De trabajar, Gabriela, ¿te suena? —contestó Tam, y Gabi le lanzó un cojín a la cabeza mientras la morena se reía.

—¡Menos bromas! El otro día me llamó una amiga para decirme que van a dar una formación sobre conservación marina y que no hace falta tener estudios previos para realizarla. Creo que la voy a hacer, porque puedo compaginarla con el trabajo. Ser autónoma no tiene muchas ventajas, pero la posibilidad de organizarme a mi manera es una.

Tam y yo nos quedamos calladas observándola fijamente, y ella, después de aquel monólogo, nos devolvió la mirada.

—¿Qué? —dijo frunciendo el ceño.

—Eso es… ¡increíble! —exclamó Tam.

Gabi se encogió de hombros.

—Supongo que sí.

Sonreí y fui a abrazarla. Gabi sonrió a su vez mientras le daba un beso.

—Enhorabuena —le dije con orgullo.

Sabía que mi amiga estaba tratando de no mostrarse emocionada, pero yo recordaba a la perfección la conversación que habíamos mantenido en la librería.

—Eres una petarda. ¡Esto hay que celebrarlo! —añadió Tam.

—¿Qué hay que celebrar? —preguntó Emma entrando en la habitación, con el pelo algo alborotado y la camisa mal abotonada.

Todas la miramos con descaro.

—Por el amor de Dios, ¿os ha dado tiempo ya? —preguntó Gabi, y a Emma se le enrojecieron las mejillas.

Las demás nos reímos.

—¡Parad, que os va a oír! —jadeó, y cerró la puerta para ocultar nuestras carcajadas a David. Comenzó a arreglarse el pelo con rapidez mientras nos volvía a mirar—. ¿De qué hablabais?

—Gabi va a formarse en conservación marina —afirmé, aún divertida por la situación.

—¡Eso es increíble! —dijo la rubia, terminando de abotonarse la camisa; después abrazó con fuerza a Gabi.

—Apestas a sexo —insistió la otra.

—Sois unas envidiosas —contestó Emma con una sonrisa traviesa en sus labios.

Las horas siguientes transcurrieron con brevedad mientras la casa nos acogía, y aquella misma tarde fuimos a la playa. No podíamos esperar más.

Mi cuerpo me suplicaba zambullirme en el mar, flotar entre las olas, sentir la ligereza de dejarme llevar. Quería notar la arena caliente bajo mis pies, bucear con todo el aire que tenía dentro y oír ese silencio inigualable que ofrecen las profundidades marinas.

Aunque estaba ansiosa por llegar a la cala, durante el viaje tuve que esforzarme en no recordar que Aron estaría allí; también tendría que enfrentarme a la realidad de no haberle escrito. Quizá estaba molesto, quizá estaba decepcionado o a lo mejor le era indiferente. Y no sabía cuál de aquellas opciones prefería.

Para llegar a la cala tuvimos que caminar por un sendero a través de un bosque de pinos y de vez en cuando, entre los árboles, podíamos apreciar el mar en el que pronto nos sumergiríamos.

Cuando llegamos, el lugar parecía sacado de un cuadro.

La arena era blanca y fina y se colaba entre los dedos de nuestros pies. Si mirabas hacia arriba te encontrabas con unos altos acantilados que resguardaban la playa y si mirabas al horizonte vislumbrabas un agua en calma de un turquesa brillante. Había barcos a lo lejos que completaban la escena, llenándola de calma y paz.

Parecía que las cuatro nos habíamos quedado sin palabras ante el paisaje. Fue David el que habló primero.

—Mirad, están allí. —Señaló un grupo de cuatro chicos y dos chicas al final de la playa.

Mi pulso se aceleró al ver entre ellos al chico que me había hecho mi postre favorito hacía casi un mes. Podía sentir el sabor a chocolate aún en mi boca y el suave tacto de sus labios sobre mi piel.

—¡Vamos, Sere! —me gritó Emma, y me di cuenta de que me había quedado atrás.

Aceleré el paso sobre la arena mientras veía que mis amigas comenzaban a saludar a los presentes. Sorprendida, contemplé desde lejos a Aron; se acercaba con una sonrisa.

Traté de disimular mi mirada inquieta recorriendo todo su cuerpo. Llevaba tan solo el bañador, y aquello dejaba a la vista su pecho descubierto. Con el pelo alborotado y la piel aún mojada, estaba terriblemente atractivo.

Ralenticé el paso a medida que lo veía llegar y, con timidez, le sonreí de vuelta.

—¿Necesitas ayuda, chica de ciudad? —preguntó al mismo tiempo que señalaba las bolsas en mi mano.

Sentí que un golpe de alivio me sacudía entera y observé aquellos ojos azules, siendo consciente de que no había ningún tipo de enfado en ellos, tan solo una dulce expresión que me decía en silencio: «Todo está bien».

Volví la vista de nuevo hacia el resto de las personas, que parecían estar mirándonos de reojo. No tardé en entender el porqué. Aron no se había acercado solo a ayudarme con aquellas bolsas, se había acercado para evitarnos el momento incómodo de saludarnos frente al resto. Y para asegurarme, desde un comienzo, que no tenía nada de lo que preocuparme.

Mientras él cogía las bolsas le dije casi en un suspiro:

—Gracias.

Aron aceptó mi agradecimiento con un asentimiento de la cabeza y nos dirigimos hacia el grupo.

Traté de no mirarlo demasiado, de no dejarme llevar por la curiosidad de contemplarlo de cerca. Junto a él, mi cuerpo parecía removerse en una inquietud excitante. Y era precisamente eso lo que debía disimular.

Enseguida nos encontramos con los otros, y saludé a todos para después hacer un esfuerzo por ignorar las sonrisas juguetonas de mis amigas, a las que toda esa escena parecía divertirlas en exceso.

—¿Nos bañamos? —preguntó Gabi, y las demás aceptamos.

El agua era cálida y amable y dejaba ver a nuestro alrededor todos los peces que se encontraban en ella.

La imaginación era un arma poderosa.

Cuando éramos pequeñas podíamos pasarnos horas en un mundo ficticio en el que vivíamos bajo el mar, teníamos una larga melena de diferentes colores y una cola que nos permitía nadar a gran velocidad.

Había pequeños momentos en los que aquella historia se hacía veraz y el juego se convertía en la única realidad que conocíamos.

Las aguas en calma se transformaban en una terrible marea, con grandes olas de color negro. La orilla mutaba en un gran fondo marino, una zona abisal de gran profundidad en la que no podíamos divisar lo que se encontraba bajo nosotras. Y nosotras formábamos parte de aquellas criaturas marinas con escamas y aletas que con el canto de una canción podían hundir cualquier barco.

Jugábamos a ser poderosas, a pertenecer a otros mundos. Quizá aquella era la magia de la que Ágata nos hablaba por las tardes en su casa, esa capacidad para crear nuevos universos, nuevas certezas, el talento de olvidar lo aprendido y nacer de nuevo, en otra vida y en otro cuerpo.

Ahora, con veintitrés años, el juego era distinto, pero estaba convencida de que, mientras disfrutábamos del agua salada y del sol sobre nuestra piel, todas recordábamos aquellos días de inocencia en el mar.

—Te voy a decir una cosa…

Gabi se acercó hacia mí nadando, con una sonrisa juguetona en su rostro.

—Como no espabiles, lo intento yo. —Señaló con su mirada a Aron, y solté una carcajada para después apoyarme sobre sus hombros y sumergirla.

Cuando volvió a salir del agua se rio conmigo, y ambas continuamos nadando.

Miré de reojo a Aron, que también se estaba metiendo en el mar. Sin nada que lo tapara, podía ver con exactitud los tatuajes que adornaban su cuerpo. En uno de sus brazos tenía un dragón muy bien trazado y en el otro varios dibujos unidos, entre los que distinguí unas flores enmarcadas y un mandala.

—¿Qué es lo que tiene tatuado en la espalda? —pregunté disimuladamente a Gabi, y esta se fijó con más atención en él.

—Es el árbol celta de la vida.

Me fijé en aquel tatuaje circular en cuyo interior se encontraba un árbol con todas sus ramas y raíces. Estaba situado en su zona dorsal y completaba a la perfección el ancho de sus hombros.

—Se te está cayendo la baba, Serena.

La salpiqué riendo y negué con la cabeza.

—Voy a ir a hablar con él —dije con determinación, y Gabi me sonrió.

—No esperaba menos.

Tomé una larga respiración y me dispuse a ir en su dirección. Vi las miradas cómplices entre Tam y Emma, aún en el agua, y decidí ignorarlas mientras tocaba fondo de puntillas.

Caminé lentamente hacia donde estaba Aron, y nuestros ojos coincidieron.

Observé cómo los suyos hacían un recorrido rápido por mi cuerpo hasta posarse de nuevo en mi rostro. Sentí mi piel erizada, no sabía si por la brisa o por aquella mirada del mismo azul que el mar.

—Hola —saludé, y Aron sonrió con aquel rostro encantador.

—¿Qué tal estás? —Como siempre, su pregunta era genuina.

Avancé hasta quedarme frente a él, aún con el agua a la altura de mi cintura.

—Quería pedirte perdón —confesé.

Frunció el ceño.

—¿Por qué?

—Por no escribirte después de la cita.

—Supuse que había sido porque no te había convencido mi opinión sobre el libro —dijo, y su sonrisa se amplió, confirmando que estaba bromeando.

Sentí que mis hombros se relajaban y dejé escapar una suave risa de entre mis labios.

—Serena —murmuró.

Volví a deleitarme en el sonido de mi nombre saliendo de sus labios. Lo miré con mayor tranquilidad.

—¿Qué?

—Te dije que no tenía prisa y hablaba en serio. No necesito que te disculpes.

Su sonrisa seguía estando ahí, pero existían una quietud y un rigor en su expresión que me hacían entender que sus palabras eran serias.

—Lo sé, pero...

—¿Estuviste cómoda en la cita?

La pregunta me pilló desprevenida.

—Claro.

—Me alegro. Yo también. Necesitabas tiempo, y lo entendí. No tienes de qué preocuparte.

No había expectativas ni reproches en su tono de voz. Tampoco en su mirada, que continuaba firme sobre mi rostro. Respiré con mayor calma y supe que Aron estaba siendo consciente de mi alivio repentino. Y estaba prestando atención a mi temor.

—Entonces ¿está todo bien? —quise confirmar.

—Por supuesto. Estoy contento de que estés aquí —confesó, y una amplia sonrisa se deslizó sobre mis labios.

Me había dicho exactamente lo que deseaba oír.

—Yo también lo estoy.

XVII

Los días en Menorca estaban siendo todo lo deseado y más.

Nos pasábamos la mayor parte del tiempo en calas de una belleza inquietante. Llegábamos a ellas después de largos paseos por lugares naturales y, nada más pisarlas, nos entregábamos al mar.

Después de disfrutar de nadar en el agua cristalina, aprovechaba para pasarme horas leyendo, agradeciendo el abrazo caluroso del sol, que bronceaba mi piel mientras tanto. Con el sonido de las olas de fondo, era capaz de sumergirme en la historia por completo, llegando a olvidarme, en algunas ocasiones, de todo lo que me rodeaba.

Tras pasar la mañana en la playa dedicábamos las tardes a recorrer rincones de Mahón y Fornells, lugares históricos que a última hora de la tarde se llenaban de personas recorriendo sus calles, cenando en los restaurantes del puerto y haciendo colas en las heladerías. Allí terminábamos el día con el atardecer de fondo y disfrutábamos de largas conversaciones en torno a la mesa.

Para mi sorpresa, Aron era mucho más extrovertido cuando estaba rodeado de sus amigos. Era interesante poder observarlo, verlo desenvolverse con soltura, reír a carcajadas y contarnos anécdotas que provocaban que el resto se regocijara con diversión. Su sonrisa parecía iluminar todo lo que lo rodeaba, y cuando nuestras miradas se encontraban tenía que esforzarme por no sonreír con nerviosismo.

Aquellos días nos estaban brindando la oportunidad de conocernos de otra forma, sin ninguna otra intención que la de descubrir quién era el otro realmente. Me pregunté si no habría sido mejor haber comenzado así, con la naturalidad del verano y las interacciones genuinas. Pero tampoco podía decir que me arrepintiera de nuestra cita; el recuerdo de esa cena todavía me provocaba mariposas en el estómago.

Por las noches, antes de acostarnos, jugábamos todos a las cartas o bebíamos en el jardín, disfrutando de un cielo repleto de estrellas.

Sofía y Blanca, las otras dos chicas que se encontraban con nosotros, eran pareja, y a veces cazaba a Tam mirándolas con cierto pesar. Había algo en mi pecho que se comprimía al ver a mi amiga recordar su pasado con tanta añoranza. Supuse que yo también había tenido esa mirada melancólica al observar a Emma y David hacía apenas unos meses.

Ellos dos seguían mirándose con el mismo afecto que el primer día. Iban de un lado a otro con las manos cogidas, se reían tan fuerte que oíamos sus carcajadas desde nuestra habitación. Y algunas otras cosas también. Corrían el uno tras el otro por la playa, David se ponía a Emma sobre los hombros y se lanzaban juntos al agua. Él miraba a la rubia con absoluta devoción y ella se deshacía entre sus brazos.

Una de esas noches, en que las cartas rotaban sobre la mesa y entre bromas echamos partida tras partida, hicimos un sorteo para decidir quién iría a hacer la compra al día siguiente.

—En estos papelitos están los nombres de todos. Los dos que salgan serán los elegidos —dictó Emma mientras los removía dentro de un bol que había cogido de la cocina.

—Sabemos cómo funciona un sorteo, Emma —contestó Gabi, y la rubia le mostró el dedo corazón.

Después cerró los ojos y sacó dos papeles.

Cuando leyó los nombres, sus ojos se iluminaron. Mi pulso se aceleró, porque sabía a la perfección lo que mi amiga iba a decir a continuación.

—Aron y Serena —dijo y las comisuras de sus labios se alzaron y el silencio se estableció a nuestro alrededor.

Nosotros dos nos miramos.

El vino que acababa de beber ya me había hecho efecto, así que una pequeña risa salió de mis labios. Él también sonrió divertido y el resto aceptó el resultado sin decir mucho más.

A la hora de acostarnos tuve el pequeño impulso de revisar los papeles dentro del bol y comprobé que en todos había escritos los mismos nombres: el mío y el de Aron. Abrí la boca sorprendida y cuando me giré atrapé con la mirada a Tam y a Gabi tratando de contener la risa bajo las sábanas.

—¡Sois unas tramposas! —jadeé, y unas fuertes carcajadas llenaron la habitación.

Al día siguiente Aron y yo madrugamos para ir a comprar.

Nos levantamos los primeros y fuimos directamente al coche.

—¿Conduces? —me preguntó, y asentí.

Me lanzó las llaves y no tardamos en sentarnos dentro del vehículo.

—¿Podemos pasar a por un café antes? —pregunté al mismo tiempo que arrancaba, y Aron afirmó con un cabeceo al instante.

Con las ventanillas abiertas, la brisa entraba en el coche. Me llegaba el olor de su colonia, que era una mezcla entre limón y cedro. Traté de mantenerme con los ojos sobre la carretera para no observar cómo su pelo se revolvía y su cuerpo se acomodaba en el asiento. Me pregunté si siempre había sido tan guapo o si la isla me estaba hechizando. La belleza de Aron realmente quitaba el aliento.

A pesar de la notable tensión que existía entre ambos, se había creado un silencio placentero que nos permitía disfrutar del recorrido sin la necesidad de conversar. Era algo que no solía pasarme a menudo, tener la libertad de no decir nada, de simplemente estar.

Había algo extraño en la compañía de Aron, una comodidad que había surgido de manera natural, como si nos conociéramos desde siempre y no hiciera falta pasar por las escenas de cortesía y pretensión.

—Creo que el sorteo estaba amañado —murmuró de

pronto, como si acabase de ser consciente de la trampa en la que había caído.

No pude evitar reírme.

—Oh, por supuesto que sí.

Nuestras sonrisas se cruzaron y él chascó la lengua con diversión.

—Les tendré que dar las gracias.

Mis mejillas se acaloraron al segundo y sostuve el volante con más fuerza. Aun así, traté de disimular la exaltación y lo miré de reojo.

—No permitas que se les suba a la cabeza —bromeé, y su sonrisa se amplió.

Esa maldita sonrisa me revolucionaba cada parte del cuerpo.

Cuando llegamos al pueblo más cercano, fuimos directos a una cafetería. Yo pedí un capuchino, él un café con leche. Nos sentamos a una de las mesas que tenían fuera y nos los tomamos con tranquilidad.

La vida acababa de comenzar, la gente entraba y salía de las panaderías, paseaba a sus perros e iba a primera hora a la playa. Una vez más, no había celeridad, apenas se oía el ruido de los coches y las conversaciones eran amenas y amables. Parecía un mundo distinto al que yo había vivido en Madrid.

—¿Quién se ha quedado a cargo de El Jardín? —le pregunté, y al mirarlo fui consciente de que llevaba observándome todo el tiempo que yo había estado seducida por el ritmo de la isla.

—Mi hermano. Él es el dueño del restaurante, yo solo mando en la cocina. Y no siempre se me necesita, el equipo se maneja a la perfección sin mi ayuda —explicó, y lo miré más detenidamente, con curiosidad.

—Pero tú te pasas allí la mayor parte del tiempo.

—¿Me has estado vigilando, chica de ciudad? —preguntó divertido mientras elevaba las cejas.

Me sonrojé y negué con rapidez.

—Me lo dijo Emma, chico de pueblo —contesté, y Aron se rio.

—O sea, que le has preguntado por mí.

—¡No! Responde a mi pregunta, por favor —resoplé, tratando de ocultar mi nerviosismo, el cual parecía divertirlo bastante.

Volvió a recolocarse en la silla y me miró a los ojos. Tuve que fingir beber de nuevo de mi capuchino para evitarle la mirada.

—Estoy allí casi todos los días porque me gusta estar en la cocina, disfruto de mi trabajo. Además, llevo en ese restaurante desde que soy un crío y es como si fuera mi casa.

—¿No has pensado alguna vez en vivir fuera de Dirio?

—Sí, por supuesto. Y lo he hecho, pero siempre que me voy termino volviendo. Creo que hay sitios a los que perteneces, y en mi caso es el pueblo —contestó.

Me pregunté cómo se sentiría formar parte de algo, saber con certeza cuál es tu lugar en el mundo. Ansiaba tener ese sentimiento. Quizá mi vínculo con Dirio acabaría por atarme a él de aquella forma.

—Es bonito. Que te guste tanto tu trabajo, me refiero —añadí, y asintió.

—¿A ti no te gusta el tuyo?

—Sí, sí, me encanta. Pero no es a lo que me gustaría dedicarme siempre —confesé, aunque no tardé en arrepentirme.

Conocía bien la pregunta que venía a continuación.

—¿Y a qué te dedicarías, entonces?

—Querría… escribir —lo dije con la boca pequeña y en un tono de voz casi inaudible.

Había algo extraño en ese deseo, parecía casi igual de lejano que querer llegar a la luna. Desde fuera me habían dado a entender que sonaba como un sueño infantil, como las frases de esas niñas que fantasean con ser estrellas de cine o grandes gimnastas, esas a las que los adultos miran con ternura para después compartir risas cómplices entre ellos como si supieran algo que ellas todavía no son capaces de comprender.

Pero Aron solo asintió y dijo:

—Escritora, ¿eh? ¿Me dejarías leer algo tuyo?

Consideré su pregunta. Lo hice de inmediato, como si de pronto tuviese unas ganas irremediables de entregarle algún borrador.

Aquello era nuevo; mis amigas habían presionado con querer leer alguna de mis historias y yo siempre lo había negado. Pensar en alguien más leyendo mis palabras siempre me había dado escalofríos y me costaba comprender por qué no me estaba pasando lo mismo con él. Quizá al ser una persona a la que aún no conocía del todo su opinión no tenía tanto valor para mí. Pero aquello era mentira, porque había algo del criterio de Aron que me provocaba una gran curiosidad.

—Me lo pensaré —contesté, y eso pareció valerle.

Asintió complacido y dio un último sorbo a taza. Lo imité, y no tardamos en levantarnos para ir hacia el supermercado más próximo.

Mientras recorríamos los pasillos en busca de las cosas apuntadas en la lista llevé a cabo una disimulada exploración de los detalles de Aron en los que no había reparado antes: en cómo la camiseta se ceñía a la perfección a sus hombros y enmarcaba una espalda ancha; en la forma en que su corte de pelo, a pesar de lucir despreocupado, creaba un aspecto limpio y definido de su rostro; en cómo el pendiente de su oreja derecha daba el toque perfecto a su apariencia rebelde.

Sus manos sostenían con seguridad los productos que iba seleccionando. Él cogía las cosas de las baldas más altas y sus ojos claros, siempre amables, se posaban en mí con disimulo mientras yo lo seguía por toda la tienda.

Aquella noche Aron iba a cocinar una caldereta, así que buscamos con precisión todos los ingredientes. Mientras lo hacíamos, le pregunté:

—¿Necesitará el jefe de cocina un pinche?

Sus cejas se alzaron y una pequeña sonrisa se deslizó en sus labios. Mi propuesta pareció sorprenderlo; sin embargo, no le disgustó en absoluto. Algo en mí se removió ante aquella expresión, pero quise ignorarlo.

—Si ese pinche es una chica guapa como tú, por supuesto que sí.

Mis mejillas entraron en calor con una rapidez impactante y lo único que supe hacer fue lanzarle el paquete de arroz que tenía entre mis manos. Él lo atrapó con facilidad.

—¿Así es como contratas tú a tus ayudantes? —dije mientras me esforzaba en ignorar la mirada coqueta de Aron.

—Hoy sí —murmuró, y nuestros ojos se encontraron.

Toda mi piel se erizó.

—Descarado —contesté.

Oí su risa vibrante a mi espalda.

Aquella noche cocinamos juntos. Mis amigas habían intercambiado una mirada conspiratoria a nuestra llegada, pero se abstuvieron de hacer comentarios. Pasamos el resto del día en la playa y, a la vuelta, no tardamos en ponernos a preparar la cena.

—Sabes lo que significa esto, ¿no? —me había dicho Gabi en un susurro cuando yo iba hacia la cocina.

—No significa nada, Gabriela. Y, como digas algo más, lo mismo se me va la mano con la sal en tu plato.

Ella soltó una carcajada y le saqué el dedo corazón mientras la dejaba atrás.

Quise poder ignorar el torbellino interior en mi pecho cuando vi a Aron colocando con delicadeza las cosas que íbamos a necesitar sobre la encimera. La luz de última hora de la tarde le acariciaba el rostro y teñía todo el lugar de un dorado mágico.

Él captó al poco tiempo mi presencia y me ofreció un delantal. Acepté con la cabeza y, con lentitud, se puso a mi espalda para ayudarme a atarlo. Notaba su respiración cálida en la nuca conforme sus dedos hacían un nudo con rapidez. El acto duró apenas unos segundos, pero podía sentir el pulso golpeándome contra el pecho con fuerza mientras mi cuerpo reaccionaba de manera inevitable a su presencia.

—¿Preparada?

—Eso creo.

Aron era disciplinado. Colocaba todo con sumo cuidado, se lavaba las manos entre paso y paso y hacía lo posible para que el orden reinara en aquella cocina. Me explicaba las cosas con calma, y yo trataba de seguir sus instrucciones a la perfección.

Inesperadamente, ambos nos coordinamos de manera impecable. Bailábamos de un lado a otro con destreza, y la tranquilidad se instauró en las partes más caóticas de mí misma.

Me olvidé de todo lo demás; en mi cabeza solo existían aquella cocina, los alimentos que estaban entre mis manos y él. Aron parecía encontrarse en el mismo estado; su rostro estaba relajado y su cuerpo no mostraba ni un músculo en tensión. A veces me costaba alejar la mirada de él y, cuando nuestros ojos se encontraban, él sonreía y decía:

—Lo estás haciendo perfecto, chica de ciudad.

Sofreír en una cazuela grande cebolla, ajo y pimientos picados. Agregar vino blanco... Olía de maravilla. Con la receta estudiada, Aron se sabía de memoria lo que tocaba después. Él llevaba el ritmo y yo me permití dejarme llevar por sus delicadas órdenes. Añadir tomates, caldo, pimentón y un poco de guindilla. Y, por último, el pescado.

—Ahora toca probarlo —determinó, y con suavidad introdujo una cuchara de madera en el caldo; después me animó a degustarlo.

Mientras la cuchara se deslizaba sobre mis labios vi como la mirada de Aron se posaba sobre ellos. El sabor del mar recorrió mi boca y tuve que reprimir una exclamación.

—Podría comer este plato durante el resto de mi vida —murmuré, y le brillaron los ojos.

No tardó en probarlo y asintió, jubiloso. Me miró, pero cuando fue a añadir algo más Emma lo interrumpió al entrar en la cocina.

—¡Madre mía, qué bien huele! ¿Os ayudamos a servir?

Aron aceptó, y enseguida el resto del grupo apareció para ir disponiendo la mesa. Lo seguí con la mirada al verlo salir de la cocina, y entonces advertí que David se me acercaba sonriendo.

—Debes de caerle muy bien para que te haya dejado ayudarlo. A nosotros ni siquiera nos permite estar a diez kilómetros de distancia mientras cocina.

Volví a buscar a Aron con los ojos y lo descubrí terminando de colocar la mesa en el jardín. Mi pulso se aceleró y miré a David, que seguía estudiándome sin ningún disimulo. Emma, desde el otro lado de la cocina, también me observaba. Supe al instante lo que ambos tramaban y golpeé al novio de mi amiga con la bayeta.

—Dejaos de tonterías —susurré abrumada, y oí que Emma se echaba a reír.

David sonrió divertido, pero algo en sus ojos me hacía pensar que las palabras anteriores habían sido verdad.

A todo el mundo le encantó la caldereta, y Aron y yo sufrimos una avalancha de felicitaciones. Me sentí una impostora, tan solo lo había ayudado a cortar los ingredientes y a removerlos en la cazuela cuando él me lo pedía, pero Aron asintió orgulloso y me miró.

—Hacemos un buen equipo, ¿verdad? —dijo, sentado junto a mí.

No pude evitar sonreír.

—El mejor equipo —concluí, y juntamos las manos.

Disfruté del contacto de nuestras palmas y del cosquilleo de después. Sabía del peligro de aquella sensación, de esa comodidad y atracción innegable, pero esa noche me negaba a sentir miedo. Estaba cansada de vivir asustada, así que me acomodé en mi asiento y busqué con la mirada a mis amigas. Tam, Gabi y Emma nos contemplaban con cautela.

En el coche, Aron había dicho que él debía agradecerles la trampa del sorteo de la noche anterior, pero era yo, sin duda, la que debía mostrarme agradecida con ellas.

No hacían falta palabras para que nosotras cuatro nos entendiéramos, y tan solo tuve que hacer un pequeño gesto con la cabeza para que me comprendieran:

«Gracias», les dije sin palabras.

«Siempre», me contestaron sin voz.

XVIII

Menorca se quedó inmortalizada en las fotografías que colgamos con imanes en la nevera de casa. La primera mañana, con el café entre mis manos, me quedé observando aquellos nuevos recuerdos impresos. En menos de un año mi vida había dado un giro completo: nuevos escenarios, nuevas personas, nueva yo. Casi sin saberlo, la decisión de mudarme a Dirio lo había cambiado todo.

Volví a mi querida librería, más frecuentada con la llegada del verano.

Las vacaciones impulsaban a la gente a salir de la ciudad y reencontrarse con los pueblos, con la montaña y con las zonas más lejanas de Madrid. Dirio acogía entre sus brazos a las familias reunidas y a los turistas curiosos, dándoles el descanso que todos ellos estaban buscando.

Algunos visitaban la tienda, se paseaban entre los pasillos y decidían con cautela cuál sería su próxima lectura. Yo observaba curiosa desde el mostrador y, en silencio, trataba de adivinar qué libro elegiría cada uno de ellos. Debía confesar que la mayoría acababa sorprendiéndome. Historias de crímenes, novelas de amor, biografías y relatos eróticos se posaban sobre mis manos para ser entregados a su siguiente dueño.

«Estoy segura de que te va a encantar», les decía, aunque no lo hubiese leído, y el futuro lector sonreía con mayor curiosidad sobre la aventura que se llevaba consigo.

Los lunes iba al lago y me sumergía en él. El agua fría ponía mi piel de gallina, pero disfrutaba de cada momento de aquel baño. A veces, me desnudaba por completo. Extendía los brazos sobre la superficie y me permitía flotar mientras escuchaba el sonido de los árboles y el suave canto de los pájaros.

El verdor que me rodeaba era brillante, y cuando salía del agua extendía la toalla sobre la hierba. Con los ojos cerrados me deleitaba con los rayos del sol y mi cuerpo no tardaba en entrar en calor; una calidez placentera que solía llevarme a una breve siesta, un sueño poco profundo que me permitía descansar durante al menos unos minutos.

Después, abría mi libro.

Viajaba a nuevos lugares, rincones secretos que exploraba con los ojos muy abiertos. Subrayaba frases o las reproducía en las notas de mi móvil. Doblaba las esquinas de las páginas y maldecía cuando alguna gota de agua de mi pelo húmedo caía sobre el papel. Había días que me quedaba allí leyendo durante horas, otros que me marchaba pronto y algunos que decidía sacar mi pequeño cuaderno y escribir.

Mis relatos comenzaban a tener cada vez mayor coherencia y era capaz de sentirme satisfecha al terminar.

Cuando ponía el punto final recordaba las palabras de Aron: «¿Me dejarías leer algo tuyo?», y releía mis textos pensando en qué opinaría él de ellos. Negaba con la cabeza.

Todavía no me sentía suficientemente segura para mostrar mis secretos al mundo. No era difícil despedazar cada frase y encontrar las pistas de un pasado propio. Además, Matías todavía viajaba por las comas de mi cuaderno.

Matías...

Su fantasma estaba oculto, silenciado por el fuego de aquella noche. Con todos mis recuerdos desintegrados, parecía resultarle difícil tocar a la puerta de nuevo. Y, aunque había instantes en los que no podía evitar buscarlo con la mirada, mi pecho se llenaba de alivio cuando no lo encontraba por ninguna parte.

Hacía apenas unos meses no creía que fuera posible que un día me levantara y no deseara tenerlo junto a mí. Y cuando los demás me aseguraban que aquel momento llegaría, pensaba que era una mentira piadosa para calmar mi tristeza. Pero resultó ser verdad.

Mi cuerpo se sentía completo, ninguna pieza rota ni arrebatada. La añoranza se había quedado atrás, esa nostalgia húmeda se había ido con el viento.

Quizá era el tiempo lo que lo había curado todo, quizá había sido yo misma la que había conseguido salir del abismo. Mis pies iban por la calzada, ya no había precipicios a los lados, solo un camino de tierra suave y verde en los costados. Y me guiaban de regreso a casa, un nuevo hogar en el que terminar de sellar las heridas.

Allí seguíamos las cuatro, construyendo una vida distinta, cada una con su ritmo, su espacio y su forma particular de ver el mundo. La familia de Emma había ido a Dirio para pasar el verano, así que lo habitual en aquellos días era que encontráramos a sus primas de quince y dieciséis años en nuestro salón. Tenían una vivienda propia, pero no podía culparlas por querer pasar tiempo con su prima mayor en la antigua casa de su abuela.

Uno de esos días, al volver de la librería, las hallé en la cocina ayudando a Emma a hacer la cena. La mesa ya estaba puesta en el patio y Tam y Gabi estaban sentadas hablando.

—¿Os quedáis a cenar? —les pregunté.

Eva se giró y negó con la cabeza.

—¡No! Hoy vamos a una fiesta. Hemos venido a que Emma nos deje ropa —contestó sonriendo.

Mi amiga me miró de reojo y negó con la cabeza.

—Gabi también les ha enseñado su armario y… ¡adivina qué quieren ponerse ahora!

Se me escapó una risa, y Eva me sonrió divertida. Dejé mis cosas sobre la mesa del salón y caminé hacia ellas.

—Es que es más de nuestro estilo —insistió María.

—Vuestra madre me va a matar.

Ayudé a Emma a servir la cena en los platos mientras sus dos primas iban a vestirse.

—¿Qué tal tu día? ¿Mucha gente hoy? —preguntó.

—Bastante, pero bien, así me entretengo. ¿Tú qué tal?

—Bien. Mi tía ha conocido hoy a David. Nos hemos encontrado volviendo del mercado. —Se le escapó una sonrisa dulce, y la miré sorprendida.

—¿Has pensado en presentarlo oficialmente?

Emma se encogió de hombros.

Ambas terminamos de servir y nos encaminamos al jardín.

—Sí, pero todavía tengo que hablarlo con él —dijo casi en un susurro, por lo que comprendí que no era un tema que quisiera discutir con sus primas en casa.

Asentí con rapidez y pusimos los platos sobre la mesa.

—Emma, cuando ya no vivamos juntas, ¿puedo llevarte *tuppers* una vez a la semana para que me sigas cocinando? —preguntó Gabi sin despegar los ojos de la comida.

Emma soltó una carcajada mientras volvía a entrar en la casa.

—¿Eso es un sí?

No tardé en sentarme y busqué en mi bolso mi paquete de cigarros. Cuando Emma salió de nuevo ya le había dado un par de caladas. Frunció el ceño al verme.

—Pensé que lo habías dejado.

—¡Y lo he dejado!

Era mentira, pero sí que fumaba mucho menos que antes.

—Dice que es fumadora social —se burló Tam, y la fulminé con la mirada.

—Menuda tontería. O fumas o no fumas —insistió Emma.

Me hundí en mi asiento y volví a llevarme el cigarro a la boca.

—Además, yo te he visto fumar sola —añadió Gabi, y suspiré exasperada mientras soltaba el humo.

—¿Podemos hablar de otra cosa? —pedí a la vez que apagaba el cigarro recién empezado para finalizar la conversación; no necesitaba una retahíla de lo malo que era aquel hábito.

Agradecí cuando María y Eva salieron al jardín para despedirse de su prima.

Estaban espectaculares, y con aquella ropa puesta y recién maquilladas apenas lucían de su edad. La cara de Emma se tiñó de preocupación mientras las escaneaba con la mirada. Gabi daba palmadas de felicidad al ver que su ropa les sentaba como un guante. Aquello confirmaba su teoría de que su cuerpo no había cambiado desde los catorce años.

—¡Por favor, tened cuidado esta noche! ¡Y deja de subirte la falda, María! ¡A este paso te va a llegar al cuello! —exclamó Emma cuando se disponían a salir por la puerta a toda velocidad para evitar que las obligara a cambiarse.

—Empiezas a hablar como tu madre —le dijo Gabi, y tiró de ella para que se sentara.

Emma suspiró y cogió el cigarro que yo había dejado sobre el cenicero.

—¡Oye!

—No volvería a esa edad por nada del mundo —comentó, ignorándome por completo.

Suspiré a mi vez y me serví una copa de vino.

—Yo tampoco. Cuando tenía dieciséis no quería crecer. Pensaba que la vida adulta era un aburrimiento. Resulta que es mucho mejor —añadió Tam, y me hizo un gesto para que le pusiera vino a ella también.

—Pues yo prefería cuando no tenía que preocuparme por facturas ni por multas de tráfico. —Gabi robó un cigarro de mi cajetilla, y levanté las manos, exasperada.

Tam soltó una carcajada y Emma sonrió traviesa.

—Yo me pasé toda la adolescencia lidiando con complejos, obsesionada con gustar al resto y sintiéndome incomprendida. Prefiero lidiar con impuestos a ese quebradero de cabeza —determiné.

Y era cierto, mis años en el instituto no habían sido nada que quisiera revivir.

—Totalmente. Y luego llegan los veintiuno, veintidós, veintitrés y..., no sé, como mujer me siento más segura. Es como si ahora supiese que puedo sostenerme a mí misma. Eso cambia mucho la perspectiva de las cosas. —Emma dio una calada al cigarro y trató de disimular su mueca de desagrado.

Reí mientras me lo devolvía.

—¡Exacto! Obviamente una sigue teniendo complejos o sintiéndose incomprendida de vez en cuando, pero hay en ti una seguridad que no existía antes y lo hace todo más... leve.

—Pues yo no creo haber llegado a experimentar eso todavía —confesó Gabi, y las tres la miramos.

Parecía pensativa, como si tratara de buscar en su interior aquel sentimiento que acabábamos de describir. Tam bebió de su copa y dijo:

—No tienes por qué. Yo tampoco lo tengo siempre, va por días.

—Es una época muy extraña, ¿no creéis? Hay personas que parecen tenerlo todo resuelto y otras... que no sabemos ni por dónde empezar —murmuró Gabi.

—Nadie lo tiene todo resuelto. Por lo menos, ninguna de nosotras —insistí, y una media sonrisa se posó en sus labios.

—Ya. Eso me da consuelo.

Las demás reímos.

—Bueno, propongo un brindis —dijo Emma mientras se incorporaba—. Por nosotras. Por todo lo que hemos vivido y por estar aquí juntas. Sé que no lo comento con frecuencia, pero vivir aquí con vosotras es de las mejores cosas que me han pasado.

Mis ojos se humedecieron y reparé en que mis amigas tenían la misma reacción.

En el instituto nos llamaban el «cuarteto maravilla».

Íbamos unidas a todas partes, nos sentábamos juntas en la penúltima fila y siempre nos castigaban por hablar demasiado. Teníamos nuestro propio estilo, en cuarto de la ESO cada una llevaba el pelo de un color. Caminábamos con los brazos entrelazados y cuando había algún tipo de debate en clase nos defendíamos las unas a las otras, aunque a veces no tuviéramos la razón.

Habíamos sido siempre las cuatro. Vivíamos con aquella seguridad privilegiada de tenernos las unas a las otras siempre, de nunca estar solas.

Y teníamos razón, la adolescencia era compleja. Cada una había experimentado sus dificultades. A todas nos había tocado mirarnos en el espejo y detestar lo que veíamos en él. Tam había cubierto los aseos del instituto con pegatinas feministas en las que ponía: «¡Cuidado! La imagen que estás viendo puede estar distorsionada por cánones de belleza irreales y establecidos».

Pero, aunque cada una tuviera su propia lucha interna, nos acompañábamos. Había problemas que únicamente podíamos resolver solas, pero las noches de los viernes, en las que nos juntábamos para comer pizza y dormir juntas, todo se disipaba. Nos quedábamos hablando hasta la madrugada, veíamos películas de miedo y hacíamos bromas telefónicas hasta quedarnos sin saldo.

También discutíamos. Igual que seguíamos haciéndolo a nuestros veintitrés. Pero ninguno de esos conflictos había conseguido separarnos. Ese tipo de amistad era un regalo, uno de esos que costaba mantener. El día a día del colegio había facilitado nuestra unión, pero cuando llegamos a la universidad supimos que todo dependía de nosotras.

A pesar de que ya no íbamos juntas a clase, nos veíamos todas las semanas. Comprobamos que no sabíamos vivir de otra forma, que los viernes continuaban siendo sagrados, aunque el plan se sustituyera por un par de copas y unos tacones infernales que siempre nos quitábamos a mitad de la noche.

Éramos universitarias. Lo llevábamos escrito en la frente. Quedábamos en cafeterías a fingir que estudiábamos y nos pasábamos las últimas horas hablando de cotilleos ajenos. Nos bebíamos grandes tazas de café y nos recomendábamos libros que nunca íbamos a leer. Era divertido.

Salíamos de fiesta, bailábamos todas juntas y lanzábamos miradas de desprecio a cualquier tío que tratara de interrumpirnos. La noche era nuestra. Ellos daban igual. El resto del mundo daba igual. El pelo siempre acababa recogido en un moño alto, y el rímel, por debajo de los ojos.

Caminábamos en la madrugada por las calles de Malasaña buscando la última pizzería abierta y nos comíamos la porción esperando al metro de las seis. Al día siguiente nos llamábamos por FaceTime para hacer un recordatorio de todas las anécdotas olvidadas por una terrible resaca de domingo.

A veces, me era difícil comprender cómo el tiempo había pasado tan rápido. Graduadas, con trabajo, viviendo lejos de todo aquello. Seguíamos siendo jóvenes y, tal como decía Gabi, era una época muy extraña. Aquellas noches no quedaban tan atrás, pero yo sentía que todo había cambiado demasiado como para poder volver.

Contemplando a mis amigas alrededor de la mesa, fui consciente de que habíamos crecido. La madurez nos estaba alcanzando y ya no había marcha atrás. No me daba miedo, sentía felicidad. Tenía la extraordinaria certeza de que mientras estuviéramos juntas todo iría bien.

Brindamos, emocionadas, y Emma se limpió con rapidez las lágrimas. Gabi le ofreció una servilleta.

—¡Ay, perdón! —sollozó—. Estas últimas semanas estoy superemocional. ¡No entiendo qué me pasa!

—A lo mejor estás embarazada —bromeó Gabi.

Tam puso los ojos como platos. Emma sollozó con más fuerza. Yo fulminé a mi amiga con la mirada.

—Qué forma más burda de romper el momento.

Gabi abrazó a Emma y siguió hablando:

—¿No os parece fuerte que nuestro embarazo ya no vaya a ser un embarazo adolescente? Quiero decir, somos adultas, hay gente que desea ser madre con esta edad.

—¡Que no estoy embarazada! —jadeó Emma, y todas asentimos al instante.

—Está toda tu familia aquí, llevas días sin parar. Es normal que estés emocional —le recordé, y alcancé su mano. Ella suspiró y asintió, volviendo a limpiarse las lágrimas. Sonreí con ternura—. Gracias por el brindis, ha sido precioso.

—Y si estuvieras embarazada, te apoyaríamos igual —dijo Gabi.

Emma le lanzó una servilleta a la cara, Gabi soltó una carcajada y las demás no pudimos evitar reírnos.

—No. Tenemos que quedarnos embarazadas al mismo tiempo, para que nuestras hijas tengan la misma edad y sean amigas, como nosotras —contestó Emma.

Tam negó con la cabeza como si su vida dependiera de ello.

—Sácame de ese proyecto ahora mismo.

—Oh, venga, ya sé que no quieres ser madre, pero no me dirás que no es un plan perfecto —insistió Emma, ahora sonriendo.

Sabía que en su cabeza estaban pasando todo tipo de imágenes de un futuro idílico y poco probable. A veces era mejor simplemente dejarla soñar. Y Tam lo sabía también, así que asintió resentida.

—Creo que necesitas unos días de descanso —le dije a Emma, y asintió.

Le rodeé los hombros con el brazo y se apoyó en mí.

Mientras escuchaba a Gabi contar sus planes de una futura maternidad y veía al resto observarla con sosiego y diversión, pensé en la suerte que había tenido al encontrarlas.

Me resultaba difícil digerir que aquella unión se había dado por una simple casualidad, que la razón de que estuviéramos allí juntas esa noche se debía al azar: cuatro parejas que habían decidido llevar a sus hijas a un mismo colegio. La idea de que en algún momento existió la posibilidad de que nosotras cuatro no nos conociéramos hacía que mi pecho se comprimiera. ¿De verdad tenía que creer que aquella amistad era el resultado de una decisión tan simple y pequeña?

Desde esa perspectiva todo tomaba una dimensión demasiado grande como para contenerla. Cada paso que dábamos parecía determinante, como si el destino de una vida propia dependiera de un hilo invisible que había que sostener. Yo no sabía si estaba preparada para semejante responsabilidad.

«Ya lidiaré con esto en otro momento», me dije, intentando volver a la Tierra. A mis amigas.

La realidad era que no sabía cuál era el verdadero orden de las cosas, lo único que sabía era que, si en mi vida debía estar agradecida por algo, era por que mi camino se hubiese cruzado con el de ellas tres.

XIX

Los hijos de Gloria también habían acudido a Dirio aquel verano, así que llevaba bastantes días sin verla aparecer por la librería. Era extraño pasar tanto tiempo sin ella, no tenerla rebuscando entre los libros y enseñándome obras literarias que debería «leer sí o sí».

Yo continuaba desenvolviéndome con soltura en la tienda, pero el día que necesité una información del inventario y la llamé por teléfono Gloria no contestó.

No me preocupé. Era verano, estaba con su familia, y yo no quería molestarla. Esperé un par de días. No hubo respuesta tampoco. Extrañada, lo intenté de nuevo los dos siguientes. El contestador saltó todas las veces.

Supuse que se trataba de algún problema con su teléfono, así que un martes, después de cerrar la librería, me dispuse a ir a verla. Caminé con lentitud por las calles del pueblo y al llegar a su casa llamé al timbre. Oí al pequeño bichón frisé ladrar.

La puerta tardó en abrirse, y cuando lo hizo apareció una de sus hijas.

—Hola, Marta. Perdona que os moleste… ¿Está Gloria? No he conseguido hablar con ella por teléfono.

Marta me observó, y reparé por primera vez en su semblante serio. Me preocupé por haber tomado una mala decisión. Quizá estaba interrumpiendo algo importante. Sin embargo, ella abrió más la puerta y dijo:

—Pasa.

No era necesario, solo deseaba hablar con Gloria, pero decidí no tensar más las cosas. Le agradecí la invitación con un cabeceo y me adentré en la casa. No se oía nada, solo un silencio denso que parecía deslizarse por los pasillos. Busqué a Gloria con la mirada y no la encontré. Me volví hacia Marta y ella comenzó a hablar de nuevo, en un tono extrañamente bajo.

—Mi madre insistió en no contarte nada porque no quería preocuparte.

Mi corazón se paró.

—¿A qué te refieres?

—Está enferma. Hace un par de semanas cogió una neumonía y se le ha complicado. Estuvimos en el hospital… Nos han dicho que por ahora se quede en casa, así que se encuentra aquí. No puede moverse demasiado, está con antibióticos y con control médico regular. Nosotros confiamos en que se recuperará, pero ya sabes cómo son estas cosas.

Mi rostro perdió todo su color y sentí que tenía que sentarme. Marta pareció percibirlo de inmediato y me tomó suavemente del brazo.

—Tranquila. Está en su cuarto… ¿Quieres ir a verla?

—Sí, claro —contesté, casi con urgencia.

Mis piernas temblorosas se deslizaron por la madera mientras seguía a Marta por la casa. No tardamos en llegar a la habitación, y la hija de Gloria llamó a la puerta con cuidado. Después giró el pomo y abrió poco a poco.

—Mamá —murmuró asomándose—, ha venido Serena a verte.

Mi pulso se aceleró de nuevo cuando Marta me ofreció pasar y entré en el dormitorio con pasos silenciosos.

Allí estaba Gloria, sobre su cama, con un elegante pijama puesto y una luz tenue entrando por la ventana. Su rostro era el de siempre y, al mismo tiempo, uno completamente desconocido. No tenía rubor en las mejillas, parecía más delgado y unas grandes sombras le enmarcaban los ojos. Tenía los brazos pegados a los costados y apenas se movió al verme.

—Quita esa cara de susto... —dijo, e interrumpió su frase para toser—. Solo es un resfriado.

Sentí alivio. No pude evitar sonreír levemente mientras me aproximaba a su lado. Me puse en un lateral de la cama y la observé más de cerca. Mi mano, de forma casi inconsciente, se posó sobre la suya.

—¿Cómo te encuentras? —fue lo primero que pregunté.

—Bien, cariño. No tenías por qué haber venido —insistió, pero su voz, sin apenas fuerzas, parecía decir lo contrario.

Vi como Marta entornaba la puerta para dejarnos solas.

—¿Por qué no me avisaste?

—No quería que estuvieras dándole vueltas a la cabeza con más cosas —confesó, y mis ganas de llorar, contenidas, aumentaron.

Sus ojos se encontraron con los míos y algo pareció iluminarse en ellos.

—Ya que estás aquí... Quería comentarte algo.

Asentí con rapidez y utilicé una silla que había junto a mí para sentarme. Aún le estaba sosteniendo la mano.

—Más allá de todo esto, de si me pongo bien o no...

—Te vas a poner bien —interrumpí con seguridad, y Gloria dejó salir una risa ronca.

—Pero, más allá de eso, voy a pedirte algo. Tienes toda la libertad del mundo para decirme que no, pero me gustaría que lo consideraras.

Me incliné más hacia ella.

—Dime.

—Quiero que te quedes con la librería —dijo, y me entraron ganas de levantarme de un salto.

Me quedé sentada.

—¿Qué? —jadeé.

A ella pareció divertirle mi expresión y sonrió débilmente.

—Yo ya soy mayor, hija. No puedo hacerme cargo de un negocio, y sabes que la librería está en tus manos desde hace mucho tiempo; no cambiaría nada en realidad.

A mi cabeza parecía costarle comprender el significado de cada palabra, así que pasaron un par de segundos hasta que conseguí digerir la información.

—¿Y tus hijos?

—Mis hijos tienen sus vidas en Madrid, no quieren

tener que lidiar con la librería, nunca ha sido algo que les haya interesado. Ya lo he hablado con ellos. Están de acuerdo con esta decisión.

Notaba la boca seca. Mi mano temblorosa apretó con más fuerza la de Gloria y, con los ojos húmedos, la observé.

—No sé qué decir —admití.

Ella se incorporó un poco, con la mínima fuerza que tenía, y me levanté para ayudarla a colocarse de nuevo sobre los cojines. No me molesté en sentarme, preferí mantenerme allí, con el corazón desbocado de la emoción.

A pesar de su fragilidad, el rostro de Gloria continuaba impregnado de aquella expresión amable que la caracterizaba. Con sus dedos acarició la palma de mi mano y me observó con cautela.

—La librería es tuya, niña. Fue tuya desde el primer momento, cuando viniste con aquellos ojos tristes en busca de libros nuevos. Supe que ese lugar necesitaba a alguien como tú, alguien que mirara el mundo con esa sensibilidad única. No dejaría mis libros en manos de otra persona. Te he visto crecer entre esas estanterías durante todos estos meses. La librería te ha salvado como también me salvó a mí. Fue mi refugio durante un matrimonio tormentoso. Es un lugar mágico que solo puede pertenecer a aquellos que tienen la capacidad de comprenderlo. Y tú eres la persona indicada para ello. Además, si no fuera por ti, esa librería ahora mismo estaría vendida. Lo mínimo que puedo hacer para agradecértelo es esto.

Sus palabras salieron suaves, como un arrullo. Me

abrazaron con calidez y me humedecieron las mejillas. Cuando noté las lágrimas recorrerme el rostro me las limpié con rapidez y me esforcé por recomponerme.

—La librería lo es todo para mí —susurré, y Gloria asintió con lentitud y comprensión—. Gracias. Es el mayor regalo que alguien me ha hecho jamás.

Abrió los brazos y me refugié en ellos. Apoyada en su pecho, lloré en silencio mientras notaba como sus manos acariciaban mi pelo. Lloré de agradecimiento por aquel obsequio con el que no me había atrevido a soñar. Y lloré con miedo, por si aquello fuese una posible despedida entre ambas.

Cuando volví a pisar la calle, ya se había hecho de noche.

No recordaba haber pasado tanto tiempo con Gloria. La cabeza me pesaba y aún estaba tratando de asimilar todo lo que había sucedido, todas las cosas de las que habíamos hablado.

«La librería es tuya, niña».

No lograba entender lo que aquello significaba.

Nunca había sido dueña de nada, apenas lo había comenzado a ser de mí misma. ¿Cómo podía pertenecerme aquel lugar de un día para otro? ¿Cómo podía ser algo mío de esa forma? No me sentía digna de aquel regalo, no cuando ese ofrecimiento era consecuencia de la vejez de Gloria. Sentí un escalofrío al recordar su cuerpo débil sobre la cama.

Quería borrar esa imagen de mi mente. Sabía que volvería a verla entre los libros, con aquellas gafas grandes enmarcando su rostro mientras comprobaba que todo estuviese en su sitio. Tan solo esa visión me otorgaba paz.

Aquella tarde había sido una de las más difíciles en toda mi vida. Y esa noche fue una de las más calurosas de todo el verano. Apenas corría el aire, y yo sentía que me asfixiaba, aunque mi calor venía de dentro. No tenía ganas de volver a casa y pensé que caminar sería una buena alternativa.

A pesar de que la intención inicial era dar un largo paseo que despejase mi mente, no había dado ni diez pasos cuando alcancé a ver la luz de El Jardín aún encendida. Casi por inercia, mis piernas se deslizaron hacia el restaurante.

Al llegar frente a él comprobé que no había nadie cenando. Faltaban unos minutos para que cerraran y tan solo se oía el choque de las sillas que un par de camareros estaban recogiendo. Pensé en darme la vuelta, pero uno de ellos me reconoció.

—Aron está en la cocina —me dijo de manera instantánea, y asentí.

—Gracias.

Mis pasos se adentraron en la sala vacía. Tuve un ligero sentimiento de arrepentimiento, ni siquiera sabía qué estaba haciendo allí. Volví la vista hacia la salida y comprobé que varios de los camareros me miraban de reojo. Si me iba, avisarían a Aron de que había estado allí. Avancé con lentitud hasta la cocina.

Él estaba dentro, no atiné a ver qué hacía con exactitud, pero aún llevaba la chaqueta blanca puesta. Lo observé en silencio, sin saber qué decir. El nudo en mi garganta se hizo más grande y me planteé de nuevo marcharme, pero, antes de que tomara la decisión de hacerlo, Aron reparó en mi presencia.

Sus ojos destilaron una pequeña sorpresa y sentí como me escaneaba con rapidez, hasta quedarse fijo en mi mirada vidriosa. No tuve que hablar; él pareció entenderlo todo. Enseguida dejó lo que tenía en sus manos sobre la encimera.

—Hey... —dijo, y le sonreí como pude a modo de saludo.

Se acercó a mí con rapidez y, sin añadir nada más, noté sus brazos rodearme con cuidado. Con una mezcla de sorpresa y alivio me dejé caer sobre su pecho y me fundí en el abrazo.

Disfruté de aquel cobijo, de la tranquilidad que me otorgaba la anchura de su cuerpo junto al mío. El contacto entre ambos resultaba natural, dulce. Aron olía a canela. Y supe en aquel momento por qué había ido a buscarlo esa noche.

—Me he enterado de lo de Gloria... ¿Estás bien? —murmuró, y sentí su aliento acariciar mi mejilla.

—¿Se ha enterado todo el mundo antes que yo? —me quejé, y noté una pequeña risa profunda vibrar contra mí.

Poco a poco me separé y lo miré a los ojos. Aron me sonrió con amabilidad y negó con la cabeza.

—Mi madre y ella son amigas.

Aún estábamos muy cerca el uno del otro, pero me daba igual. Me sentía cómoda allí. Sabía que en Dirio las noticias volaban y, por una parte, agradecía no tener que contarle todo desde el principio.

—Se recuperará, estoy segura —contesté, y me esforcé todo lo posible para que no me temblara la voz.

Noté que los dedos de Aron se deslizaban con suavidad y retiraban un mechón de pelo de mi rostro. Mis ojos entraron en contacto con los suyos y suspiré. Aquella amabilidad cálida lo hacía todo más fácil. El ardor en mi pecho había comenzado a disminuir.

—Voy a preparar una tarta de queso para mañana. ¿Quieres ayudarme? —me propuso.

El reloj marcaba las doce. Mi cuerpo pesaba del cansancio. Pero acepté.

El primer paso era triturar las galletas y mezclarlas con mantequilla derretida. Después había que cubrir el fondo del molde con ellas de manera uniforme. Aron tenía una música suave de fondo que ayudó a relajar la mayor parte de mi cuerpo. Mientras me concentraba en hacerlo todo con precisión mi cabeza fue encontrando calma.

—¿Te quedas siempre hasta tan tarde? —le pregunté.

Negó con la cabeza.

—Solo cuando necesito pensar.

—¿Y en qué piensas hoy? —quise indagar.

Aron me observó durante unos segundos, como si pretendiese confirmar si realmente deseaba oír su respuesta.

—Los veintiséis son una edad extraña, ¿sabes? Eres joven pero todas las elecciones que tomas parecen decisivas para lo que después será el resto de tu vida.

—¿Y temes equivocarte ahora?

—Temo equivocarme siempre. No me gusta cometer errores —confesó, casi en voz baja.

Fruncí el ceño mientras lo observaba y distinguí como una sombra le recorría la mirada de forma veloz y apenas perceptible.

—Todos cometemos errores, Aron —murmuré, a sabiendas de que eso no era ningún consuelo.

Aun así, él sonrió con cierta tristeza y ambos nos quedamos mirándonos durante unos segundos. El marrón de mis ojos se fundió con el azul de los suyos y supe que no había mucho más que decir. El consuelo no estaba en las palabras, sino en la compañía que nos hacíamos ambos en aquel momento, así que continuamos cocinando.

Batimos el queso crema y el azúcar. Agregamos los huevos, esencia de vainilla y crema agria. Por último, un poco de ralladura de limón.

Continuamos coordinándonos a la perfección. En una receta tan sencilla era capaz de seguirle el ritmo, así que simplemente seguí sus indicaciones. Con gran rapidez nos encontramos vertiendo la mezcla sobre la galleta del molde.

—La vamos a dejar reposar hasta mañana. Suele quedar mejor de esta forma —me dijo, y entendí que era su forma amable de comunicarme que habíamos terminado.

Era tarde, tenía que volver a casa, pero me quedé quieta mientras lo observaba meter la tarta en la nevera.

—Deberías venir mañana a probarla —me dijo, y sonreí levemente.

—Lo haré —prometí.

Vi cómo se quitaba la chaqueta blanca para quedarse únicamente con una camiseta de tirantes negra. Mis ojos viajaron por aquel cuerpo, y deseé que sus brazos me rodearan de nuevo y me sostuvieran con fuerza.

—Te acompaño a casa.

Negué con la cabeza.

—No, Aron, no hace falta.

—Lo sé, pero quiero hacerlo —insistió, y no iba a convencerlo de lo contrario.

Cerramos El Jardín y nos encaminamos hacia mi dirección. Todavía había gente en las calles, pues con aquel calor era difícil dormir.

Apenas hablamos por el camino, no sentíamos que fuera necesario. Andábamos cerca el uno del otro, nuestros brazos se rozaban en cada paso y tuve que reprimir el impulso de darle la mano. Quería que sus dedos se entrelazaran con los míos, que me los apretara con suavidad y me asegurara que todo iba a estar bien.

Aquello no ocurrió, pero me quedé pensativa ante el simple hecho de haberlo deseado.

—Gracias… por todo —le dije una vez que llegamos a mi puerta.

Mi voz volvió a temblar, pero me esforcé por mantenerme firme.

—No tienes que dármelas. Yo también necesitaba compañía esta noche —murmuró, con aquellos ojos del color del mar posados sobre mi rostro.

Las luces de la casa estaban encendidas; supuse que Tam, Gabi y Emma estarían aún despiertas.

—¿Quieres pasar? —le ofrecí.

Aron pareció dudar. Miró la puerta, luego me miró a mí. Y repitió el gesto con velocidad. Después negó.

—Es tarde. No quiero molestar.

—No molestas —insistí.

Dudó de nuevo. Y sonrió con delicadeza.

—Otro día, lo prometo. ¿Te veo mañana?

Intenté disimular mi desilusión y sonreí de vuelta.

—Sí. Haré una visita a Gloria, cuando salga de su casa me acerco al restaurante.

—Perfecto.

Nos quedamos en silencio, con la duda en el aire.

Mi corazón se aceleró levemente y noté cierto cosquilleo en el vientre al ver que se inclinaba hacia mí. Sus labios viajaron hasta mi mejilla y sentí como se posaban con delicadeza sobre mi piel. Contuve un suspiro ante el aprecio de su dulzura y cuando se separó quise pedirle que me besara de verdad. No lo hice.

—Buenas noches —me dijo.

—Hasta mañana —le contesté.

Luego me sonrió y se marchó.

Yo, con la respiración aún contenida, entré en casa.

XX

Al día siguiente volví a ver a Gloria.

Me senté junto a ella y le hice compañía durante horas. Al salir fui a El Jardín, probé la tarta de queso y disfruté de cada bocado. Me llevé una porción para las chicas.

Esa noche Aron y yo también cocinamos, esta vez tiramisú. La noche siguiente regresé e hicimos *crème brûlée*, y la siguiente, *mousse* de chocolate. Se convirtió en una costumbre.

Cuando cerraba la librería iba a casa de Gloria y pasaba un rato con ella. Unas veces charlábamos, otras leíamos y los días malos, en los que ella no tenía fuerzas, tan solo la contemplaba dormir. Después me reunía con Aron en el restaurante y cocinábamos juntos durante horas.

Al principio no hablábamos demasiado. Seguíamos los pasos de la receta, nos hacíamos compañía el uno al otro y luego él me acompañaba a casa. El silencio de la noche parecía volvernos cómplices de un juego secreto, un momento que solo los dos compartíamos.

Cuando la comodidad de aquella cocina fue palpable, le perdí el miedo a hablar.

Le contaba cómo había ido mi día y partes de mis conversaciones con Gloria. También le explicaba cosas de mis amigas y algunos de nuestros recuerdos. Él me preguntaba con una curiosidad genuina y me escuchaba con tanta atención que en ocasiones dejaba de cocinar solo para mirarme. A mí se me ruborizaban las mejillas.

Aron también hablaba. Me contaba cosas del restaurante, se quejaba de decisiones que tomaba su hermano y me recordaba los días en los que vivió fuera de Dirio.

—Pasé un tiempo en París. Conseguí una beca para estudiar en la École de Cuisine Alain Ducasse —dijo en lo que parecía un perfecto francés, aunque yo no podía tener la certeza, pues el único otro idioma que sabía era el inglés; aun así, me pareció terriblemente atractivo y quise pedirle que pronunciara aquel nombre de nuevo.

—Suena prestigioso —murmuré en su lugar, y Aron se rio.

—Un poco. Aprendí mucho, pero aquel lugar no era para mí.

—¿La escuela?

—París.

Lo observé con curiosidad mientras terminaba de rallar la zanahoria para el pastel que íbamos a hacer aquella noche. Al mirar con mayor detalle su rostro, paré. Me giré un poco más hacia él y con los ojos entornados dije:

—Te enamoraste.

A Aron pareció sorprenderle mi afirmación, pero no lo negó. Sonrió de lado y se dispuso a batir la mezcla. Yo continuaba a la espera de aquella historia, así que simplemente me apoyé en la encimera con el rostro vuelto hacia él.

—Conocí a una chica, se llamaba Céline —comenzó a narrar sin apenas mirarme—. Estudiaba conmigo, era hija de un chef bastante reconocido en París. Empezamos a salir al poco de conocernos y la verdad es que al principio todo fue perfecto. Ella era divertida, cariñosa y, además, tenía un gran talento. Aprendí mucho de todo lo que me enseñó. No hice demasiados amigos, me pasé la mayor parte del tiempo con ella.

—¿Cuánto estuviste en París? —quise saber.

—Dos años.

—Así que estuvisteis dos años juntos… —puntualicé, y Aron hizo una mueca.

—Más o menos. Al año y medio de salir le pregunté por qué no quería presentarme a su familia. Ella ya conocía a la mía, vino a Dirio en verano. —Algo en mí pareció removerse al oírlo; sin embargo, me forcé a ignorarlo y continué escuchando—. Me dio largas y no insistí. Pero el tiempo continuaba pasando y empezó a preocuparme que lo que le ocurriese fuera que se avergonzaba de mí.

—¿Por qué se te pasó por la cabeza algo así? —pregunté, confusa.

—Porque ella era de una familia muy conocida. Se movía entre gente importante, y pensé que quizá yo no encajaba en su mundo. Al fin y al cabo, solo era un estudiante más de su clase de cocina.

Acabó de hacer la mezcla. Dejó las cosas sobre la

mesa y se lavó las manos. Mis ojos continuaban fijos en él.

—Entonces ¿qué pasó?

—Que la presioné, le dije que o hacíamos pública nuestra relación o aquello se había acabado. Llevábamos casi dos años juntos y a veces sentía que no la conocía en absoluto. Discutimos, me echó en cara que tan solo buscaba aprovecharme de la reputación de su familia. Céline era consciente de que aquella acusación me dolería. Le dije que no quería saber más de ella, y lo dejamos.

Había amargura en la voz de Aron. Su expresión era seria, y tuve claro que, en el fondo, había cosas de todo aquello que aún le dolían. El estómago se me hizo un nudo y suspiré.

—¿Y no volviste a saber de ella? —pregunté, aunque no estaba segura de querer conocer la respuesta.

—Sí. Dos semanas después vino a verme. Pensé que su intención era volver y, sinceramente, iba a decirle que sí. Pero llegó, se sentó en mi sofá y entre lágrimas me confesó que estaba prometida con otro tío.

Casi me atraganto.

—¿Qué?

Aron se rio, pero no había nada de diversión en aquel gesto.

—Como lo oyes. Por lo visto, la gente rica sigue teniendo matrimonios arreglados, y Céline estaba prometida con un tipo de una familia importante.

—¿Y le parecía bien? —exclamé atónita.

—Eso le pregunté yo. Me dijo que sí, que era lo mejor

para su futuro, que la decisión ya estaba tomada..., y que me lo contaba porque creía que merecía saber la verdad.

—Qué considerada —murmuré, y sentí alivio al descubrir una pequeña sonrisa deslizándose en sus labios ante mi comentario.

—Me marché de París al poco tiempo. Mi beca había terminado y yo no tenía más razones para quedarme allí.

—Lo siento mucho —dije, y quise acercarme a él, pero mis pies no se movieron, así que me quedé donde estaba—. ¿Has vuelto a verla?

—No, tampoco hemos vuelto a hablar. No hace mucho me enteré por Instagram de que se había casado —confesó, y mi rostro palideció.

—¿Cuántos años tiene?

—Veintiséis, como yo. Parecía feliz, espero que lo sea. No le guardo rencor, pero no quiero saber nada más de ella.

Comenzó a poner la mezcla en el molde con delicadeza y me quedé en silencio unos segundos mientras lo contemplaba. Después hablé de nuevo.

—¿La echas de menos?

Otra pregunta de la que no quería conocer la respuesta.

Aron paró su acción y me miró a los ojos. Noté un cosquilleo en mi vientre y me apoyé de nuevo en la encimera para disimularlo.

—No —contestó con seguridad, y mi pecho se llenó de alivio—. Al principio sí, claro. Fue una ruptura dolorosa. Pero ya han pasado dos años y el recordatorio de que todo aquel tiempo estuvo mintiéndome hace que piense en ella de forma diferente.

—Te admiro. Yo no sé si sería capaz de superar algo así —confesé y, por primera vez, tuve el pequeño impulso de hablarle de Matías.

Quise contarle que a mí también me habían roto el corazón, confesarle que su fantasma me había perseguido durante meses, que había estado atormentada por su recuerdo y había temido no poder salir de ese encierro.

Deseaba explicarle mi mayor secreto y que este se quedara sepultado en aquella cocina, donde parecía que el tiempo se detenía y las palabras se mantenían suspendidas en el aire, escondidas.

—Podrías. Fue difícil, pero todos los duelos lo son —contestó, y reparé en que me investigaba con la mirada, como si tratara de adivinar aquellos pensamientos que no estaba diciendo en alto.

Le sonreí, esforzándome por disimular, y fui en busca del queso crema para hacer el glaseado. Sabía que estaba fallando a nuestro pacto.

Era una promesa no hablada en la que nos comprometíamos a realizar un intercambio. Uno contaba algo y el otro le daba otra historia como recompensa. De esta forma, ambos podíamos sincerarnos y siempre existía un equilibrio que mantenía la confianza a flote. También sabía que Aron jamás me pediría nada, pero sentía que después de aquella confesión lo estaba dejando colgado en el vacío.

Comencé a batir la mantequilla junto con el queso

mientras él me observaba. Dejé que pasaran un par de minutos y cuando estuve preparada paré.

—Se llamaba Matías y me rompió el corazón.

Eso pareció valer a Aron. Puso su mano sobre la mía en la encimera y dijo:

—Nunca me han caído bien los Matías.

No pude evitar reír.

Así eran nuestras noches, y la mayoría de ellas se alargaban hasta la madrugada entre palabras y recetas. Y, aunque me negaba a admitirlo en alto, esas horas se habían convertido en mi momento favorito de la jornada.

El verano avanzaba, y llegó agosto.

Gloria fue mejorando, pero yo no dejé de ir a verla ningún día. Ella insistía en que no era necesario y yo lo sabía, estaba bien rodeada de sus hijos y sus nietos, pero a mí me gustaba visitarla. Aquel pequeño susto me había recordado que Gloria no estaría en mi vida para siempre y no estaba dispuesta a perder el tiempo. Así que esa era mi rutina: levantarme, ir a la librería, ver a Gloria y cocinar con Aron. Después, él me acompañaba a casa.

—¿Quieres pasar? —le ofrecí de nuevo uno de aquellos días.

Aron se lo volvió a pensar.

—Es tarde.

—Están despiertas. Tómate algo con nosotras, aunque sea un ratito —insistí, y él, con las manos en los bolsillos, miró una vez más la casa con las luces encendidas.

Las otras noches había dicho que no, pero aquella aceptó. Y traté de esconder mi gesto victorioso mientras entrábamos por la puerta.

—¡Aron! —exclamó Emma nada más vernos.

Las tres estaban sentadas en el sofá mirando *Cómo perder a un chico en 10 días* por sexta vez aquel mes. Aunque tenía que admitirlo, Matthew McConaughey en aquella película valía la pena esas seis veces y más.

—¿Qué tal estáis? —saludó Aron.

—¿Habéis traído postre? —preguntó Gabi mientras pasábamos por su lado para ir a la cocina. Aron se rio y negó con la cabeza—. ¡Tantas horas en El Jardín y Serena nunca nos trae nada, a ver si es que vais a estar cocinando otra cosa!

Me giré con tanta rapidez para mirar a mi amiga que Aron, que venía detrás, chocó conmigo. Oí su risa, acompañando la carcajada de Gabi. La fulminé con la mirada. Tam escondió su rostro para reírse y Emma negó con la cabeza.

—Les he advertido que tres copas de vino era excesivo —dijo.

—Perdón —murmuré a Aron, y sonrió divertido. Tomé aire y volví a caminar hacia la cocina—. ¿Qué quieres beber?

—Lo mismo que ellas —contestó, y reí.

—Es un vino de tres euros del supermercado.

—Perfecto —insistió.

Así que nos serví dos copas.

Nos sentamos en el salón, en un sofá más pequeño que teníamos a un lado. Mis amigas apagaron la película y enseguida prestaron a Aron toda su atención. Agradecí el gesto.

Nuestros cuerpos se rozaban de tan pegados como

estábamos y, a pesar de que con cada caricia se me aceleraba el pulso, disfruté de la comodidad del momento.

—¿Qué tal en el restaurante? David me comentó que en verano era difícil verte —dijo Emma.

Recordé las palabras del novio de mi amiga: «Debes de caerle muy bien para que te haya dejado ayudarlo». Me pregunté qué pensaría de que cocináramos juntos todas las noches.

—Con el turismo y las familias que nos visitan, en verano es cuando más se trabaja. En septiembre todo se calma un poco.

—¿Sabes que Serena trabajó en un restaurante de Madrid? —preguntó Tam con una sonrisa traviesa.

Aron me miró sorprendido y negué con la cabeza.

—No les hagas caso.

—¡Oh, vamos! ¿No se lo has contado? —dijo Gabi riendo, y suspiré.

No me iba a librar de aquella. Aron seguía mirándonos con curiosidad y me hundí en el sofá.

—Duré un día —confesé casi en un susurro, y él sonrió tanto que enseñó todos los dientes.

Supe que estaba conteniendo la risa y le golpeé con suavidad el brazo mientras oíamos las carcajadas de mis amigas.

—Dijo que una señora le había gritado y que se le habían roto dos vasos, y no volvió —continuó Tam entre risas, y acabé uniéndome a ellas.

—¡Era verdad! ¡Soy sensible! Y aquella mujer fue muy desagradable —insistí—. Además, estaba claro que aquello no era lo mío, incluso tú habrías acabado despidiéndome.

—Lo dudo —contestó Aron, mirándome fijamente a los ojos.

Noté que un calor me recorría todo el cuerpo y le aparté la vista con rapidez. Mis amigas continuaron con las bromas, pero sentí la mirada disimulada de Tam sobre nosotros.

La conversación se alargó. Aron prestaba atención cuando mis amigas hablaban y ellas le hacían reír. Yo lo observaba con disimulo, la manera en la que interaccionaba, aquella amabilidad natural y el brillo en su sonrisa, la forma en la que movía las manos al hablar y cómo sostenía la copa al beber. Eran pequeños detalles, gestos delicados que no podía evitar encontrar fascinantes.

Sabía que él también me analizaba, sentía sus ojos sobre mi rostro cuando hablaba. Era consciente de que me observaba cuando escuchaba a mis amigas, cuando me reía y cuando iba a la cocina a por más vino. Ambos nos estudiábamos a menudo cuando creíamos que el otro no miraba.

Me esforzaba cada día por no compararlo con Matías, por no hacer un paralelismo entre ambos de manera constante. Pero en situaciones como aquellas me resultaba inevitable.

Matías nunca quería estar con mis amigas; siempre trataba de evitar las cenas conjuntas, los encuentros en mi casa o salir de fiesta a la misma discoteca. Incluso cuando Emma estaba con Víctor.

Nunca lo admitió, pero yo estaba segura de que, en el

fondo, él era consciente de que a ninguna de ellas les entusiasmaba nuestra relación. Y no tener control sobre lo que mis amigas pensaban de él no le complacía en absoluto.

«No me gusta que les expliques cosas íntimas nuestras», me había dicho una vez. «Créeme, no saben nada», le contesté entonces.

Y era cierto, si les hubiese contado todos los detalles de nuestra relación, la situación habría sido muy diferente. Así que, sí, me resultaba inevitable mirar a Aron en aquel salón y notar cierto calor en el pecho.

Pasaron un par de horas, y lo que iba a ser un rato llegó a la madrugada. Emma fue la primera en irse a dormir, y cuando se despidió, Aron también se incorporó. Pude sentir el frío de la falta de contacto cuando su brazo se despegó del mío y tuve que reprimir un quejido.

—Yo también debería irme —dijo.

Tam y Gabi giraron sus rostros, directamente hacia mí.

—¿Ya? —murmuré, aún sentada.

Aron me sonrió con cierta ternura y asintió.

—Son las tres de la mañana, no quiero molestaros más.

—No molestas —insistió Tam, pero yo sabía que ya no íbamos a ser capaces de convencerlo.

Me incorporé y él se despidió de mis amigas. Después, lo acompañé hasta la puerta.

—Gracias por la invitación —dijo al salir, con aquella sonrisa irreprochable.

—Gracias por quedarte.

Ambos permanecimos en silencio, el uno frente al

otro, y me pregunté si se repetiría la escena de cada noche. Nos miraríamos con cierto nerviosismo, él se acercaría, besaría mi mejilla y se marcharía por donde había venido. Quizá no, quizá esa vez sería diferente. Y lo parecía. Aron tenía las manos fuera de los bolsillos, me observaba de cerca y miraba mis labios con poco disimulo.

Mi pulso se aceleró y comencé a dudar de la parte que venía a continuación.

Quería ese beso, lo quería con cada parte de mi cuerpo. Pero, de pronto, supe que no deseaba que sucediera allí. No frente a la puerta, no en la oscuridad de la noche. Apenas podía ver bien su rostro. No pasaría en una despedida, no cuando él se marcharía después como si todo hubiera formado parte de un sueño. No cuando el vino corría por mis venas y el sabor del último cigarro aún se mantenía en mis labios.

Pero Aron parecía decidido. Me había sonreído y había dado un paso hasta casi rozar su cuerpo con el mío. Los ojos le brillaban, y su perfume me hacía sentir aún más ebria. Las manos me temblaban. Él, en cambio, tenía los dedos firmes. Los deslizó por mi mejilla con una suavidad que me erizó la piel, y con cuidado apoyé mi rostro sobre su palma, mi mano sobre la suya.

Aquella intimidad se sentía natural, como si hubiese ocurrido antes. El tacto entre nosotros resultaba familiar, confortable. No quería que se acabara. Aun así, supe que si no intervenía en aquel preciso instante el beso acabaría ocurriendo.

Me forcé a separarme con lentitud y vi como su mirada trataba de adivinar mis siguientes palabras.

—¿Podemos ir mañana a un sitio? —le pregunté.

Aron frunció el ceño, pero después relajó el gesto, como si comprendiera el porqué de aquella decisión sin necesidad de explicación. Y aceptó.

—Paso a por ti a las diez —dijo, y sonreí.

Esa vez fui yo la que se acercó y le besé la mejilla con un nerviosismo mal disimulado. Pude sentir como su respiración se contenía y al separarme le vi sonreír. Estaba guapísimo.

Cuando se marchó solté todo el aire y me giré hacia la casa. Las cortinas de una de las ventanas se movían. Reí, y nada más entrar me encontré con Gabi y Tam cruzadas de brazos. Gabi tenía una sonrisa inquietante en el rostro y Tam dijo:

—Un aplauso para el cocinero, se ha llevado el premio.

XXI

A las diez Aron estaba en mi puerta.

Era lunes, la librería no abría y él libraba.

—Hola —saludé al salir.

—¿Adónde vamos? —me preguntó cuando llegué junto a él.

Iba vestido con una camiseta blanca de manga corta y unos vaqueros claros, con sus anillos intactos y el mismo perfume de la noche anterior.

—Al lago —respondí.

Por supuesto, Aron conocía el lugar; se sabía Dirio de memoria. Aquel era su pueblo desde que nació y había explorado todos los rincones. Aun así, quise llevarlo al mío.

No hizo demasiadas preguntas. Ambos caminamos, y a la mitad del recorrido me ofreció su mano. Sorprendida, la acepté.

—Estás muy guapa hoy —me dijo, y supe que estaba haciendo todo lo posible por tratar de normalizar la situación.

Le apreté los dedos.

—Gracias, tú también —contesté, y era cierto.

Los dos estábamos nerviosos. Yo no había podido dormir apenas aquella noche, pensando en lo que en realidad significaba dar el siguiente paso con Aron. En otra situación, con otra persona, divertirse de aquella forma no habría significado nada. Pero él me gustaba de verdad, y eso lo cambiaba todo. Sabía que Aron era consciente de eso.

—Nunca he bajado por este camino —confesó, y no pude evitar sentirme satisfecha ante la idea de estar descubriéndole algo nuevo.

Llegamos a la orilla del lago y puse mis cosas bajo la sombra del árbol que había junto a ella. Extendí una toalla grande y le ofrecí sentarse, pero se negó.

—Un baño antes, ¿te parece?

Sonreí ante la propuesta y contemplé cómo se quitaba la camiseta. No tardé en imitarlo. Por el modo en que sus ojos recorrían mi cuerpo supe que iba a ser un baño divertido. Nos sumergimos con rapidez y disfruté de la frescura del agua. Nadamos el uno cerca del otro, rozándonos de vez en cuando y mirándonos con sutileza. Al salir, nos tumbamos sobre la toalla y cerré los ojos durante unos segundos. Él se acomodó y, cuando volví a abrirlos, me sonrió.

—¿Estás bien? —me preguntó, y asentí con rapidez, incorporándome un poco.

—Sí. ¿Y tú?

—También.

De nuevo aquel nerviosismo que dejaba entrever las intenciones de aquel encuentro. Supe que me había sonrojado cuando vi que sonreía y, con lentitud, ponía su mano sobre la mía.

—Háblame de él.

Abrí los ojos ampliamente ante su petición y noté que la boca se me secaba.

Me lo pensé; no sabía si era el momento, no sabía si sería capaz de mantenerme firme ante el relato. Pero Aron continuaba allí, mirándome con esa ternura irresistible. Supe que estaba segura.

Le hablé de Matías. Y se lo conté todo, incluido el día que lo nuestro se había roto para siempre.

Era un día como otro cualquiera. Sus padres estaban de viaje, así que habíamos quedado en que yo pasaría el fin de semana en su casa.

Llevaba cuatro meses viviendo en Dirio y la distancia lo ponía todo un poco más difícil, pero me sentía bien. Mejor una distancia impuesta que una elegida por él; de esta forma, su rechazo se disimulaba mejor.

Yo había decidido ignorar los comentarios de desaprobación que Matías había repetido sobre mi decisión de mudarme al pueblo. Nunca le confesé que, si él me hubiese propuesto irnos a vivir juntos a otra parte, yo habría dicho que sí sin pensarlo. Pero esa conversación solo surgía después de un buen polvo, tras una discusión acalorada o cuando el alcohol no le permitía ser coherente; eran promesas vacías de las que nunca parecía acordarse al día siguiente.

A pesar de todo, yo creía que estábamos bien.

Él venía a verme a Dirio, nos encerrábamos en la habitación y nos pasábamos horas desnudos, riendo y hablando en la cama. Íbamos en coche a miradores preciosos en los que contemplábamos el atardecer. Me abrazaba por la espalda y besaba mi hombro con delicadeza. Por la noche acudíamos a algún restaurante bonito.

Habíamos pasado las fiestas juntos; yo había cenado con su familia en Navidad y él con la mía en Año Nuevo. Habían dado las doce, y él me había rodeado con sus brazos y me había susurrado al oído que me quería. Si alguien me hubiese dicho entonces que menos de un mes después Matías me dejaría, no le habría creído.

Cuando ese día llegué a su casa me recibió sonriendo, como si no pasara nada. Me dejé caer en su pecho, cerré los ojos y le dije:

—Te he echado de menos.

—Yo también a ti —contestó.

Una mentira piadosa, supongo.

Pasé, puse mis cosas sobre la mesa y, luego, ambos nos encendimos un cigarro mientras hablábamos juntos en el jardín. Días después di muchas vueltas a esa conversación, a ese momento previo, a sus ojos de miel, a su sonrisa, a su mano sobre mi muslo, a sus labios sobre mi piel.

Hicimos el amor. Follamos, en realidad, aunque yo no lo sabía. También di muchas vueltas a ese momento. No lograba comprender por qué haría algo así, por qué se esperaría. Hay veces que creía que ni siquiera él sabía lo que iba a ocurrir poco más tarde.

Estábamos en la cama. Yo ya lo había notado raro, porque al acabar se había puesto los pantalones. Tuve un presentimiento y me vestí también. Volví a tumbarme. Me hundí en el colchón mientras lo veía sentado en el borde. Acaricié con delicadeza su espalda. Pasaron los minutos. Matías estaba callado, pensativo. Él sabía lo que iba a decir después y puede que yo, en el fondo, también.

Bajo aquel silencio frío me incorporé, me acerqué un poco más a él y le pregunté:

—¿Qué pasa?

Matías no respondió, y noté como la sangre se me helaba. En el fondo, lo sabía, sí. Mis manos se alejaron de él y me quedé parada. Ignoraba qué hacer. Él tenía momentos así; a veces se ponía tenso, contestaba con sequedad, se mantenía distante. Pero ese día era diferente. Algo no estaba bien, y continué paralizada.

—Matías —murmuré, y entonces se giró.

Me miró fijamente, con el semblante serio y la mandíbula tensa.

Quise echar a correr, quise irme lo más lejos posible y no escucharle. Quise suplicarle que no lo dijera. Incluso ahí, en aquel momento de temor, jamás creí que sus palabras fueran a ser las siguientes:

—Creo que no estoy enamorado, Serena.

Lo sentí como una bofetada, pero sus manos no se habían movido de donde estaban.

Lo observé con los ojos ardiendo y supe que pronto se me nublaría la vista, así que me puse en pie. Di varias vueltas sobre mí misma, no controlaba mis movimientos. No fui consciente de que tenía la respiración agitada hasta que la mano de Matías rodeó mi brazo y me dijo:

—Sere, tranquila.

Pero no estaba tranquila. No podía estarlo. En mi cabeza no dejaban de repetirse las palabras que acababa de escuchar. Quería gritar..., y mi voz no salía. Me dolía el cuerpo.

Matías se levantó, trató de sostenerme, pero no le dejé. Me alejé y cerré los ojos. Quizá estaba soñando, quizá era todo una pesadilla de la que poder despertar. Cuando los volví a abrir él seguía allí, con el rostro descompuesto.

—Lo siento. No sé..., llevo tiempo pensándolo...

—¿¡Tiempo?! ¿¡Cuánto!? —rompí mi silencio, casi en llanto.

—No lo sé, Serena, no lo sé. Unos meses.

No era capaz de mirarme a los ojos mientras hablaba.

—Desde que me fui a Dirio —gruñí.

—Más o menos.

—Lo sabía.

Yo no podía diferenciar entre mi dolor, mi decepción y mi enfado. Todo en mí estaba ardiendo.

—¿El qué?

—Tú puedes tomar todas las decisiones del mundo por tu cuenta. Tú haces tus viajes, planeas tu futuro y no me incluyes en nada. En cambio, lo hago yo, ¡una vez!, y se acabó. —Estaba gritando, pero me daba igual—. Joder, qué calor hace aquí.

Salí de la habitación y oí que me seguía. Necesitaba aire, sentía que me ahogaba.

—No sé de qué mierdas estás hablando.

—Y yo no sé de qué mierdas estás hablando tú —murmuré, y fui al jardín.

Aire. Necesitaba aire.

Tenía el pulso disparado y el viento frío de enero no era suficiente. Abrí la cajetilla y me llevé un cigarro a los labios. Me costó encenderlo; tenía las manos temblorosas. Matías se quedó mirándome mientras le daba la primera calada.

—Después de todo lo que ha pasado, de todas las cosas que hemos vivido, ¡tres putos años de relación!, ¿y cuando decido mudarme a otro sitio dejas de estar enamorado? ¿Así, sin más?

Las lágrimas habían comenzado a rodar por mi rostro y no era capaz de pararlas.

—No es eso, Serena —insistió.

Vi que hacía el amago de acercarse, pero volvió a quedarse donde estaba.

—¿No? ¿Y qué es, Matías?

—No sé si he estado enamorado alguna vez.

Me tambaleé.

—¿Qué...? ¿Por qué dirías algo así? —sollocé, no pude evitarlo.

Matías pareció arrepentirse al instante de lo que acababa de confesar y dio varios pasos hasta llegar a mí.

Con las manos sobre mi cuerpo, me sostuvo, como si temiera que las piernas me fallarían y acabaría en el suelo. No dejaba de temblar.

—No quiero hacerte daño —susurró.

—Me lo estás haciendo.

Con los ojos llenos de lágrimas traté de buscarlo en los suyos.

Quería encontrar algo en él, un pequeño gesto que me indicara que solo estaba confundido, que todas esas palabras no eran reales. Pero su rostro estaba vacío de todo tipo de prueba. No era capaz de hallar esperanza en ningún sitio.

—¿No me quieres? —pregunté casi sin voz.

Él se acercó más a mí, puso las manos sobre mi rostro y me limpió las lágrimas. No servía de nada, porque no hacían más que volver a salir.

—Sí, joder, claro que te quiero. —Cogí aire al oírlo, pero lo volví a perder con rapidez—. Aunque no de la forma que debería...

—¿Cómo deberías?

—Más. Mejor. —La voz se le rompió, pero sus ojos continuaron firmes. Su mirada no titubeó en ningún momento.

El viento nos golpeaba a los dos. Mi pelo se movía con revuelo y pude fijarme en que su piel estaba erizada, probablemente por el frío. Yo solo sentía calor. Todo mi cuerpo estaba inflamado entre llamas invisibles. Me debía de estar quemando, me dolía respirar. Puse mis manos ardientes sobre su pecho helado y me acerqué más a él.

—Podemos arreglarlo. Solo necesitamos tiempo, podemos intentar... —quise insistir, pero Matías me interrumpió.

—Serena, no podemos.

—¿Por qué? ¿Por qué no? —Mi voz salía desgarrada, desesperada.

Me sentía pequeña, había perdido toda mi fuerza. Era como luchar contra una pared; mi voz no llegaba al otro lado, no conseguía alcanzarle. Quería que me mirara, que me abrazara y que me dijera que todo aquello era parte de una broma cruel.

—La decisión ya está tomada —insistió con seriedad.

Me volvieron a temblar las piernas y di un paso atrás, desprendiéndome de su agarre y de su cuerpo frío.

—No... No, Matías, por favor.

Las lágrimas arañaban mis mejillas y el viento me irritaba la piel. Nunca pensé que suplicaría a alguien, pero allí estaba, rogando a Matías que se quedara conmigo.

—Lo siento.

Ambos nos quedamos en silencio, solo se me oía llorar.

—¿Hay otra persona? —pregunté, tratando de encontrar alguna razón para todo aquello.

Aunque el pecho se me partía en dos de solo pensarlo, creí que quizá aquella era la pieza del puzle que faltaba.

—No, claro que no. Esto es solo entre tú y yo.

—Vamos a darnos un tiempo para pensar bien las cosas —le pedí, pero negó con la cabeza de nuevo.

Yo solo quería gritar.

—Ya lo he pensado. Esto es lo mejor.

No podía comprender su rigidez, la forma en la que hablaba, como si no me conociera, como si no fuera yo a quien tenía delante.

—¡No! ¡No es lo mejor! ¿Cómo puedes decir eso? —exclamé, y caminé hacia él de nuevo.

El uno frente al otro, nos miramos y con lentitud llevé mi mano a su rostro para acariciarlo. Quizá de esa forma rompería el encantamiento y Matías volvería en sí. Él cerró los ojos y, por primera vez, pareció destensarse un poco. Con delicadeza posó su frente sobre la mía y sollocé al notar cómo acariciaba mi pelo

—Eres mi mejor amigo… Te quiero. Por favor, no hagas esto.

—Vamos a estar bien, todo va a ir bien. Somos jóvenes, nos queda mucho por vivir. Necesito salir, ver mundo, conocer a más personas… No creo que el amor sea sacrificio, no quiero que lo sea. No puedo seguir aquí más tiempo. Tú has tomado la decisión de irte a Dirio y la respeto, pero son dos caminos muy distintos, Sere. Necesito estar por mi cuenta y vivir más cosas. Quizá tú también.

Las lágrimas me impedían ver con claridad, así que me alejé de nuevo y me froté los ojos.

—No hables por mí, no tienes ni idea de lo que yo necesito.

Lo necesitaba a él, pero eso era algo que nunca tuve y que jamás podría tener.

—Lo siento, Serena, de verdad.

Ya no había vuelta atrás. Lo sabía, lo veía en la dureza de su expresión. Habíamos terminado de rompernos y ese daño era irreparable. Allí, azotada por el aire y quemada por dentro, supe que Matías y yo habíamos llegado a nuestro fin.

Esa tarde de invierno, cuatro años de nuestra vida pasaron delante de mis ojos. El día que nos conocimos en clase, la primera vez que le oí reír, cada vez que bailamos juntos, nuestros abrazos silenciosos, nuestro primer beso, la primera vez que hicimos el amor.

—Me voy a ir —dije, y comencé a caminar.

Matías trató de detenerme y me tomó del brazo.

—Puedes quedarte —murmuró.

Me zafé de su agarre con rapidez. El dolor era demasiado intenso para estar en aquella casa más tiempo.

—No, me marcho.

No recuerdo lo que hice después. En un abrir y cerrar de ojos, me encontraba en la puerta con mis cosas recogidas. Me sentía mal. Me planteé llamar a Tam para que viniera a por mí, pero solo deseaba llegar a casa cuanto antes.

—¿Puedo darte un abrazo de despedida? —preguntó Matías a mi espalda.

Quise decirle que no, que no podía, que se alejara de mí, que me dolía, que solo ansiaba dormir. Pero acepté. Dejé que me rodeara con sus brazos y me hundí en su pecho. Mis lágrimas le humedecieron la piel.

—¿Nos volveremos a ver? —pregunté, aún sin separarme, y él acarició mi espalda con sus dedos.

—Claro que sí. Siempre voy a estar aquí para ti —susurró, y lloré con más fuerza.

No podía creer que aquello estuviera pasando de verdad.

No sé cuánto tiempo nos mantuvimos abrazados; a mí no me quedaba energía para separarme. Solo quería quedarme allí, con su cuerpo contra el mío. Quería cerrar los ojos, volver a la cama y que ambos descansáramos juntos para siempre.

Pero tenía que volver a casa.

—Adiós —murmuré mientras me alejaba, casi sin mirarlo.

—Adiós, Serena —oí a lo lejos, y no tardé en meterme en el coche.

Volví a Dirio en silencio, sin dejar de llorar todo el camino.

Estaba destrozada, no creía que existiera nada en el mundo que pudiera calmar aquel dolor. Nunca había sentido nada parecido. En ese momento pensé que jamás podría recuperarme, que aquel día se había convertido en el principio de una condena perpetua.

Cuando llegué a casa, entré en silencio.

Mis ojos, aún repletos de lágrimas, conectaron con los de mis amigas, que estaban juntas en el salón. No hizo falta que les dijera nada. Emma fue la primera en incorporarse.

—Sere... —murmuró, y corrió hacia mí.

Gabi y Tam vinieron detrás y caí en los brazos de las tres. Me sostuvieron entre sollozos y me abrazaron con toda la fuerza del mundo.

Las oía hablar, pronunciar palabras de consuelo, pero no lograba entenderlas. No era capaz de ser coherente o de decir algo a cambio. No hacía falta; ellas estaban allí y aquel fue mi mayor alivio.

Entonces, esa mañana en el lago, con Aron, mi mente dejó aquel recuerdo atrás y, cuando terminé de hablar, noté mi rostro empapado.

No había sido consciente de que había comenzado a llorar.

Avergonzada, me sequé la cara con rapidez. Aron posó una de sus manos sobre mi rostro enseguida y me ayudó a limpiarme las lágrimas.

—Perdona… No quería ponerme así.

Suspiré, y él negó con rapidez.

—No me pidas perdón —dijo con suavidad, y me atreví a mirarlo.

Parecía conmovido por mi historia. Mi cuerpo se relajó un poco más. Nuestros dedos se entrelazaron y agradecí la sensibilidad de su tacto. Durante todo el relato había estado allí sentado, escuchando con atención cada una de mis palabras, acariciando mi pierna cuando me tensaba y asintiendo con la cabeza para asegurarme de que me estaba comprendiendo. No había existido un gesto de juicio ni un momento de despiste. Aron había estado ahí, junto a mí, todo el tiempo. Y eso había significado más de lo que él mismo podría llegar a entender.

Sentía como si me hubiese quitado un gran peso del pecho, como si no tuviese que esconderme más. Estaba liberada de mi pasado. Después de dejarlo todo fuera, era capaz de verme enterrando aquella historia bajo ese árbol. Que se quedara entre las raíces, hundida en la tierra, para siempre.

—Te merecías algo mejor, en eso tengo que estar de acuerdo con él —murmuró Aron, y una pequeña risa salió de mis labios—. Fue un cobarde, lo sabes, ¿verdad?

—Supongo que sí. —Suspiré.

—Las cosas se pusieron difíciles y huyó, Serena. ¿Toda esa mierda de que no estaba enamorado? Solo estaba intentando autoconvencerse a sí mismo de que no cometía el mayor error de su vida.

Me quedé mirándolo, y Matías dejó de importar.

Sus dulces ojos azules sobre los míos. Su pelo, ya seco, revuelto, sus facciones amables, tranquilas. El sol acariciaba su piel dorada y su mano seguía sosteniendo la mía. Cada detalle de esa escena me hacía querer mantenerme allí eternamente.

Nunca iba a saber con certeza cuáles habían sido las razones reales para que Matías tomase la decisión de acabar con todo aquel día. Durante los últimos meses había sopesado miles de opciones distintas. Quizá sí que había sido un cobarde, quizá sí que había existido otra persona o quizá, realmente, nunca había estado enamorado de mí. Fuera como fuese, Matías se había quedado atrás y, ahora, tenía algo mucho más importante en lo que pensar.

Supe que era el momento. Y me sentí más preparada que nunca.

—¿Puedo besarte? —dije.

Aron sonrió de inmediato y se acercó a mí.

—Esa es una pregunta que nunca más vas a tener que hacerme.

Y, por fin, nos besamos.

XXII

La espera mereció la pena.

Aquel fue uno de los mejores besos de mi vida.

Aron me sostuvo el rostro entre las manos, sus dedos habían acabado enredados en mi pelo y yo me había derretido ante el placer de sus labios deslizándose sobre los míos.

Aquel beso fluía como el agua del río, suave, calmado, pero sin pausa. Me había movido hasta acabar sentada sobre él, y agradecí su calor sobre mi cuerpo frío. Su pecho, aún desnudo, se juntó con el mío.

Disfruté al notar sus dedos hundirse en mi piel cuando bajó las manos a mi cintura. El tacto era delicado, cuidadoso, pero firme. Nuestras bocas continuaron unidas, explorándose con calma. Ambas parecían encajar a la perfección, y oí al lago decir: «Déjate llevar, querida. Como las olas. Déjate querer».

Quizá ese lugar siempre había sabido la verdad, quizá siempre había conocido el futuro que me deparaba y tan solo había estado observándome, susurrándome al oído las pistas de mi destino, dejando huellas para que pudiera seguirlas y no perderme por el camino.

Me dejé llevar hasta perder la noción del tiempo. Solo me distancié de Aron para coger aire y le oí reírse levemente mientras él también tomaba una nueva respiración. Parecía que a los dos se nos había olvidado el funcionamiento de nuestro propio cuerpo.

Lo miré a los ojos. Brillaban. Cerré los míos cuando volvió a retirar con cuidado un mechón de pelo de mi rostro y me regaló un beso corto.

—No sabes las ganas que tenía de esto —confesó con la voz algo ronca, y sentí un cosquilleo en el vientre.

—Gracias —susurré, rozando la punta de su nariz con la mía.

—¿Por qué?

—Por esperarme —insistí.

—Te dije que no tenía prisa —contestó con dulzura.

Le rodeé el cuello con los brazos y dejé descansar la cabeza sobre su hombro. Aron me sostuvo con entereza, acariciando la zona baja de mi espalda mientras tanto.

Me sentía en paz.

Había desconfiado de que aquello ocurriera. Pensé que, quizá, al besarlo toda la magia desaparecería. Temía que el fantasma de Matías merodeara a nuestro alrededor, que me observara de lejos y me recordara el tiempo que llevaba sin besar a alguien que no fuera él, insistiéndome en que nunca podría reemplazarlo, en que su recuerdo sería mi cadena perpetua, una de la que no podría escapar de ninguna manera.

Me aterraba la posibilidad de que su nombre se repitiera sin pausa mientras mis labios se movían contra los de Aron. Pero eso no había ocurrido. Mi cabeza se había mantenido en silencio.

No quería alejarme de él, me sentía en paz, sí, entre aquellos brazos. El beso había sido largo y placentero, mejor de lo que esperaba. De hecho, deseaba que se repitiera mil veces más. Y aquella sensación me llenaba de alivio, era la confirmación de haber tomado la decisión correcta.

No había ni una parte de mí que estuviese alerta, sentía cada músculo relajado, como si mi mente hubiese comprendido que ya podía descansar. No necesitaba mantenerme con la guardia en alto, todo estaba donde tenía que estar.

—¿Vienes mucho aquí? —me preguntó sin separarnos.

—Sí, lo descubrí al poco de llegar y se convirtió en mi lugar favorito para estar a solas.

—¿Sabes que yo venía mucho cuando era pequeño?

Tuve el impulso de apartarme de él para mirarlo bien, pero estaba demasiado cómoda para moverme. Aron continuaba pasando las yemas de sus dedos por mi costado.

—¿De verdad? —pregunté.

—Sí. No a este sitio en concreto, pero al lago en general. Hay lugares increíbles aquí. Nos gustaba venir y jugar a explorar hasta perdernos. David era el más responsable y siempre conseguía volver a encontrar el camino a casa. De no ser por él, a lo mejor seguiríamos perdidos por el bosque.

Sonreí. David y Emma eran más parecidos de lo que yo creía.

—David quería que nos liáramos —le dije, y noté que el pecho se le movía al reírse.

—Créeme, lo sé. Se había propuesto presentarnos en la fiesta de Los Robles, pero nos encontramos tú y yo antes.

La sorpresa fue tan grande que logré separarme de él lo suficiente para mirarlo con los ojos muy abiertos. Aron estaba sonriendo, terriblemente guapo.

—¡No sabía eso! —exclamé.

Oí, de nuevo, la risa de él.

—Creo que Emma y David tramaban algo desde el principio. Al parecer, supieron antes que nosotros que encajaríamos —dijo, y volví a experimentar un cosquilleo en el estómago.

—Así que sabías perfectamente quién era yo cuando te me acercaste en la fiesta…

Afilé la mirada, y él mostró una sonrisa traviesa.

—Puede ser —admitió.

Me eché a reír.

—¿Y qué pensaste cuando me viste? —pregunté.

Me miró fijamente y me acercó más a él.

—Pensé que eras la chica más guapa de toda la fiesta —murmuró, y no pude evitar sonrojarme—. Y también pensé que estabas triste, y no quise molestarte. Ahora supongo que sé por qué.

Asentí y lo besé con delicadeza mientras recordaba la primera vez que contemplé aquellos ojos azules. Debí haberlo sabido, debí haber reconocido la reacción interna ante su presencia la primera vez que nos habíamos presentado. Pero no pude, estaba tan absorta en mi propia aflicción que no fui capaz de verlo.

—Si hubiese sido en otro momento, con las copas que había bebido, te aseguro que no habría tardado en besarte —declaré.

Aron se rio.

—Bueno, iba a pasar tarde o temprano. Solo hemos tenido que esperar cuatro meses para hacerlo —bromeó, y golpeé su brazo con diversión.

Nuestras frentes se juntaron y cerré los ojos, sintiendo aún sus caricias sobre mi piel. Éramos conscientes de que a partir de ese momento nuestra relación cambiaría para siempre, pero también sabíamos que, en el fondo, los dos lo habíamos deseado desde el principio.

Estuvimos allí la mayor parte del día. Entre besos, risas y abrazos lentos, sentí como algo en mí revivía. Mi cuerpo vibraba con cada caricia. No existe mayor liberación que experimentar algo que creías muerto en ti misma.

Al volver a casa nos besamos en la puerta y cuando entré tenía a mis amigas entusiasmadas en la entrada. Era reconfortante verlas sonreír con ilusión a medida que les contaba todo. Esas miradas cómplices y risas nerviosas que se establecían en la conversación eran casi igual de placenteras que todo lo que había vivido antes.

Los siguientes días, a pesar de que mi rutina seguía siendo la misma, se sentían diferentes. El recuerdo de los labios de Aron sobre los míos me venía en cualquier momento: al darle el primer sorbo al café por la mañana, al colocar los libros en la tienda, al caminar por el bosque. Sus besos eran adictivos. Deseaba con impaciencia que llegara la última hora de la tarde para encerrarnos en aquella cocina y dejar las recetas a un lado.

Continué visitando a Gloria, hasta que uno de esos días en los que estaba trabajando en la librería la puerta se abrió. Allí, con sus maravillosas gafas y su elegancia infinita, se encontraba la dueña del lugar.

—¡Gloria!

Caminé hacia ella y con delicadeza la abracé. Sus manos fuertes me rodearon y suspiré con alivio, sintiendo que un gran peso se me quitaba del pecho.

—¡Pero si me viste ayer! —dijo riendo, aunque no me separé.

Quería disfrutar de aquel instante un poquito más.

—Lo sé. Es solo que… Bueno, da igual. ¿Qué haces aquí?

No hacía falta explicar la razón de mi alivio al tenerla allí, con vitalidad y sosteniéndose por sí sola. La imagen de Gloria débil sobre aquella cama aún me aterraba. Había esperado con ansias el momento de volverla a ver entre aquellas estanterías de libros.

—¿Qué tal estás? —pregunté al apartarme.

—Estoy como nueva. Tanto tiempo tumbada me tenía cansada. Echaba de menos venir aquí —dijo mientras dedicaba unos segundos a observar la tienda con cierta emoción.

—La librería también te ha echado de menos —contesté.

Caminó por el espacio con tranquilidad. Tan solo se

oían sus pasos sobre la madera antigua. Parecía que la luz que entraba por las ventanas la seguía con agilidad, alumbrando su camino para que pudiera ver con mayor claridad. Era asombroso contemplarla mientras se movía entre los pasillos. Gloria se fundía con la librería, como si fueran un mismo elemento. Supe que si, en algún momento se marchaba, una parte de su alma se quedaría entre los tomos más arraigados.

—Aquí se esconden más secretos de los que te imaginas. Esta librería tiene muchísimos años, han pasado por aquí generaciones y generaciones de libreros con miles de historias en sus manos. Y no me refiero a las de los libros, me refiero a las propias —dijo mientras volvía a donde me encontraba—. ¿Sabes cuál era uno de los mayores miedos de mi padre?

Negué con la cabeza, escuchándola con atención.

—Que este lugar se quemara, que desapareciera entre cenizas. Siempre me contaba que tenía pesadillas con que algo así sucediera. Yo le decía que era porque estaba demasiado obsesionado con la Biblioteca de Alejandría. —Se rio con melancolía.

Sonreí cuando Gloria tomó mi mano entre sus palmas.

—Un día te dejaste aquí uno de esos cuadernos en los que escribes. No te enfades conmigo, pero no pude evitar mirar la página por donde estaba abierto.

Me sonrojé de inmediato. No recordaba con exactitud a qué página se refería y en aquel cuaderno había mucho escrito, una ficción incompleta pero amplia.

—Una vez que comencé a leer no pude parar.

Abrí aún más los ojos. Gloria hizo un gesto de culpabilidad.

—¿Lo leíste entero? —pregunté perpleja.

—Sí, perdóname, sé que hice mal —murmuró.

Negué con la cabeza.

—Está bien.

—El caso es que, al terminar, entendí por qué estás aquí. Y no me refiero a tu ruptura, reconozco un corazón roto cuando lo veo. Me refiero a tu capacidad para contar historias. Tienes un don para escribir y creo que hay una parte de ti que lo sabe y otra que no está dispuesta a reconocerlo.

Agradecí los cumplidos de Gloria. Siempre había querido enseñarle mis historias, pero nunca había tenido la valentía de hacerlo. Supuse que, en el fondo, me había hecho un favor. Aunque no podía evitar removerme ante la idea de que mis palabras fueran leídas por otra persona.

—Sigo queriendo que esta librería te pertenezca. Pero no deseo que se convierta en un lugar en el que esconderse. Tienes que salir al mundo, permitir que el resto te escuche y lea aquello que tienes que contar. Es valioso, Serena, no puedes ocultarte para siempre.

Sus ojos comprensivos me recordaban a los de Ágata. Esa mirada que parecía atravesarlo todo, llegar a lo más profundo de una misma y comprender aquello que no se decía en alto. Gloria siempre había tenido esa delicadeza conmigo, ese acercamiento que demostraba que no necesitaba palabras para llegar a mí.

No sabía qué responder. Me quedé callada, buscando

las palabras adecuadas, queriendo decirle que lo haría, que escribiría más y se lo mostraría al mundo. Pero había algo en mí que me lo impedía, un temor interno que no me dejaba comprometerme. Como si Gloria oyera mi mente, añadió:

—Todos tenemos miedo. Pero eso no significa que no seamos capaces de hacer las cosas. Incluso con el miedo, hay que seguir existiendo. Así que quiero que hagamos un pacto.

Elevé las cejas con sorpresa.

—¿Un pacto?

—Exacto. Lo he estado pensando, y he decidido que la librería será oficialmente tuya cuando me entregues la historia completa.

Supe que no iba a poder quitarle esa idea de la cabeza cuando vi cómo le brillaban los ojos de emoción. Entendí que, después de haber leído mi cuaderno, tampoco podría convencerla de que no sería capaz de hacerlo. Era un pacto más que justo, algo simbólico, porque la librería valía mucho más que una novela escrita. Pero Gloria me estaba dando la oportunidad de comprometerme, de sentir que existía una finalidad para terminar aquella historia.

—Acepto el trato —decidí, y a ella se le iluminó aún más la mirada.

Después se alejó para coger de nuevo el bolso que había dejado sobre el mostrador.

—Así me gusta, hay que ser valiente. ¡Y no tardes mucho, a mi edad cada día es una suerte! —exclamó riendo.

—Gloria, no digas eso.

Volvió a reír y caminó de vuelta hacia mí.

—Prométemelo —insistió—. Prométeme que no tardarás.

La observé de cerca. Gloria era una mujer hermosa. No aparentaba los años que tenía, siempre me había parecido más joven, pero había signos que dejaban pistas de lo mucho que había vivido: las arrugas alrededor de los ojos, las profundas líneas de expresión en la frente, las manchas en las manos y las canas en el pelo.

Me pregunté cómo era posible que, después de haber experimentado tantas cosas, de haber sido niña, adolescente, mujer y madre, aún quisiera oír una historia más con esa emoción vibrante. Me sentía afortunada de que, después de todo lo que había leído, mis palabras la hubieran cautivado. No creía que pudiera permitirme desaprovechar la oportunidad de que Gloria leyera mi primer libro.

—Te lo prometo —contesté por fin, y sonrió satisfecha.

—¡Perfecto! Cerremos por hoy. Vamos a tomarnos un café —dijo, y reí, aceptando la propuesta.

XXIII

El verano estaba acabando y nosotras sabíamos que no nos quedaban muchas cenas en el patio. Dentro de poco comenzaría a hacer el suficiente frío por las noches para decidir comer dentro. Propusimos hacer una cena especial en la que invitaríamos a varias personas, entre ellas un par de amigos de Gabi, dos amigas de la universidad de Tam, David y Aron. Además, Emma se había animado a invitar a parte de su familia para que conocieran a David de una forma más natural.

A pesar de que todas hubiésemos puesto de nuestra parte para hacer de aquella cena algo relajado, Emma se había pasado los dos días anteriores yendo y viniendo de la compra, probando recetas para preparar y moviéndose por la casa con nerviosismo.

—¿Qué te preocupa tanto? David es el mejor, les va a caer bien —insistió Tam mientras veíamos a nuestra amiga ir de un lado a otro en el salón.

—No es David el que me preocupa. Es mi familia. Ya sabéis cómo son mis padres, y no quiero que lo agobien.

Los suyos son encantadores y apenas me hicieron preguntas —contestó ella.

Yo sabía a qué se refería, todas lo sabíamos. Los padres de Emma eran exigentes, querían lo mejor para su hija y no tenían problema en hacerlo notar. Ella nunca les había presentado a Víctor, una decisión que quizá tendría que haber sido suficiente para mostrarse a sí misma que él no era el indicado. Y que estuviese dispuesta a presentarles a David decía mucho más de lo que Emma estaba dispuesta a admitir.

—Todo va a ir bien, de verdad. Además, nosotras estaremos allí y, si vemos que están muy encima de él, Gabi irá a rescatarlo —bromeé, y noté a mi amiga fulminarme con la mirada.

Gabi odiaba los interrogatorios de los padres de Emma. Aun así, dijo:

—Por supuesto.

Emma sonrió con cierto alivio.

—Gracias.

El día de la cena llegó y el jardín estaba más bonito que nunca. Habíamos colocado toda la comida en varias mesas y preparamos sangría y limonada. Pusimos luces para decorar y alumbrarlo todo, y una suave música de fondo.

Todo el mundo llegó sobre la misma hora, menos Aron. Se había quedado en el restaurante asegurándose de que lo dejaba todo preparado para poder salir antes. Su hermano se había ofrecido a darle la tarde libre, pero Aron había insistido. Yo sabía que no iba a poder disfrutar de la cena si sentía que tenía cosas pendientes en El

Jardín, así que le había dicho que no se preocupara y que llegara cuando pudiese.

El ambiente estaba animado. David se desenvolvía con soltura y a los padres de Emma pareció gustarles al poco rato de conocerlo. Ella se mantuvo a su lado, y comprobé cómo se iba destensando a medida que él respondía a las preguntas. Emma lo vigilaba, se aseguraba de que estuviera cómodo, y David le sonreía, confirmándole con la mirada que todo iba bien.

—Lo está haciendo perfecto —insistió Tam, quien, como yo, los observaba.

Sonreí a mi vez y asentí. A sus primas pequeñas también parecía gustarles. Lo miraban desde la otra punta con los ojos brillantes y unas risas nerviosas. Yo recordaba a la perfección lo que los chicos más mayores me generaban a su edad, así que disfruté de verlas removerse ante la presencia de David.

Una hora más tarde, cuando todo el mundo estaba asentado en su lugar y las conversaciones fluían con facilidad, sonó el timbre.

Todos miraron hacia la puerta menos Emma, que se giró directamente hacia mí.

—Voy yo —avisé, y con rapidez volví a entrar en la casa.

Cuando abrí la puerta me encontré a Aron.

Me sonrió con esos preciosos ojos claros y tuve que tomar aire mientras me fijaba con brevedad en que llevaba algo entre las manos.

—Es una tarta de queso. La he hecho hace un rato, así que lo mejor será meterla en la nevera —dijo.

Por eso se había retrasado.

No pude evitarlo y me acerqué a él, tomé su rostro entre mis manos y lo besé. Noté cómo el brazo que le quedaba libre pasaba por mi cintura y me atraía más a su cuerpo. Su perfume me abarcó por completo y me dejé llevar por la sensualidad de aquel beso.

Nuestros labios encajaban con una facilidad impecable; sentía que podía pasarme el resto de mi vida besándolo y que no me cansaría jamás. Siempre comenzaba con suavidad y lentitud, nos recreábamos en la intimidad del momento, y cuando el ritmo era mutuo la presión aumentaba y nuestras lenguas se rozaban, convirtiendo aquel gesto en algo más apasionado.

Todos nuestros besos iban acompañados de caricias y, en algunas ocasiones, nos resultaba extremadamente difícil parar. Pero todavía no habíamos llegado a nada más. Parecía que los dos habíamos tomado la decisión silenciosa de esperar al momento adecuado.

Cuando nos separamos, vi que sonreía. No tardó en acariciar mi mejilla con ternura.

—¿Todo bien? —me preguntó con la voz un poco ronca.

—Todo perfecto —respondí.

A pesar de mi necesidad de estar a solas con él, supe que Emma no tardaría en venir a buscarnos si nos retrasábamos más. Puse la tarta en la nevera y después salimos al patio.

Aron y yo llevábamos unas semanas compartiendo la mayor parte del tiempo, pero no parecíamos cansarnos. Paseábamos por el pueblo con frecuencia, él me visitaba en la librería y yo continuaba yendo al restaurante por las noches. A Gloria se le había iluminado el rostro la primera vez que nos había visto de la mano. «¡Esto sí que es una sorpresa!», había dicho.

Ninguno de los dos escondía que existía algo más que una amistad entre ambos. Era demasiado pronto para hablar sobre lo que éramos o referirnos a nosotros en términos de pareja. No podía evitar sentir cierto vértigo al plantear esa posibilidad, así que no habíamos tocado todavía el tema.

Mis amigas saludaron a Aron y lo presentaron al resto. Él, con la cortesía que lo caracterizaba, entabló conversación con la mayor parte de los presentes, incluidas Eva y María, que seguían con chispas de emoción en los ojos. Los padres de Emma también compartieron un par de palabras con él. La madre de mi amiga me miró con disimulo y me susurró:

—Siempre a mejor, Serena. Así me gusta.

No pude evitar sonrojarme.

—Mamá —la regañó Emma, que había sido capaz de oírla, y la mujer se rio.

La cena se alargó hasta tarde en la noche.

Nuestro jardín nunca había estado tan vivo. Mis amigas y yo nos mantuvimos al tanto de que todo fuera sobre la marcha, sacando comida y bebida cada vez que se acababa, interaccionando con todos y haciendo lo posible para que estuvieran cómodos. Gabi insistió en que Aron debía traer postres a casa más a menudo en cuanto probó la tarta.

Los padres de Emma fueron los primeros en marcharse y luego el resto se fue despidiendo. Al final solo quedamos nosotras, David y Aron.

—Mis padres se conocieron con dieciocho años, ¿no os parece sorprendente que después de tanto tiempo sigan juntos? —preguntó Emma mientras reposaba sobre el cuerpo de David.

Estábamos sentados alrededor de la mesa, tomando la última copa de la noche. Con mis amigas las conversaciones solían alargarse; éramos capaces de hablar de la misma cosa veinte veces seguidas sin cansarnos, siempre encontrábamos algo nuevo que aportar.

—Yo creo que en nuestra generación van a dejar de existir los matrimonios tan largos —dijo Tam.

—¿Tú crees? —preguntó Emma.

—Sin duda. Por muchas razones. Venimos de generaciones a las que les habían enseñado que el matrimonio era para siempre y eso no era cuestionable. El divorcio no fue legal hasta 1981. En mi opinión, separarse es cada vez más común actualmente porque la sociedad se ha ido liberando de esa creencia.

Tam siempre hablaba con tanta seguridad que era complicado llevarle la contraria. Utilizaba argumentos de peso para debatir y resultaba difícil moverla de su postura original. Había sido así desde pequeña. A ninguna nos sorprendió cuando decidió ser abogada.

—¿Estamos en una clase de Historia y no me he enterado? —dijo Gabi, que volvía de ir a por una cerveza a la cocina.

—Entonces ¿no crees en el amor para toda la vida? —preguntó David a Tam, y ella negó con la cabeza.

—No creo que exista, la verdad.

—No estoy de acuerdo —intervino Aron. Todos los ojos volaron hacia él, y se acomodó en su silla, cerca de la mía—. Sí que pienso que el concepto del matrimonio va a cambiar. Pero no considero que eso vaya ligado a que exista o no el amor para toda la vida.

—O sea, que crees en el amor para siempre —incidió Tam.

Yo seguía observándolo.

—Hay amores que no se acaban, ¿no? Aunque os distanciéis, aunque la relación termine, aunque llevéis años sin hablar. Yo creo que hay veces que el amor que se tiene hacia una persona permanece ahí, en el aire, para siempre —insistió Aron.

Vi que la expresión de Tam cambiaba y supe perfectamente en quién estaba pensando. En Marga. Se hizo el silencio, y Gabi, Emma y yo nos miramos. Tam no solía quedarse sin palabras, pero Aron, sin saberlo, había dado en su punto débil.

—Supongo que tienes razón —reconoció ella, pensativa.

Gabi cambió de tema y todo el mundo le siguió la conversación con rapidez. Ninguno de los chicos había reparado en la tensión de Tam, pero nosotras la conocíamos demasiado bien como para no notarla.

Aron me miró con sutileza y acercó su mano a la mía hasta entrelazar nuestros dedos. Me pregunté si era demasiado pronto para cuestionarse si en alguna de aquellas palabras que acababa de decir estaría yo. Desconocía cuál sería el futuro de aquel vínculo que nos pertenecía, pero me descubrí a mí misma temiendo que llegara a un fin.

El vértigo de aquella sensación, de aquel miedo repentino, me hizo quedarme paralizada durante unos segundos. Ya había sufrido aquel temor antes y no había salido bien. Ya me había sumergido de lleno en la pérdida, y estar de nuevo ante la posibilidad de un duelo me hacía querer echar a correr.

No lo hice.

Me quedé allí, junto a él, sentada. Y, en un amago de volver a la Tierra, apreté con delicadeza nuestro agarre. Aron acarició la palma de mi mano con las yemas de los dedos. Mi cuerpo, poco a poco, se relajó.

—Pues yo, si me caso, quiero que sea para siempre —insistió Emma.

—Entonces, ya sabes, David, no le propongas matrimonio nunca —contestó Gabi, y David soltó una carcajada mientras Emma daba un codazo a nuestra amiga.

La conversación continuó durante un rato, hasta que Tam se incorporó y avisó de que se iba a dormir.

—¿Estás bien? —le había susurrado antes de que se fuese, y ella había asentido.

No me había quedado muy convencida, pero dejé que se fuera a descansar. Ya hablaríamos de ello al día siguiente. Gabi fue la segunda en marcharse.

—Nosotros también nos vamos a la cama —dijo Emma, con el rostro impregnado de cansancio.

Después de aquellos últimos días, estaba segura de que dormiría del tirón. David se quedaría con ella en su habitación, así que ambos entraron y nos dejaron a

Aron y a mí en el jardín. Di un último trago a mi copa de vino.

—Quédate —le pedí.

Sabía que no era una petición arriesgada, ambos llevábamos deseando dormir juntos desde el momento en que nos besamos. Sus ojos viajaron por mi rostro, tratando de confirmar que estaba siendo sincera y no lo decía únicamente por educación.

—¿Estás segura? —quiso confirmar.

Le sonreí, apreciando su cuidado.

—Por supuesto que sí.

No estuvimos mucho más en el patio. Nos deslizamos hasta el interior, apagando todas las luces por el camino. Cerramos las puertas con llave y subimos a mi habitación.

Como era de esperar, mi cuarto estaba perfectamente recogido. Desde que planificamos la cena, había pensado en proponer a Aron que se quedara después. Así que, con la esperanza de que aceptara, había limpiado todo a fondo.

Me puse el pijama en el baño, le presté unos pantalones de chándal que se había dejado David hacía unos días en casa y no tardamos en meternos en la cama. Era consciente de que Aron se había dado cuenta de que yo lo tenía todo preparado, pero no me importaba; de esa forma, le reafirmaba mi deseo de que durmiese conmigo.

Una vez tumbados, con la tenue luz que entraba por la ventana y las sábanas entre nosotros, nos giramos y nos miramos cara a cara.

Le sonreí con un nerviosismo adolescente y le oí reír con suavidad.

Él, a pesar de tener los ojos cansados, mantenía aquella expresión atenta y atractiva de siempre. Podía apreciar su piel suave, sus rasgos armoniosos y la forma en la que varios mechones del pelo le caían sobre la frente.

—Estás muy guapo —dije sin dejar de observarlo.

Su sonrisa se amplió y sentí un cosquilleo en el vientre.

—Tú también —contestó.

Después, se acercó a mí hasta que nuestros cuerpos se rozaron. Besó mi frente, luego la punta de mi nariz y, finalmente, mis labios.

Fue un beso lento y tierno. O esa era la intención al principio, porque de manera inevitable ambos comenzamos a coger ritmo. Nuestras manos se deslizaron por el cuerpo del otro, nuestras piernas se entrelazaron y el beso se transformó en algo casi necesitado.

Tan solo paramos para coger aire. Los dos fuimos de un lado al otro en la cama, sin detener el beso en ningún momento. Yo, sobre él, con mis manos apoyadas en su pecho desnudo, podía sentir la respiración agitada de ambos. Solo hacía falta un delicado roce para notar nuestra excitación. Mientras algo crecía en él, el calor se acumulaba entre mis piernas.

Lo deseaba con todo mi ser. Pero cuando fui a llevar mis manos a los bordes de mi camiseta para retirarla, Aron me detuvo.

—Espera, espera —jadeó, e hizo el esfuerzo de incorporarse lo suficiente para que ambos nos quedáramos sentados, yo aún sobre él.

—¿Qué pasa? —pregunté en un susurró, casi sin aliento.

Agradecí que la luz estuviera apagada, porque sabía que mis mejillas estaban completamente encendidas.

—No quiero que pienses que me he quedado por esto —murmuró.

Su voz ronca me hacía vibrar por dentro y estaba segura de que Aron podía sentirlo.

—¿De qué estás hablando? —pregunté.

Con las manos algo temblorosas, retiró el pelo de mi rostro. Mis ojos vidriosos conectaron con los suyos, también brillantes. Pude comprobar como sus labios estaban algo hinchados y su respiración continuaba entrecortada. Ansiaba besarlo de nuevo.

—Creo que deberíamos esperar... Quiero dormir contigo y que eso no signifique que nos tengamos que acostar.

Sus palabras me sorprendieron tanto que, en un primer momento, no les vi sentido. Traté de regular mi respiración y me erguí un poco.

—¿No te apetece acostarte conmigo?

—Sí, joder, no te imaginas cuánto —murmuró, y nuestros labios se rozaron. Maldije internamente—. Escúchame, quiero hacer las cosas bien. Quiero dormir contigo, ir despacio. No necesito tener sexo hoy para disfrutar de haber estado juntos.

—Me acabas de excitar más —confesé, y oí su risa recorrer la habitación.

«Esta vez es diferente». Eso era lo que trataba de decirme.

Se me comprimió el pecho y el calor en mi interior se fue convirtiendo en una calidez llena de calma. Mi expresión se suavizó y noté que su torso iba destensándose también.

Me fundí en sus brazos cuando volvió a llevarnos a la cama. Al poco de tumbarnos, nuestra respiración se fue regulando y me aferré a su cuerpo con quietud. Noté las yemas de sus dedos recorrerme la espalda, el tacto frío de sus anillos, y le acaricié la piel al mismo ritmo.

En el silencio de la noche, conforme el sueño me iba abrazando, sentí alivio. Con él no había exigencias, las cosas no ocurrían por inercia ni por expectativas externas. Con Aron todo era una decisión consciente, con el deseo por delante.

El gesto de la espera, la apreciación de estar allí los dos, durmiendo, sin nada más en escena, me llenaba de tranquilidad. Me sorprendió que él supiera lo que necesitaba antes que yo misma. Quizá era aquella capacidad de escucha lo que le otorgaba la habilidad de cuidarnos, a los dos.

Parándome a pensar, Aron tenía razón. Había querido quitármelo de encima. Había querido acostarme con él para cumplir con su posible demanda. No me había detenido a plantearme si aquello era algo que realmente me apetecía. Sentía deseo, él me gustaba, pero apenas me había preguntado si era esa la forma en la que yo deseaba que prosiguieran las cosas. Y lo vi claro.

Me sentí segura, cuidada. El aire entró con frescura en mi pecho y respiré con calma. Alcé la mirada y contemplé a Aron, que tenía los ojos cerrados. Cuando notó que me movía los abrió de nuevo, para comprobar que todo estaba bien. Solo acaricié su rostro, besé su mejilla y le dije:

—Gracias.

Él asintió, me besó la frente y me abrazó con más fuerza.

—Buenas noches, chica de ciudad.

XXIII

A la mañana siguiente, me desperté aún en los brazos de Aron.

La primera noche que se duerme con alguien tiende a ser poco fluida. Acostumbrarse a la presencia del otro conlleva tiempo, y el descanso desde el primer instante no suele ser una opción. En aquel caso, apenas me costó caer redonda en un sueño profundo. Con el cuerpo en calma, había dormido sin pausa durante toda la noche. Y si en algún momento abrí los ojos, no tardé en acurrucarme de nuevo junto a Aron y volver a cerrarlos.

Él apenas se había movido, tampoco había alejado sus brazos de mí. Nunca lo había pillado despierto y parecía estar igual de descansado que yo, cosa que me generaba bastante alivio.

Por los delicados rayos de sol que entraban por la ventana supe que era temprano. Él todavía dormía, así que me mantuve quieta unos minutos, tratando de recuperar el sueño. Pero no pude.

Con cuidado, salí de la cama. Lo observé removerse, ponerse boca arriba, con el cuerpo estirado. Era sorprendente como una escena tan cotidiana podía convertirse en algo tan mágico como aquel momento. Pude apreciar sus largas pestañas, sus labios relajados y la luz dorada y suave acariciándolo. Me permití apreciarlo por unos segundos más y después bajé de puntillas hasta la cocina. Todos los demás también seguían durmiendo, así que me propuse hacer el café para que lo tuvieran preparado cuando bajaran.

La realidad era que estaba esforzándome por mantener mi mente ocupada para esquivar lo inevitable. Desde que me había despertado había notado en mi mente el impulso persistente de traerlo de vuelta. Era como un taladro constante que estaba tratando de ignorar, pero que me resultaba imposible no escuchar. Estaba ahí, latente, como había estado en otras ocasiones. Aunque esa vez no encontraba las herramientas para no dejarlo entrar.

Intenté enfocarme en el sonido de la cafetera, que había cobrado vida con el café recién hecho, pero cuando me di la vuelta el fantasma de Matías se encontraba apoyado en la encimera. Hacía meses que no aparecía, pero por lo visto aún le quedaba algo por decir.

—¿Me has echado de menos? —ronroneó.

Tuve que tomar una respiración larga cuando sentí que el pulso se me aceleraba al descubrirlo allí de nuevo. Me quedé quieta, mirándolo fijamente, desarmándolo con lo poco que tenía. No funcionó, y él continuó allí, firme, esperando una respuesta.

—La verdad es que no —contesté.

Y no mentía.

Matías chascó la lengua y sonrió con regocijo a medida que me acercaba, tratando de ignorarlo. Tenía que concentrarme en cada paso que daba mientras contenía la presión en mi pecho. Miré a mi alrededor para comprobar que éramos solo el fantasma y yo. Cuando confirmé que no había nadie, me relajé un poco.

—Ya he visto que has estado ocupada.

Tomé las tazas de la estantería, sintiéndolo cada vez más cerca. Cuando noté el temblor en mis dedos supe que debía parar aquella situación cuanto antes. Los demás no tardarían en levantarse, y debía recuperarme para entonces.

Cerré los ojos y tomé una respiración profunda. Lo repetí varias veces, hasta conseguir calmar el efecto ansioso en mi cuerpo. Me detuve frente a él y conecté con sus ojos, que, en comparación con los de Aron, me parecieron aún más oscuros.

Observé cómo su figura perdía consistencia a medida que yo continuaba respirando y supe que su debilidad solo retrataba mi propia firmeza.

—¿Qué quieres? —pregunté exhausta.

Mi tono seco pareció sorprenderlo, y sentí cómo me escaneaba con la mirada. Me estaba poniendo a prueba, yo lo sabía. Buscaba comprobar una última vez si aquella era la decisión que deseaba tomar, la de dejarlo marchar. Y la verdad era que no lo quería allí, no encontraba sentido a su presencia en mi vida durante más tiempo. Matías, que parecía ser consciente de cómo se desvanecía, se empeñó en confirmarlo y, con lentitud, tomó mi barbilla. Haciendo una suave caricia, preguntó:

—¿Te estás olvidando de mí?

Aquella era la pregunta de oro. Me la había hecho repetidas veces durante los últimos meses, cuando mi mente parecía luchar entre dos caminos distintos: continuar o quedarme en el pasado. No fue una decisión fácil. Pero esa mañana, mientras el silencio reinaba en el resto de la casa y solo se oía un fondo veraniego de pájaros y agua lejana, lo miré fijamente. Me encontré, por fin, cara a cara con aquel espectro que me había acompañado durante todos esos meses. Comprendí entonces por qué se había hecho presente esa mañana en mi cocina. A una parte de mí parecía costarle digerirlo, como si quisiera preguntarme: «¿Estás segura?». Y lo estaba. Así que observé esa fina línea que lo convertiría para siempre en polvo. Y soplé.

Y el fantasma de Matías desapareció para siempre.

Sentí el mismo alivio que había sentido aquella noche en la que me deshice de sus pertenencias, pero en esta ocasión con mayor intensidad. Lo había logrado, me repetía una y otra vez. Y la confirmación final se dio cuando oí detrás de mí una voz ronca y tranquila:

—Buenos días.

Al girarme encontré a Aron, con su sonrisa atenta y unos brazos en los que estaba deseando volver a envolverme.

—Buenos días —contesté.

La mañana pasó con rapidez. Desayunamos todos juntos, incluido Aron, con el que me era imposible no intercambiar miradas y caricias cada vez que pasábamos el uno al lado del otro. Verlo allí, tomando café con mis amigas, me hacía sentir una calidez agradable en el pecho. David también estaba, y de cuando en cuando las pupilas de Emma y las mías conectaban, ambas cómplices de la situación.

En cuanto terminamos de desayunar, ellos no tardaron en despedirse. Yo besé a Aron con tranquilidad y prometí ir a verlo por la noche a El Jardín.

—Gracias... por todo —me susurró antes de marcharse.

Nosotras nos quedamos en el salón, con el pijama puesto, alargando la mañana. Gabi fue la primera en marcharse y el resto, perezosas, nos hicimos otro café.

—He pensado en llamarla —dijo Tam cuando volvimos a sentarnos, con la voz tan baja que Emma y yo tuvimos que hacer un esfuerzo para entenderla.

—¿A quién? —pregunté, casi con temor.

—¿A Marga? —quiso confirmar Emma, y me sorprendió la rapidez con la que había decidido llegar al tema.

—Sí. Me quedé pensando en lo que Aron dijo —continuó, un poco más alto.

—¿Lo del amor para toda la vida? —indagué, recordando la conversación de la noche anterior.

Tam asintió, casi avergonzada.

—Sí.

—Ya... —murmuré.

El silencio se estableció entre las tres y bebí de mi café con lentitud, tratando de aclararme las ideas antes de añadir algo a la conversación. Emma parecía estar haciendo lo mismo. Tam, mientras tanto, se removía incómoda.

—No lo sé… Solo para averiguar cómo está —agregó, aunque sin demasiada seguridad.

Volvimos a quedarnos en silencio, pensativas.

—Si la llamas, ¿qué te gustaría oír por su parte? —preguntó Emma.

Tam permaneció callada un momento, sopesándolo. Me parecía algo interesante en lo que pensar a la hora de replantearse contactar con alguien del pasado. Las dos esperamos pacientemente a que nuestra amiga tuviera una respuesta.

—Supongo que… que está feliz y… No lo sé, la verdad es que no lo había pensado —confesó, y con rapidez dio otro sorbo al café.

—¿Que te sigue queriendo? —arriesgó Emma.

Me tensé un poco y Tam se removió de nuevo en su silla, haciendo una mueca.

—Supongo que sí —admitió.

Las tres suspiramos.

Me pregunté cuántas veces le había rondado la cabeza aquel pensamiento y no lo había compartido con nosotras. Siempre había pensado en mi amiga como una persona que había conseguido superar una situación complicada como había sido la relación con Marga, pero en ese instante me cuestioné si no habría sido lo que ella trataba de proyectar.

—Te sigue queriendo, Tam. No creo que debas dudarlo. Y estoy convencida de que ella también tiene ganas de llamarte a veces, y seguro que te echa de menos —dije mientras le sostenía la mano.

Era verdad, lo pensaba realmente. A pesar de la complejidad de aquel tema, ellas dos habían acabado en buenos términos. No tenía ninguna duda de que Marga guardaba cariño a Tam todavía. Ella parecía evitar mirarme, y lo entendí. Todas sabíamos que aquel era un tema delicado; de hecho, me sorprendía que estuviéramos hablando de él. Hacía mucho tiempo que Marga no salía en la conversación.

Con suavidad, continué:

—Pero ambas estáis en otro momento de vuestras vidas. Os ha costado avanzar y dejarlo atrás. No creo que esa llamada sea positiva para ninguna de las dos.

Y eso también era verdad. Marga estaba con otra persona, y el proceso para superar sus sentimientos por mi amiga debió de haber sido largo. Interrumpir su estabilidad, aunque solo fuera mediante una breve llamada telefónica, no me parecía una buena elección. Tampoco creía que fuera a ser bueno para Tam.

—Lo sé, lo sé. Es solo que a veces me cuesta comprender por qué hice lo que hice. Y me atormenta pensar que quizá hay una segunda posibilidad que está en mis manos y no estoy haciendo nada al respecto —murmuró con cierta frustración. Emma y yo compartimos una mirada rápida—. Se que está con otra persona y eso es exactamente lo que me convence de no llamarla. No quiero ser egoísta.

—Creo que, en el fondo, tú ya sabes lo que tienes que hacer —dijo Emma.

Yo asentí.

—No llamarla. —Suspiró.

—No llamarla —confirmé.

Las tres volvimos a quedarnos en silencio, y Tam se terminó el café de un trago.

—A mí me gusta pensar que todo pasa por algo, y si esto ha ocurrido así es porque tenía que pasar. Si en algún momento os tenéis que reencontrar, lo haréis. Pero no puedes estar el resto de tu vida esperando a que eso ocurra. Estoy segura de que conocerás a otra persona y que todo lo que has aprendido en este proceso te ayudará a conseguir una relación maravillosa. No te mereces menos —le aseguré.

—Exacto. No estabas preparada en ese momento, eso no es un crimen. No te tortures, permítete ser humana —añadió Emma.

Tam cerró los ojos durante unos segundos y pareció tomarse su tiempo para meditar nuestras palabras.

Ella odiaba cometer errores. A veces la encontraba recordándose a sí misma pequeños fallos que había tenido hacía años, como si se tratara de un gran acontecimiento, de algo que no fuera capaz de olvidar.

«¿Te acuerdas de cuando en el instituto nos mandaron leer *Un mundo feliz* de Aldous Huxley y yo me confundí y leí *1984* de George Orwell? Y el profesor de Lengua me interrumpió a mitad de mi presentación para decirme que no estaba hablando del libro que tocaba. ¡Qué vergüenza! ¡Ni siquiera se parecía el título!», me comentó un día. «Tam, nadie se acuerda de eso, teníamos quince años», le contesté.

Tam era autoexigente y perfeccionista, trataba de ser impecable en todo lo que hacía. Daba los mejores consejos, siempre estaba ahí para los demás, en el colegio sacaba las mejores notas y se había graduado con matrícula de honor en la universidad. No fallaba, pero si alguna vez lo hacía se torturaba en silencio de manera constante. Todos teníamos derecho a equivocarnos. Todos menos ella.

—Yo también pienso a veces en Víctor.

Eso, sin duda, era algo que no esperaba. Tam y yo miramos a Emma, sorprendidas, y ella se encogió de hombros.

—¿Sí? —pregunté.

—Sí, es normal. No lo echo de menos, pero en ocasiones me resulta inevitable pensar qué habría sido de mi vida si me hubiese quedado con él —dijo con la mirada un poco perdida—. No sé nada de él desde que lo dejamos. Ni siquiera lo sigo en redes sociales. A veces me pregunto: ¿qué tal estará? ¿Será feliz? ¿Se planteará si yo estoy bien? ¿Y si le ha pasado algo? Si se muriera, ¿alguien me avisaría?

—¿Qué? —jadeó Tam, esforzándose por contener la risa.

Escondí la mía ante las últimas palabras de Emma.

—¡Claro! Lo pienso mucho. Nunca conocí a sus padres, no era cercana a su entorno. Si se muriera, ¿alguien se acordaría de avisarme? ¡Imagínate que se muere y no me entero nunca!

Tam y yo no pudimos evitarlo y estallamos en carcajadas. Sentí alivio al ver a mi amiga relajada de nuevo, y Emma también pareció satisfecha, aunque continuaba con aquella expresión pensativa sobre sus recientes preocupaciones.

—Es algo que nunca se me habría ocurrido. Se lo tienes que contar a Gabi cuando vuelva, le va a encantar —concluí mientras me levantaba a por más café.

—Si tú te mueres, ¿quieres que lo avisemos a él? —preguntó Tam entre risas.

—¡Por supuesto! Así podré reírme un poco desde el cielo —contestó con una sonrisa traviesa.

—Eres única —admití.

Mientras me servía el café las risas continuaron, hasta que Emma dijo:

—Si alguna vez me muero...

—No, no, no. Paso de esta conversación, me deprime —refunfuñó Tam, saltando de la silla como si la hubieran pinchado, y me reí.

—¡Espera! Solo digo que no quiero que lloréis. A ver..., podéis llorar un poco, pero luego quiero que celebréis. Que celebréis la vida y lo que hemos compartido, y que solo os acordéis de mí para reíros de anécdotas que hayamos vivido juntas —aseguró con esa voz dulce y soñadora.

Tam y yo la miramos detenidamente durante unos segundos. Aquello que pedía nuestra amiga era casi un imposible; todas en aquel grupo habíamos demostrado llevar los duelos de manera catastrófica. Sin embargo, Emma parecía bastante determinada a convencernos de lo contrario.

—¿Sabes? Tus planes sobre la vida siempre me sorprenden. Primero que nos quedemos embarazadas todas al mismo tiempo y ahora que no lloremos si te mueres. Y que avisemos a tu ex. ¿Quieres algo más? —pregunté, y las tres reímos mientras nos disponíamos a recoger la cocina juntas.

—Déjame pensar, seguro que se me ocurre algo —declaró Emma.

—Oh, seguro que sí —dijo Tam sonriendo.

XXIV

—¡Aron, ni se te ocurra! —grité antes de sentir que mi cuerpo completo se zambullía en el lago.

Con la misma rapidez que había entrado en el agua salí a la superficie, ayudada por unos brazos que me sostenían con fuerza. Al volver a coger aire, pude mirar a Aron a los ojos y descubrir que sonría con diversión.

—Eres idiota —murmuré mientras reía.

Estábamos en mi rincón. Nos habíamos aficionado a ir siempre que teníamos un hueco libre. El verano se acababa y deseábamos aprovechar el tiempo todo lo posible.

Ese día, que había decidido no meterme en el agua, Aron había tenido otra idea, así que ambos habíamos acabado dentro del lago sin bañador.

Notaba sus manos anchas en mi cintura, y me dejé sujetar por él mientras flotábamos. Le rodeé el cuello con mis brazos y lo besé con dulzura. Cuando me separé, sonreí.

—¿Te puedo preguntar una cosa?

—Soy todo tuyo —ronroneó, y la piel se me erizó.

Le desvié la mirada durante unos segundos y, bajo una risa sutil suya, volví a recomponerme.

—Tus tatuajes, ¿qué son? —quise saber.

—¿Todos? —contestó con las cejas alzadas.

Tenía razón, eran muchos. Y a mí me interesaba especialmente uno de ellos.

—No. El de la espalda. Me dijo Gabi que era el árbol celta de la vida.

—¿Has preguntado sobre mis tatuajes? —preguntó divertido, y me reí.

—No te emociones —bromeé.

Sonrió ampliamente.

—Sí, Gabi tiene razón. El árbol tiene diferentes interpretaciones. Leí que los celtas creían que los árboles eran los protectores y guardianes en la tierra, y que este símbolo podía ser un amuleto de protección. Me gustó y decidí tatuármelo —me explicó.

—Eso es bastante mágico —confesé.

También era muy sexy, pero eso decidí reservármelo. Aron besó mis labios en respuesta, como si hubiese sido capaz de oír todos mis pensamientos, y me dejé llevar por su dulzura y sensualidad.

No tardamos en salir, ambos con la ropa interior empapada, y nos tumbamos sobre la hierba, permitiendo que el sol hiciera su efecto. Aunque Aron no parecía tener demasiado interés en descansar en silencio, porque se puso junto a mí y sonreí al cazarlo deslizando sus ojos por la transparencia de mi lencería. Lo miré mientras el sol me templaba la cara.

—¿Te gusta lo que ves, chico de pueblo?

Llevó con rapidez sus ojos azules a los míos y chascó la lengua.

—Más de lo que te imaginas —contestó, y no tardó en inclinarse sobre mí.

Nos fundimos en un beso lleno de intensidad y deslizó sus manos por mi cuerpo húmedo. No pensaba detenerlo, disfrutaba de cada caricia suya. Mi piel subió de temperatura al instante, y supe que no tenía nada que ver con aquel sol veraniego. La boca de Aron causaba un efecto inmediato sobre mí y quise fundirme con él de una vez por todas.

—Deseo hacerlo —le susurré sobre los labios.

Se separó con rapidez y me miró a los ojos para asegurarse de que lo estaba diciendo de verdad. No pude evitar reírme, pero no había nada de broma en aquellas palabras.

—¿Aquí? —murmuró.

Asentí enseguida y miré a mi alrededor.

—Nunca viene nadie a esta zona, no nos van a ver —le aseguré.

Era cierto, en todo el tiempo que llevaba yendo a aquel rincón jamás me había cruzado con otra persona. El camino era demasiado complicado para bajar y había otros sitios más accesibles por los que pasear. Además, en esa orilla, entre los árboles y la vegetación, sería imposible divisarnos desde otro lugar.

Aron, aún agitado por el beso anterior, contempló la oferta. Después, volvió a mirarme. Escaneó mi rostro con detalle y yo dejé que lo hiciera.

—¿Estás segura? —dijo en un tono más serio.

—Sí. Queríamos que la primera vez fuese especial. ¿No crees que lo será aquí? —insistí, y se le escapó una sonrisa que puso mi cuerpo en alerta de nuevo.

—Muy especial —coincidió y, tras comprobar otra vez que estábamos solos, puso sus labios sobre los míos.

Celebré mi victoria fundiendo mi boca con la suya mientras enroscaba las piernas alrededor de su cintura. Aron deslizó sus manos por la mía, sosteniéndome con firmeza a medida que el ritmo del beso iba aumentando. Nuestras lenguas entraron en juego y disfruté del calor de su cuerpo semidesnudo, y aún húmedo, sobre el mío.

Con un movimiento de las caderas, Aron pegó su pelvis a la mía y pude notar su dureza bajo la ropa interior. Jadeé ante el contacto, consciente del efecto que aquel gesto tuvo en mí. Mis manos, entrelazadas en su nuca, tiraron de él para atraerlo más a mí. Las suyas bajaron hasta mis muslos.

Había creído que estaría más nerviosa cuando ese momento ocurriera por primera vez, pero la excitación no me dejaba contactar con aquella intranquilidad. Además, la seguridad de cada uno de los movimientos de Aron me recordaba que, entre sus brazos, estaba a salvo. Y aquello aumentaba mi deseo.

Sentí sus dedos recorrer mi vientre hasta llegar al borde de la lencería. Nuestras bocas se separaron y él, con la mirada, me pidió permiso para continuar. Asentí, impaciente.

Aron deslizó su mano y comenzó a acariciar, con un tacto delicado, mi zona más sensible. Las piernas me temblaron cuando sus dedos dibujaron círculos sobre mí, ejerciendo la presión perfecta para desmontarme por completo. Me dejé llevar por aquel placer desmedido mientras el ritmo aumentaba y gemí en alto cuando noté cómo introducía, poco a poco, varios dedos.

Sus ojos no eran capaces de mirar hacia otro lado que no fuera mi rostro, con mis mejillas enrojecidas y mis labios entreabiertos. Yo también lo miraba a él, apreciando el ardor en sus iris claros, que parecían querer indicarme todas las cosas que me haría a continuación.

—Eres preciosa —dijo con la voz ronca, y aceleró sus movimientos.

No pude contestar. Gemí de nuevo y mi mano se enroscó alrededor de su muñeca, tratando de contener mi propio disfrute. Pero Aron no pensaba parar. Mi espalda se arqueó y alcé más las caderas, sintiendo cómo sus dedos se introducían más en mí. No creía poder aguantar mucho más. Lo quería a él. Abrí los ojos y tomé aire, admirando al hermoso hombre que tenía junto a mí.

—Por favor —supliqué, y eso fue suficiente.

En un abrir y cerrar de ojos, Aron se encontraba completamente desnudo entre mis piernas. Me deleité con aquella imagen. Su piel brillaba; su pelo negro, aún húmedo, le caía por el rostro, y sus tatuajes enmarcaban a la perfección cada zona de ese cuerpo esculpido. Abrí más las piernas, dejando clara mi invitación. Él se humedeció los labios y volvió a acariciarme, provocando un jadeo por mi parte.

Tuve que llevar una de mis manos a su erección. Aron se estremeció cuando mis dedos entraron en contacto con su longitud, y sonreí satisfecha cuando un gemido salió de sus labios al sentir mis movimientos sobre él. Se apartó un instante, el tiempo justo para ponerse un preservativo, y no tardó en acercarse hasta rozar su dureza con mi entrada. Los dos reaccionamos dejando escapar un gemido mutuo. Nos miramos a los ojos y, poco a poco, se introdujo en mí.

—Dios… —le oí decir mientras empezaba a moverse. Quise pronunciar lo mismo—. ¿Bien? —hizo el esfuerzo de preguntarme.

—Perfecto —susurré mientras sonreía.

Aron se inclinó más sobre mí y, después de besarme con lentitud, entrelazamos nuestras manos. Me puso los brazos por encima de la cabeza y empujó sus caderas con más energía. Un gemido ronco salió de mis labios y volví a besarlo, esa vez con más necesidad.

Nuestros cuerpos se movieron al unísono al principio, con lentitud. Disfruté de sentirlo dentro de mí mientras sus labios recorrían mi cuello. Nuestros dedos continuaban entrelazados, y apreté nuestro agarre cada vez que él embestía con más impulso.

Cuando ambos parecíamos habernos acostumbrado a la sensación de estar unidos, elevé las caderas. Aron me soltó las manos y alzó una de mis piernas para acomodarla contra su hombro, y sacó una exclamación de mi boca. Pareció complacido, porque sonrió orgulloso y no tardó en volver a moverse. Lo sentí aún más dentro, si eso era posible. Gemí su nombre.

—Aron.

Él continuó y, mientras lo hacía, volvió a posar una de sus manos sobre mi sexo y lo masajeó con destreza.

Yo solo lo sentía a él. Solo podía concentrarme en el placer que mi cuerpo estaba experimentando. Me dejé llevar.

Hacía mucho que no me sentía tan libre, tan exenta de juicios y preocupaciones. Desee, por unos segundos, quedarme allí para siempre. Sentirme así por el resto de mi vida.

No recordaba la última vez que había estado tan conectada con mi propio deseo, con mi sexualidad, con alguien más. Él, junto a mí, dejaba ver en cada gemido que también estaba disfrutando. Quise poder capturar su mirada, su lujuria, digna de admirar. Supe, en aquel instante, que no iba a poder olvidar a Aron.

—No pares —le pedí cuando un latigazo de placer me recorrió la espalda hasta llegar a mi vientre.

Obediente, continuó haciendo el mismo movimiento. Tuve que alcanzar uno de sus brazos y clavarle los dedos mientras me aproximaba al clímax. Sus ojos se alimentaron de mi imagen, completamente envuelta en una ola de placer que terminó de golpearme.

Aron supo que aquel era su momento, y mientras aún me removía comenzó a acelerar sus embestidas. No recordaba haber sentido nada igual jamás. Jadeé al oírlo gemir conforme se movía más y más rápido a medida que también se aproximaba a su final. Disfruté de su cuerpo tenso, de sus caderas contra las mías y de sus manos sosteniéndome.

—Dios, Serena… —fue lo último que oí antes de ver que cerraba los ojos y se dejaba llevar por el orgasmo.

Oír mi nombre en sus labios mientras terminaba había sido para mí el mejor desenlace.

Dejé que su cuerpo descansara sobre mí. Con la respiración sobrecogida, cerré los ojos y disfruté de la sensación de nuestras pieles calientes rozándose. Después de la tormenta, había llegado la calma.

Con dulzura, acaricié su nuca una vez más, y Aron no tardó en tumbarse a mi lado. Puso la mano sobre su pecho y cerró los ojos durante unos segundos. Lo miré con detenimiento, también en proceso de recuperarme.

—Ha sido increíble... —murmuró, y giró el rostro para contemplarme.

—Lo ha sido —confirmé, y ambos reímos con complicidad.

Al cabo de unos segundos, se incorporó apoyándose en los codos. La brisa lo acarició, y pude ver cuánto disfrutaba de aquella sensación liberadora que yo también compartía. Cerré los ojos y tomé su mano. Entrelacé mis dedos con los suyos, jugué con sus anillos y me permití tener aquel momento de intimidad y conexión con él.

—¿Cómo te sientes? —me preguntó pasado un tiempo.

Dirigí la mirada hacia su rostro.

—Muy bien —confesé—. Llevaba muchos meses sin tener sexo, ¿sabes?

Le oí reírse y alcé las cejas, a la espera de su respuesta.

—Tranquila, no se ha notado —bromeó, y golpeé su hombro con diversión.

Pensándolo bien, creía haber dicho ese comentario únicamente por la inseguridad de no haber sido suficiente, de no haberlo complacido o no haber cumplido sus expectativas. Aquel también era un fantasma del pasado, quizá uno que todas las mujeres teníamos en común: querer satisfacer al otro de manera constante, sin apenas reparar en nuestro propio placer o dar un lugar a nuestro cuerpo en el acto.

Sabía que aquella vez no había sido así, que ambos habíamos disfrutado y que yo no tenía nada de qué preocuparme. Pero, a veces, el mecanismo funciona solo y hay que pararse a una misma para detenerlo a tiempo.

—¿Cuánto llevabas tú? —pregunté con una curiosidad genuina.

—No pienso contestar a eso —dijo riendo, y me incorporé más, abriendo la boca con falsa indignación.

—¡Por supuesto que sí! ¿Lo dices por si me molesta? —exclamé, aunque enseguida me replanteé mi propia pregunta.

¿Y si me contestaba que una semana? No estábamos oficialmente juntos, no habíamos hablado de límites ni de si podíamos estar con otras personas. Hasta entonces no se me había ocurrido cómo abordar ese tema, no había pensado que una conversación de ese estilo fuera necesaria. Pero en ese momento, viéndolo desnudo junto a mí, con aquel atractivo irresistible, comenzaba a plantearme ese tipo de cuestiones de manera más seria.

—No creo que te moleste —contestó Aron negando con la cabeza.

Sentí alivio e insistí.

—Venga, dímelo. Prometo no reaccionar.

Pareció no creerme y lo pensó. Después, volvió a acomodarse y mirándome a los ojos dijo:

—Un año, más o menos.

—¡¿Un año?! —jadeé sorprendida, abriendo mucho los ojos.

—¡Prometiste no reaccionar! —me recordó, y me tapé la boca al darme cuenta.

Aron soltó una carcajada mientras volvía a tumbarse junto a mí.

—No lo sé…, no ha surgido. Tampoco lo he buscado —continuó.

—No me lo esperaba —confesé, y observé sus ojos azules recorrer mi rostro.

Le acaricié el cuello con delicadeza, apreciando cada detalle de su rostro. Tenía los labios aún afectados por los besos, las mejillas algo rosadas y sus largas pestañas enmarcaban su mirada a la perfección.

—¿Por qué? —preguntó mientras dejaba que lo contemplara de cerca.

—Porque tienes una cara preciosa y haces los mejores postres del mundo —concluí, y una sonrisa adorable se deslizó en su rostro—. Seguro que ligas mucho.

—No tanto… Tampoco me interesa ahora —murmuró al mismo tiempo que retiraba un mechón de pelo de mi rostro.

Sus ojos viajaron por los míos y llegaron a mis labios. Pareció hacer un gran esfuerzo por no besarme y mantenerse en la conversación. Yo también tuve que contenerme. Sentía aún en mi cuerpo las cenizas del deseo, que podrían reactivarse con mucha facilidad.

—¿No quieres estar con otras personas? —le pregunté.

No era una trampa, realmente deseaba conocer su

respuesta sin que aquello lo comprometiera a nada. Aron apenas tuvo que meditar la contestación.

—No, mientras esté contigo, no —concluyó—. ¿Y tú?

Sabía que era honesto, que no jugaba; no me hacía tener que adivinar por dónde quería ir. Era directo en cada una de sus decisiones, y yo lo valoraba.

—Yo tampoco —admití.

No había tenido demasiado tiempo para pensarlo, pero viéndolo junto a mí, sintiendo sus suaves caricias y aún recuperándome de sus besos estaba segura de que no buscaría en otra persona lo que él me daba.

Eso no nos etiquetaba de ninguna forma, no hasta que lo nombráramos, pero sí nos daba una pista sobre qué dirección estábamos tomando. Y a mí me tranquilizaba y me asustaba a partes iguales.

Aron pareció satisfecho con mi respuesta y simplemente asintió. Después tomó mi mano entre la suya y besó mis nudillos.

—¿Nos damos otro baño? —me preguntó.

Sonreí.

—Por supuesto que sí.

Y ambos terminamos, de nuevo, besándonos en el lago.

XXV

El calor se fue alejando poco a poco. Las hojas de los árboles comenzaron a teñirse de colores cálidos. Naranjas, rojos y amarillos decoraban el pueblo, acogiéndonos de nuevo, tal y como lo habían hecho hacía un año.

Los vestidos de verano se habían guardado otra vez en el armario y ahora volvíamos a llevar suéteres tejidos y botas altas. En casa se hacía té caliente todas las noches y las mantas habían regresado al sofá. Los domingos por las noches nos envolvíamos en ellas y veíamos alguna película hasta quedarnos las cuatro dormidas.

Los días eran más cortos y todo estaba teñido de una atmósfera más melancólica y, a mi parecer, más romántica.

Las hojas crujían bajo nuestros pies al pasear, la tierra húmeda brillaba con agradecimiento y el aroma del bosque se extendía hasta nuestra casa. Entraba por mi ventana por las mañanas cuando abría para ventilar.

Dirio se había quedado de nuevo con aquellos que vivíamos allí todo el año, las aves migratorias emprendían sus viajes anuales hacia climas más cálidos y las familias se resguardaban en sus hogares los días más fríos.

Mientras tanto, nosotras habíamos vuelto a la rutina. Gabi, al mismo tiempo que seguía con sus encargos, había comenzado su formación sobre conservación marina. Emma mantenía su trabajo en la empresa de marketing digital. Tam estaba en la recta final antes de presentarse al primer examen de las oposiciones la semana siguiente. Y yo continuaba en mi querida librería. Mía.

Gloria, ya completamente recuperada, seguía visitando la tienda con regularidad, pero todo estaba a mi cargo. Los papeles habían comenzado a estar a mi nombre y en las llamadas de encargos se preguntaba directamente por mí.

Yo continuaba escribiendo. Desde agosto, las palabras habían fluido sin pausa. Llevaba páginas y páginas de una futura historia. Era la primera vez que conseguía seguir con lo escrito el día anterior. Escribía en mi libreta ideas cada vez que algo nuevo se me pasaba por la mente. En ocasiones me levantaba en mitad de la noche para plasmarlo sobre el papel y que no se me olvidara. Era emocionante.

También había permitido que Aron leyera gran parte del relato. Ambos nos tumbábamos en la cama, y dejaba que él dedicara un tiempo a revisar lo que había escrito. Al principio, me ponía nerviosa, me mordía las uñas mientras tanto y tenía que mirar hacia otro lado hasta que terminaba. Sentía que aquella era mi verdadera desnudez.

Pero Aron siempre tenía palabras de aprecio para mí.

Leía el borrador varias veces seguidas, hacía anotaciones y me preguntaba detalles sobre la historia. Después me recalcaba lo mucho que le gustaba y me insistía en que continuara escribiendo.

Pasábamos gran parte del tiempo juntos. Había días en los que la conversación no finalizaba nunca. Era innegable que disfrutábamos ampliamente de la compañía del otro.

Aquella noche lo aguardaba frente a El Jardín, a la espera de que acabara de trabajar para poder verlo un rato. Aunque ya no solíamos cocinar a esas horas, se había convertido en un hábito que fuese a recogerlo para compartir un pequeño paseo antes de acabar el día. Era uno de mis momentos favoritos, cuando ambos caminábamos cogidos de la mano bajo el cielo estrellado de Dirio y la brisa del otoño.

Nuestros paseos podían ser interminables; siempre parecía que teníamos algo que contarnos. Era consciente de que, a veces, solo alargábamos la conversación para ampliar nuestro tiempo juntos.

Aron pasaba su brazo sobre mis hombros y me apretaba contra el calor de su pecho. Yo me dejaba recoger por ese cuerpo que a aquellas alturas me sabía de memoria y relajaba los músculos mientras él guiaba el resto del recorrido hasta la puerta de mi casa.

Aquella noche apenas quedaban personas cenando en el restaurante, así que esperé paciente a que saliera. Sabía que no faltaba mucho para que la cocina cerrara. Mis ojos cazaron a Leo, el hermano mayor de Aron, saliendo a la terraza. Le sonreí a modo de saludo.

—Que no me entere yo que te hace esperar, ¿eh? —dijo mientras cogía un par de sillas para ir guardándolas.

—Ambos tenemos claro que si sale tarde es culpa tuya —bromeé, y de sus labios salió una carcajada.

—Si hoy le dejo salir antes, ¿estamos en paz? —preguntó, terminando de poner las sillas en su sitio.

Sonreí satisfecha.

—Trato hecho.

Leo me guiñó un ojo y fue adentro.

—¡Aron, tu chica está aquí! ¡Puedes largarte! —gritó, y se me erizó toda la piel.

Su chica.

No sabía cómo sentirme al respecto de aquel título.

A los pocos minutos, Aron cruzó la puerta, recolocándose la camiseta limpia como si hubiera salido disparado de la cocina. Sonrió ampliamente al verme. Mi pulso se aceleró mientras lo veía llegar, tan guapo como siempre.

—Hola, preciosa —murmuró, y su voz fue como un ronroneo.

Antes de que me diera tiempo a responder, sus labios se posaron sobre los míos y ambos nos fundimos en un beso lento. No creía poder acostumbrarme jamás a esa forma de besar, a sus manos rodeándome con seguridad y a nuestras bocas encajando a la perfección. Me resultaba inevitable sentir ese cosquilleo en la parte baja de mi vientre, con una emoción repentina y, a la vez, una calma interna, que me desprendía de todas mis posibles preocupaciones.

—¿Por qué siento que lo de que esté fuera media hora antes ha sido cosa tuya? —me preguntó cuando nos separamos.

Un brilló travieso se manifestó en mis ojos y él lo captó al segundo y sonrió.

—A tu hermano le caigo bien —dije mientras comenzábamos a caminar para hacer nuestro recorrido habitual.

Aron ya había enroscado su brazo en mi cintura con firmeza.

—Tendríamos un problema él y yo si ese no fuera el caso —dijo, con tanta seriedad que casi llegué a creerlo.

Reímos y continuamos andando por las calles iluminadas del pueblo. A medida que se iba acercando el otoño, el frío comenzaba a ser más evidente, así que aquellos últimos días para nuestro paseo había tenido que abrigarme con más esmero. Al sentir el viento frío susurrarme al oído, me acerqué más a Aron.

—Conque tu chica, ¿eh? —dije, y reparé en que una mueca tímida se escondía tras su gesto.

Se encogió de hombros y me miró a los ojos. Fui consciente en ese momento de cuáles iban a ser sus palabras y me arrepentí de haber sacado el tema.

—Solo si tú quieres —contestó en voz más baja.

Sonreí con nerviosismo y desvié la mirada. Aron frunció el ceño y ralentizó el paso.

—¿Qué ha sido eso? —preguntó.

—¿El qué?

—Esa mueca —insistió, escaneándome.

Maldije internamente.

No me apetecía tener esa conversación, pero vi su mirada severa y supe que no me iba a librar de aquello tan fácilmente.

—Pues… No creo que haga falta ponerle nombre, ¿no?

—¿A lo nuestro?

Lucía desconcertado y se me secó la boca.

—Sí, bueno, no me apetece jugar a las etiquetas.

Traté de continuar caminando, pero me tomó con delicadeza del brazo. Lo miré a los ojos y fui consciente de que esa respuesta lo había decepcionado. Algo en mi pecho se comprimió.

—Yo no estoy jugando, Serena.

La profundidad de su tono hizo que me quedara muy quieta, y tomé aire.

—No me refería a eso…

—No voy a hacer esto.

Una alarma se activó en mi cuerpo.

—¿A qué te refieres?

—No tengo prisa, te lo dije al principio y te lo repito. Puedo seguir esperando. Pero lo que no voy a hacer es no poner nombre a esto para no responsabilizarnos de lo que supone tomar la decisión de estar juntos.

Allí estaban, esos ojos azul tormenta observándome como si no hubiese nada más en el mundo. A mí me pesaba el pecho, el aire se había vuelto denso y me costaba sostenerle la mirada. Su honestidad me había pillado desprevenida, pero trataba de no tambalearme demasiado en mi postura.

—Me da miedo no poder darte lo que buscas —dije, y la expresión de sus ojos pareció suavizarse.

No entendía por qué no era capaz de contarle la verdad: que estaba asustada, que no quería perderlo; que la simple idea de otra ruptura me hacía querer desaparecer. Poner nombre a nuestra relación me provocaba un vértigo que hacía que me temblaran las rodillas.

Aron rompió algo de la distancia que estaba estableciendo entre ambos y, con delicadeza, me tomó la mano.

—No busco nada más que lo que ya me estás dando. Como amiga eres increíble, Serena, pero los amigos no hacen lo que tú y yo hacemos. Ni se sienten como tú y yo nos sentimos. Poner nombre no cambiaría nada entre nosotros, solo confirmaría lo que ambos ya sabemos.

La palabra era la herramienta para dar existencia a las cosas. Si algo no se nombra no existe. Y sin nombre no hay nada a lo que aferrarse, pero tampoco hay nada que se pueda perder. No puede desaparecer algo que nunca ha existido.

Sin embargo, él estaba allí, frente a mí. Más presente que nunca, con su mano aún sosteniendo la mía. Aron era real, él ya tenía nombre y, por lo tanto, ya se había convertido en algo que podía dejar un vacío en mí si se marchaba.

—Yo no soy él, Serena —murmuró.

Retiré mi mano de la suya, como si me hubiera dado un calambre.

—Yo tampoco soy ella —repliqué, con cierto malestar.

Frunció el ceño y miró la mano que yo acababa de alejar.

—Pero estás haciendo exactamente lo mismo.

Noté un pinchazo en el pecho y negué con rapidez.

—No es cierto, Aron, no digas eso.

—¿No? Explícame en qué sentido es distinto.

Di un par de pasos hacia atrás y volvió a reparar en mi gesto.

—Yo no te estoy mintiendo.

Pero eso no era cierto, porque no estaba siendo completamente sincera, y él lo sabía.

—¿No? ¿Estás segura? —insistió con los ojos fijos en los míos.

Era imposible esconderme de él.

Me quedé en silencio, segura de que no había nada que pudiera decir para aliviar aquel momento. Ambos estábamos sujetos por hilos del pasado que no nos permitían ceder ni de un lado ni del otro.

Me volví a acercar a él con lentitud.

—Solo necesito más tiempo —le susurré.

Nuestras miradas se encontraron y deseé que la dureza de sus ojos volviera a ablandarse. Pero no lo hizo.

—Está bien.

—No parece estarlo. —Mi voz tembló.

Aron suspiró, se llevó la mano a la nuca y se quedó callado durante unos segundos. Parecía estar meditando cada palabra, cada acción. Era cuidadoso, yo sabía que por muy enfadado que estuviera nunca lo proyectaría en mí. Incluso cuando yo era la culpable de su decepción. Una vez que tuvo sus pensamientos en orden, con más suavidad, volvió a hablar.

—Me esperaba otra respuesta, solo eso.

—Lo siento.

Me odiaba por no poder darle lo que él quería, me dolía cada minuto que pasaba. Sabía que estaba siendo una cobarde, que ni siquiera estaba escuchándome a mí misma. Creía estar protegiéndome y tan solo me estaba haciendo más daño. Cuando sentí las manos de Aron acariciar mi pelo tuve ganas de llorar.

—No pasa nada.

Su voz salió de forma más dulce y, aunque mi cuerpo se relajó con notoriedad, mis ojos ya estaban empapados.

Noté sus brazos rodeándome y me hundí en su pecho, dejando que el enfado de ambos se fuera disipando.

No sé cuánto rato estuvimos sosteniéndonos el uno al otro, pero quise quedarme allí resguardada durante una eternidad. Sus manos continuaban acariciándome el pelo y besaba mi frente con suavidad cuando notaba que el frío nos golpeaba de nuevo.

Yo era consciente de que aquella conversación le había afectado. Lo conocía lo suficiente para saber que estaba repitiendo nuestras últimas palabras mentalmente, de la misma forma que lo estaba haciendo yo. Analizando el conflicto, revisando el enfado del otro.

Aun así, nada de eso le había impedido hacer una pausa en el conflicto y recoger los pedazos de ambos en el abrazo.

—Lo resolveremos, no te preocupes —me había susurrado, y yo había asentido con los ojos cerrados mientras lo abrazaba con más fuerza.

Deseaba hacerlo. Tener la entereza para dar un paso hacia delante, para dar formalidad a nuestra relación. Para convertirnos en lo que estábamos destinados a ser.

Pero algo en mi pecho continuaba temblando, insistiendo en que aquello solo me pondría al borde del abismo, de nuevo.

Poco a poco nos separamos y retomamos el camino a casa. Fuimos en silencio y sin soltarnos la mano, ambos pensativos. Cuando llegamos a mi puerta, lo observé con delicadeza, notando como la expresión en su rostro se había relajado y solo restaba en él unos ojos comprensivos que parecían querer asegurarse de que todo estaba bien.

—Quédate a dormir —le ofrecí.

Creí que iba a rechazar mi oferta, que iba a preferir estar un tiempo a solas dándole vueltas al enfado anterior, pero no fue así.

Asintió con lentitud y entramos juntos en casa. La única que estaba despierta era Tam, que continuaba estudiando. Nos saludó con la mano cuando pasamos por el salón, y le dije:

—Nos vamos a la cama. ¿Necesitas algo?

—No, gracias. Que descanséis.

Nos despedimos de ella y subimos a la habitación. No tardamos en quitarnos la ropa y meternos en la cama. El silencio entre ambos decía muchas cosas. A veces no necesitábamos hablar para entendernos. Era un silencio amable, no había agresividad de por medio. Era un silencio de descanso que insistía en que todo tendría solución. Creo que ambos confiábamos en ello. Dudaba que Aron supiera lo que significaba que se quedara a dormir conmigo.

Estaba acostumbrada a la frialdad después del conflicto, a la distancia y a la decepción. En cambio, poder dejar todo a un lado para unirnos entre las sábanas y abrazarnos con consuelo calmaba cada uno de mis pensamientos.

—No quiero que pienses que estoy enfadado contigo —dijo Aron en voz baja mientras acariciaba mi espalda.

Alce la mirada para observarlo mejor.

—¿No lo estás? —pregunté.

Negó.

—Por mucho que me gustaría llegar a un acuerdo contigo sobre este tema, no puedo enfadarme porque no quieras lo mismo que yo ahora. Sería egoísta por mi parte hacerlo.

—Y yo no quiero que pienses que no quiero estar contigo.

—Lo sé. No te habría propuesto estar oficialmente juntos si no supiese que una parte de ti también lo quiere. Pero no puedo obligarte a aceptar algo de lo que no estás segura solo para complacerme.

Reconocí que no le faltaba razón, pero solo tenía ganas de disculparme, de pedirle perdón por no poder hacer las cosas a su ritmo, por estar tardando más de la cuenta siempre, por hacerlo esperar una vez más.

—Siento si he utilizado las palabras equivocadas —continuó—. Solo quiero que sepas que estar contigo es lo mejor que me ha pasado en mucho tiempo. Y que yo también temo perderte.

Me notaba los ojos húmedos de nuevo y me quedé estática ante sus palabras. Porque hasta ese momento no se me había ocurrido preguntarme si él también estaría asustado.

Como yo, Aron había pasado por un duelo, y yo había creído que todo estaba siendo más fácil para él que para mí. Me había convencido a mí misma de que, en el caso de que nuestra relación saliera mal, sería yo la que acabaría sufriendo.

Había estado tan enfocada en mi propio dolor que había sido incapaz de preguntarle si él también tenía miedo.

—No me voy a ir a ninguna parte —le prometí con un hilo de voz.

Suspiró y acercó sus labios a los míos para besarlos con una inmensa ternura.

—Yo tampoco, Serena —me susurró.

XXVI

El día que Tam se examinaba no pidió a nadie que la acompañase. Aun así, cuando salió de casa yo ya estaba esperándola junto al coche. Se quedó quieta, mirándome fijamente, y sonreí.

—¿Pensabas que te iba a dejar ir sola? —pregunté.

Tam, aún sorprendida, avanzó hasta llegar a mi lado. Con lentitud me rodeó con sus brazos, y noté como dejaba caer el peso suavemente sobre mí, aliviando la tensión de su cuerpo. Le acaricié la espalda y la sostuve con cariño, hasta que pareció recuperar la fuerza para separarse.

—Gracias —dijo con la voz sentida.

Esos últimos meses Tam había estado estudiando sin parar para aquel examen. Yo sabía que esa noche apenas había podido pegar ojo, se había puesto cinco alarmas con el temor de quedarse dormida y antes de salir de casa había tomado dos cafés seguidos.

Los días anteriores no habíamos hablado mucho con ella, no podía mantener una conversación con normalidad, su nerviosismo casi no le dejaba hacer otra cosa que no fuera estudiar.

Era un día importante, y yo no iba a permitirme no estar allí para ella. Coincidía con que era lunes y la librería no abría, de modo que lo tenía más fácil para acompañarla que Gabi y Emma, quienes habían tenido que quedarse en casa. Habíamos acordado que ellas se encargarían de hacer una cena especial, para celebrar en el caso de que el examen fuera bien o para consolar si se daba lo contrario.

Así que nos montamos en el coche y nos fuimos a Madrid.

Pusimos música tranquila por el camino para calmar los nervios, y traté de olvidarme de que era la primera vez en casi un año que volvía a la ciudad.

—Antes de que lleguemos quiero decirte que eres la mujer más inteligente que conozco y que si hoy el examen no sale bien no significará que seas menos válida o que no te hayas esforzado lo suficiente. Hay cosas que no están bajo tu control. Te admiro y sé que, pase lo que pase, te va a ir genial —dije con seguridad en cada una de las palabras.

Tam suspiró y noté que tenía las manos temblorosas. Me miró y sonrió, asintiendo con la cabeza.

Nunca dejaba ver su vulnerabilidad. Su fragilidad solo podía ser observada si una se quedaba un largo rato mirándola, como cuando se trata de divisar un ave en el cielo. Debes mantenerte en silencio y camuflarte lo suficiente para poder captar el pequeño brillo en su mirada, el imperceptible titubeo o el casi invisible temor. Era difícil lograrlo, pero una vez que llegabas allí era imposible mirar a Tam con otros ojos.

—Gracias. Siempre dices lo que necesito oír —confesó, y aprecié cierta calidez en mi pecho.

Cuando llegamos, acompañé a Tam hasta la entrada. Nos dimos un abrazo largo, y cuando entró en el edificio me quedé esperando hasta la hora que comenzaba el examen. Después, decidí moverme e ir a nuestra antigua cafetería favorita. Allí tenían los mejores rollitos de canela del mundo, y sabía que le haría ilusión poder comerlos al salir.

Una vez que emprendí mi camino, me di la oportunidad de mirar a mi alrededor y reencontrarme con Madrid.

Fui consciente del ruido que me rodeaba, de los edificios que se alzaban ante mí y de todos los recuerdos que existían entre aquellas calles. Percibí cierta presión en el pecho y tomé varias respiraciones antes de empezar a andar.

Yo había huido de ese lugar, queriendo protegerme de un recordatorio constante de lo que se había roto, de lo que creía haber perdido. Me había negado a volver a Madrid durante todos esos meses, creyendo que una vez que pisara la ciudad el dolor me golpearía de nuevo. Nada de eso había sucedido.

No sentía dolor, aunque sí la sensación extraña de reconocer un lugar y ya no encontrarse en él. Era raro verte en cada esquina, recordarte en el pasado, pero saber que ya no es el hogar que te perteneció en algún momento. Aun así, suponía un alivio haber regresado, comprobar que nada catastrófico sucedía.

Aproveché para caminar. Nunca había estado tanto tiempo fuera de Madrid, y resultaba chocante volver y constatar que todo seguía igual. Me sentía una persona completamente distinta, pero allí no parecía haber pasado el tiempo. Recorrí las calles con los ojos muy abiertos, como si quisiera impregnarme de cada detalle. Creía que si me concentraba un poco más quizá podría encontrarme a mí misma en el pasado, caminando con mis amigas en la acera opuesta.

Los sonidos, los olores y cada uno de los edificios me transportaban a una época de mi vida en la que tenía otras aspiraciones, en la que soñaba con un futuro diferente y en la que era incapaz de imaginarme todo lo que sucedería a continuación.

Cuando llegué a la cafetería no pude evitar sonreír. El olor a dulce me asaltó al entrar y en ese mismo instante decidí quedarme a tomar un café. A pesar de lo mucho que adoraba Dirio, apreciaba la sensación de estar en un espacio y ser una desconocida para el resto del mundo. En el pueblo, todos se acababan conociendo. En Madrid, podías ser un fantasma si lo deseabas. Así que disfruté de aquella cita conmigo misma y compré los rollitos de canela.

Perdí por un momento la noción del tiempo y al mirar la hora me di cuenta de que debía volver. A Tam no le quedaba mucho para terminar el examen y yo quería estar allí cuando saliera. Fui consciente de que tardaría mucho menos si cogía el metro, de modo que me dispuse a iniciar mi camino de vuelta.

Corrí hasta la estación y esperé el tren con cierta impaciencia. No quería llegar tarde, e iba con la hora justa. Entré en el vagón y, como no encontré un asiento libre, permanecí de pie junto a la puerta.

—¿Serena?

Mi corazón se paró de inmediato.

Creí haberme quedado sin respiración por unos segundos.

Era una voz que conocía a la perfección, una voz que llevaba meses sin oír, pero que reconocería en cualquier parte. Sabría a quién le pertenecía aunque hubiesen pasado mil años.

Tuve que luchar contra mí misma para no seguir paralizada. Deseé ignorar el ardor depositado en mi pecho, y tomé una temblorosa respiración antes de moverme. Cuando me giré, lentamente, mi mirada se encontró con unos ojos del color de la miel casi igual de sorprendidos que los míos.

—Matías —murmuré, apenas capaz de creer que estaba pronunciando su nombre frente a él después de todos aquellos meses.

Ambos nos miramos fijamente. El tiempo pareció estar en pausa. Dudé si lo estaba viendo de verdad, si aquel Matías era real o acaso mi imaginación había llegado demasiado lejos.

Aunque era imposible no reconocerlo, Matías había cambiado. Tenía el pelo mucho más corto y se había dejado algo de barba. Seguía siendo tan guapo como siempre, pero estaba diferente. Me pregunté si él también me vería distinta, si sería capaz de percibir que ya no era la misma persona que él había conocido.

—¿Qué tal estás? —dijo.

Su voz salió tan natural que tuve que volver a parpadear. Noté la boca seca, el pulso acelerado y no creí poder mantener con él una conversación de aquel tipo. Pero no parecía tener otra opción. El vagón seguía moviéndose, pero yo sentía que no avanzaba.

—Bien, bien. Estoy acompañando a Tam, que tiene hoy el examen de las oposiciones. Me he pasado por la cafetería a la que íbamos, la de los rollitos de canela. Se los estoy llevando ahora y luego volveremos a Dirio. ¿Tú qué tal?

Mucha información. Demasiadas palabras a la vez. Pero no podía evitarlo, igual que no podía apartar los ojos del hombre que tenía enfrente. ¿Acaso no había pasado el tiempo? Era como si esos nueve meses no hubieran existido. Allí estaba él, con esa mirada perspicaz, con esa sonrisa seductora y la presencia calmada que lo caracterizaba. Vaqueros claros, sudadera ancha, una mochila a la espalda. Era el Matías de siempre. Y, al mismo tiempo, un completo extraño.

Lo conocía lo suficiente para saber que había pretendido que mi recuerdo estaba olvidado y que no le había requerido ningún esfuerzo enterrarlo. Continuaba caminando como si nada pudiera rozarlo, como si nada fuera lo suficientemente importante para hundirlo. Quizá por eso al encontrarlo sentí la necesidad de aferrarme a él, para mantenerme unida a la tierra, protegida por una falsa seguridad y un deseo urgente de sentirme cuidada. Quizá pensé que mientras me quedara con él nada podría dañarme. Estaba equivocada.

Habíamos comenzado una conversación como si fuéramos dos conocidos cualquiera, la una frente al otro, como si yo no hubiera creído en algún momento que él era el amor de mi vida, como si Matías no me hubiese roto el corazón en pedazos hacía menos de un año.

A veces había deseado que nos hubiéramos quedado como amigos. Me preguntaba si todo habría sido mejor si él y yo nunca hubiéramos estado juntos.

—Yo bien. Estoy currando en el proyecto audiovisual de un colega… Voy ahora para allá —contestó de forma casual.

—¿Has aplazado lo de irte a recorrer el mundo? —pregunté antes de tener tiempo para pensar lo que iba a decir después.

No me arrepentí.

Matías pareció sorprendido. Una risa áspera salió de sus labios y miró con disimulo la parada a la que acabábamos de llegar. No era la suya, y parecía estar haciéndosele largo el camino. A mí también.

Una vez me dijo que la culpa no existía. Tenía las formas más peculiares a la hora de justificar no sentirse responsable de ninguno de sus actos. No le repliqué entonces, pero la culpa existe y, por mucho que huyas de ella, en algún momento te acaba alcanzando. Al vislumbrar un pequeño brillo de temor en sus ojos me pregunté si aquel había sido el día en el que el remordimiento había conseguido rozarlo.

Volvió a mirarme y mi pecho dio un segundo tumbo. El metro arrancó de nuevo. Quise poder sentarme en algún asiento, pero en vez de eso me agarré a la barra que tenía al lado.

—Me alegra verte bien —dijo, observándome con detenimiento.

Recordé la última vez que nos habíamos visto. Mi llanto desesperado, mis súplicas negando la ruptura, aquel último abrazo. Deseé salir del metro lo antes posible, necesitaba aire.

—Nunca me llamaste, ni siquiera para preguntarme qué tal estaba —respondí, notando como el calor se acumulaba en mi garganta.

Sabía lo que Matías trataba de hacer. Minimizar las consecuencias, ignorar la perdida.

Lo vi tragar saliva, incómodo, y se acercó más a mí para que el resto del vagón no nos oyera.

—Lo siento, Sere. No quería hacerte más daño... Lo hice lo mejor que pude —murmuró.

Durante meses había fantaseado con aquel momento, con encontrarnos, con poder mirarlo a los ojos y decirle todo lo que llevaba acumulando en ese tiempo. Me había imaginado miles de conversaciones entre ambos, algunas tranquilas, otras a gritos; que intercambiábamos palabras llenas de sentido que nos esclarecerían el camino a ambos, que darían sentido a todo el pasado para poder continuar avanzando tranquilos. Pero en ese vagón de metro en el centro de Madrid hablar de todo aquello ya no tenía sentido.

Comprendí, por primera vez, que no había ninguna respuesta por su parte que fuera a aliviar todo el dolor que había experimentado. No había nada que Matías pudiera decir que solucionara el pasado. Y tampoco existía ningún discurso propio que fuese a aliviar mi rabia ni mi tristeza. La realidad me golpeó de pronto y me tambaleé con el movimiento del metro.

Había creído que necesitaba esa conversación para poder sanar, para poder seguir hacia delante. Pensaba que dependía de Matías para cerrar la herida. Pero allí, frente a él, me di cuenta de que no era así. De que la responsabilidad solo recaía en mí. Y en lo que yo hiciera a continuación. Tenía el poder de proseguir con mi viaje o de quedarme estancada entre las vías de aquel tren para siempre.

—Yo también me alegro de verte y de que estés bien —contesté, y el vagón pareció entrar en silencio.

Nos miramos, y reconocí en sus ojos que Matías acababa de entenderlo todo.

No iba a discutir con él, no iba a seguir luchando. Y no porque no me quedaran fuerzas, sino porque no había nada en mí que deseara arreglarlo.

Éramos dos desconocidos en el metro de Madrid. Ya no nos unía nada, tan solo un agridulce pasado que parecíamos tener en común. Él no era aquel fantasma con el que yo había soñado, no era aquel hombre del que me había enamorado.

Siempre quise ver en Matías algo que no existía. Deseé que se convirtiera en alguien que únicamente era posible en mis relatos, en mis cuentos y novelas de romance. Fue egoísta por mi parte exigirle cumplir con un papel que nunca quiso desempeñar. No sabía si tenía derecho a sentirme decepcionada, cuando las expectativas las había creado yo. Matías solo me había seguido el juego hasta que se cansó de las normas.

Había una parte de mí que creía que aquella falsa realidad le gustaba, que, al comienzo, la posibilidad de estar juntos también lo emocionaba. Yo lo había contemplado con los ojos vidriosos de admiración y él se encontró ante un reflejo de sí mismo que pareció gustarle. Era algo nuevo que explorar, algo excitante. Creo que compartimos aquel deseo durante unos delicados segundos.

Todos esos meses había pensado sin pausa en nuestros momentos juntos, en las cosas que dejé pasar, que permití que sucedieran, como si no me rasgaran la piel por dentro. No sé si Matías fue capaz de apreciarlo o estuvo tan ciego que no pudo ver que me deshacía intentándolo. Sostuvo mis sueños entre sus manos hasta que le pesaron demasiado, y entonces decidió dejarlos caer sin ningún tipo de cuidado. Después me tocó recogerlos a mí, uno por uno, hasta encontrar la forma de reunirlos de nuevo. Y ahora, reconstruida, ya no era aquella chica que le había suplicado que la eligiese. Apenas quedaba algo de ella en mí.

Esa verdad dolía, quemaba más de lo que podía confesar en alto. Verlo ahí, tan cerca, y al mismo tiempo sentirlo cada vez más lejos. Mirar aquellos ojos marrones y ya no verme reflejada en ellos, no conseguir llegar al otro lado, solo sentir una pena profunda ante un adiós definitivo.

«¿Cómo hemos llegado aquí?», quería preguntarle.

Pero ambos sabíamos la respuesta. Los dos nos conocíamos de memoria todos los pasos y todas las decisiones que habíamos tomado para encontrarnos un lunes de octubre sin poder reconocernos.

Si un año atrás me hubieran dicho que ese sería nuestro destino, me habría aferrado a Matías con cada parte de mi cuerpo y de mi alma. Pero nadie me había avisado, y tampoco les habría creído.

Supongo que lo nuestro fue tentar a la suerte. Confié en que las cosas pudieran salir bien sin tener una base sólida, sin tomar las precauciones suficientes. Pero yo siempre había sido una chica con suerte, ¿por qué no me iba a funcionar esa vez?

—Esta es mi parada —le oí decir, y comprobé que estábamos llegando al siguiente destino.

No supe qué añadir, no encontraba las palabras que fueran a cerrar aquel momento de una manera correcta, de una forma amable. Tragué saliva cuando noté que el vagón se detenía y las puertas se abrían.

Matías se acercó un poco más a mí y me atreví a mirarlo a los ojos. Su cercanía me era extraña, pero me esforcé por mantenerme en mi sitio. Posó su mano sobre mi hombro cuando se despidió.

—Que te vaya bien.

—Igualmente —contesté.

Aquellas eran nuestras últimas palabras, y supe que no quedaba nada más que decir. Matías me sonrió con cierta tristeza y le devolví la mirada. Después salió y las puertas se cerraron. Yo, con la emoción contenida y los ojos húmedos, sentí que el metro retomaba su camino, dejándolo atrás.

Esa fue la última vez que vi a Matías.

Al cabo de unos minutos me limpié las lágrimas con rapidez y traté de recomponerme. Aún tenía el pulso disparado y las manos temblorosas, pero ya no debía disimular que aquella escena no me había desestabilizado por completo.

Me quedaban cuatro paradas para poner la cabeza en orden, así que dediqué todo ese rato a normalizar mi respiración y recuperarme de una despedida inesperada.

Una vez que llegué a mi destino, me bajé y caminé al encuentro de mi amiga. Me aseguré de que en mi rostro no quedara ni una pista de lo que había sucedido en ese viaje.

Cuando Tam salió, yo ya estaba allí. Todo el ruido de mi mente se convirtió en silencio al ver que se acercaba con una sonrisa.

—¿Qué tal? —pregunté con gran curiosidad cuando llegó junto a mí.

—Creo que bien —contestó con ilusión en la voz.

Las dos nos fundimos en un abrazo y sentí un alivio inmediato al ver a Tam feliz.

—Estaba segura de que lo ibas a hacer perfecto —insistí sin separarnos.

—Bueno, aún no sabemos si conseguiré pasar —dijo.

—Eso es un problema para otro día. Hoy lo único que importa es que has salido satisfecha.

Asintió, y ambas nos miramos sonriendo. Aunque Tam no necesitó fijarse en mis ojos más de dos segundos para preguntarme:

—¿Estás bien?

—¿Qué? Sí, sí, claro. ¡Mira lo que te he traído!

Le enseñé los rollitos de canela y esa fue suficiente distracción.

—¡Te quiero! —dijo emocionada al abrir la caja de dulces.

Reí mientras la veía llevarse uno de ellos a la boca con rapidez.

Cuando nos montamos en el coche, pusimos música a todo volumen. Tam se relajó sobre el asiento y disfrutó del camino de vuelta a Dirio. Las dos cantamos durante todo el viaje, gozamos de las vistas, con la naturaleza de otoño en su máximo esplendor. Nos despedimos de Madrid por las ventanillas, comprobando como la ciudad se quedaba a lo lejos.

Volvíamos a nuestra casa, al lugar que se había convertido en nuestro verdadero hogar. Yo sentía calma en el cuerpo.

Había escrito a Gabi y Emma para avisarlas de que el examen había salido bien, así que cuando llegamos ya estaban preparadas para celebrar. Las dos gritaron con ilusión al vernos aparecer y corrieron a abrazar a Tam.

Esa noche cenamos las cuatro juntas. Disfrutamos de una pasta al pesto que había hecho Emma y tomamos una copa de vino en honor a nuestra amiga. Tam no había dejado de repetir que el hecho de que le hubiera salido bien el examen no significaba nada, pero nosotras habíamos insistido en que tan solo queríamos manifestarle nuestro apoyo por que hubiese llegado hasta allí. El destino era importante, pero el camino siempre era lo más difícil.

Nunca les conté mi encuentro con Matías. No se lo dije a nadie.

De la misma forma que mis conversaciones con el fantasma jamás habían visto la luz, decidí guardarme ese secreto para mí.

XXVII

Salí de casa con el pijama puesto.

Después de la cena Tam había caído redonda, y estaba segura de que no se despertaría hasta la tarde del día siguiente. Gabi y Emma tampoco tardaron en irse cada una a su habitación, y yo, aunque traté de contenerme y esperar a que amaneciera, sentí la urgencia de abandonar aquellas cuatro paredes en aquel preciso instante.

Me puse una sudadera porque sabía que iba a hacer frío y, sin arreglarme apenas, aparecí en la calle. Si tenía suerte, Aron continuaría en el restaurante.

Así que me di prisa, sintiendo la brisa fría destemplar mi cuerpo. Notaba mi pulso acelerado y un nerviosismo creciente a medida que me acercaba a El Jardín. Repetía las palabras que quería decir en mi cabeza una y otra vez. Necesitaba ser clara, directa, todo lo que no había conseguido ser durante aquel tiempo. Era lo mínimo que le debía a Aron.

Fui consciente de que estaba corriendo cuando noté mi respiración agitada y me sorprendí a mí misma frente al restaurante con gran rapidez. También me sorprendí al ver las luces de la cocina apagadas, y entonces caí en la cuenta: era lunes, Aron libraba.

Maldije y saqué mi teléfono mientras cambiaba de dirección e iba hacia su casa. Los pitidos de espera no dejaban de sonar, y deseé con todas mis fuerzas que él todavía no se hubiera ido a dormir.

—¿Serena? —respondió con la voz ronca.

Mi corazón dio un brinco y no tarde en sentirme culpable por haberlo despertado. Pero ya no podía echarme atrás.

—Hola… Necesito hablar. ¿Puedes bajar? —pedí con la respiración entrecortada por la velocidad de mi paso.

—¿Qué ha pasado? ¿Estás bien? —preguntó, algo más despierto y en un tono preocupado.

—Sí, sí. Todo perfecto, pero necesito verte —susurré, dándome cuenta de que estaba hablando demasiado alto para la hora que era.

—Voy —contestó, y la llamada se colgó.

Cuando llegué a su casa, Aron ya estaba en la puerta.

Ambos nos miramos a medida que me acercaba; al ver que los dos estábamos en pijama, no pude evitar sonreír. Eso pareció aliviar el gesto de Aron, y lo abracé nada más llegar junto a él.

Me rodeó con sus brazos de manera firme y cerré los ojos nada más sentir la presencia de sus manos sobre mí. Me acarició el pelo con delicadeza, y me pregunté cómo era posible que, aun sin saber lo que sucedía, Aron tuviera la capacidad de mantenerse en calma y con esa ternura única. A pesar de su expresión preocupada y una inevitable curiosidad, dejó que descansara junto a él el tiempo que yo necesitara.

—¿Te he despertado? —pregunté sin separarme.

—No, no te preocupes.

Supe que estaba mintiendo, pero no insistí.

Me separé con delicadeza para poder mirarlo a los ojos y sentí que había alcanzado la valentía suficiente para ser sincera.

—Quiero estar contigo —afirmé lo bastante alto para que pudiera oírme; para mi propia sorpresa, la voz no me tembló en absoluto.

Aron frunció el ceño y se frotó los ojos, después volvió a mirarme detenidamente.

—¿Qué tratas de decirme?

—Que te quiero... Y que lo siento; estaba asustada, pero siempre he sabido que tú eres la única persona con la que deseo estar —dije con rapidez, tal y como lo tenía organizado en mi cabeza.

Aron parpadeó, asimilando todo lo que acababa de salir de mi boca, y cuando pareció comprenderlo preguntó:

—¿Me quieres?

Inspiré, como si acabara de ser consciente de lo que significaban aquellas palabras.

Lo quería.

No sabía si era demasiado pronto o demasiado tarde.

Desconocía si había un momento perfecto para determinar aquello o una forma concreta de confesarlo. Pero esa era mi verdad, una verdad que me había mantenido aterrorizada, con ganas de huir a cada paso que daba.

Lo quería profundamente y no estaba dispuesta a escapar durante más tiempo.

—Sí, te quiero.

No pude añadir nada más porque Aron se acercó y juntó sus labios con los míos, fundiéndonos en un beso que supe que jamás olvidaría. Sus manos se enroscaron entre los mechones de mi pelo, me acercó más, y le rodeé el cuerpo con los brazos, aferrándome a aquel momento, a él.

Mi inquietud se había transformado en un alivio inmenso. Por fin había dejado salir aquello que llevaba intentando esconder durante meses. Ese día había sido el final y el principio de muchas cosas, pero yo, refugiada entre los brazos de Aron y fundiendo mi boca con la suya, sentía que todo, absolutamente todo, estaba en su lugar.

Cuando se separó, apenas alejó sus labios de los míos. Si hablaba, podía sentirlos rozarse entre sí.

—Yo también te quiero —dijo en voz baja.

Toda mi piel se erizó y me acerqué aún más a él, si eso era posible.

—Dilo otra vez —pedí, y su risa ronca golpeó contra mi piel.

Me sostuvo el rostro y, antes de besarme otra vez, repitió:

—Te quiero.

Era, sin duda, el mejor sonido del mundo.

Los dos nos vimos envueltos de nuevo en un beso, uno en el que celebrábamos haber sido capaces de llegar hasta allí, con nuestros miedos, con un pasado en contra. Lo habíamos logrado. Y aunque sus labios junto a los míos eran el postre más preciado de la carta, se me ocurría una forma mejor de celebrarlo.

—Vente a casa —pedí, tirando un poco de su camiseta.

Aron sonrió, enseñando sus dientes blancos, y echó la vista atrás hacia su casa, con todas las luces apagadas.

—Está bien. Déjame coger algo de ropa y vamos —aceptó, y sonreí complacida.

Nunca le había visto ser tan rápido como cuando entró en su hogar. En apenas unos minutos había metido en una bolsa las cosas que necesitaba y había salido de nuevo, junto a mí.

En el camino de vuelta me rodeó con su brazo y vi que continuaba sonriendo. Con el pelo alborotado y el pijama puesto, parecía un poco más joven de lo que era. No pude evitar sentir ternura ante aquella imagen, que solo me confirmaba que había tomado la decisión correcta.

Entramos en casa de manera silenciosa y, una vez que estuvimos en mi habitación, nos miramos con detenimiento, intentando captar el máximo de la imagen del otro para no olvidarla jamás.

Aron estaba frente a mí, con un brillo peligroso en los ojos. Con los labios entreabiertos y las manos acariciando mi piel, no tardó en deslizar los dedos por debajo de mi camiseta. Permití que lo hiciera, que retirara poco a poco la prenda de mi cuerpo, dejando mi pecho desnudo a la vista. Mis pezones estaban erectos y no era por el frío. Aron pareció deleitarse ante la imagen, pero no consentí que se recreara demasiado.

Mis manos viajaron también al borde de su camiseta y él alzó los brazos para que pudiera quitársela con mayor facilidad. Aun así, tuvo que hacer el movimiento final, porque, a pesar de que me había puesto de puntillas, no llegaba hasta arriba. Ambos reímos.

Acaricié su torso con las yemas de mis dedos y comprobé que su piel reaccionaba a mi contacto. Su respiración se ralentizó cuando llegué al borde del pantalón.

Mirándolo a los ojos, introduje la mano lentamente hasta palpar su dureza, y sonreí al ver como su expresión se descomponía mientras tanto.

—Serena... —gruñó cuando comencé a mover mi mano sin prisa, de arriba abajo.

Quería oírle gemir mi nombre durante el resto de la noche.

Me acerqué más a él, hasta enterrar mi rostro en la cavidad de su cuello, y lo besé sin dejar de mover la mano. Aron jadeó a medida que mi lengua se deslizaba hasta el lóbulo de su oreja. Lo mordí con delicadeza. Sus dedos se aferraron a mi cintura y los hundió en mi piel. Sabía que estaba esforzándose por no lanzarme con rapidez sobre la cama.

Poco a poco trasladé mis besos por sus pectorales, después por su abdomen y, cuando me encontré de rodillas, le bajé despacio los pantalones. Las manos de Aron me acariciaban el pelo, viajaban por mi mejilla, y cuando sus dedos llegaron a mis labios fueron lo primero que introduje en mi boca, dándole un pequeño ejemplo de lo que podía pasar después.

—Joder —le oí decir, y supe que era el momento.

Tomé su miembro entre mis manos y deslicé la lengua por toda su longitud. Un gemido salió de sus labios y noté la propia humedad de mi cuerpo aumentar. Mi boca se movía de arriba abajo y mi lengua jugaba entre los rincones, incidiendo en la punta.

El agarre de su mano en mi pelo se tensó a medida que iba acelerando mis envites. Miré hacia arriba y me encontré con unos ojos llenos de lujuria y unos labios hinchados que me hacían querer sacar más sonidos de ellos.

Continué con más presión y pude sentir el temblor de su cuerpo. No iba a aguantar mucho más, lo sentía a medida que lo saboreaba. Aron era plenamente consciente de eso y no me dejó continuar.

Se apartó con lentitud y yo, aún de rodillas, le sonreí.

—¿Tan rápido te rindes? —pregunté.

Me levantó del suelo casi en un parpadeo. Me encontré a mí misma sobre la cama y reí suavemente cuando las manos de Aron fueron directas a mis pantalones, aún puestos.

—Si me llevas ventaja, deja de ser un juego justo —murmuró sobre mis labios una vez que me encontré completamente desnuda.

Enrosque mis piernas en su cintura, sintiendo como nuestros sexos se rozaban de manera inevitable. Jadeé, ardiendo de deseo.

—No me interesa la justicia en el sexo —contesté,

apretándome más a él. Aron gimió conmigo, y mis dedos se clavaron en su piel mientras le suplicaba—. Te necesito dentro.

Una sonrisa traviesa se deslizó en su rostro y negó con la cabeza, haciendo que mi pulso se acelerara de manera inmediata.

—Ahora me toca a mí.

Antes de que pudiera impedírselo, la lengua de Aron recorrió cada parte de mi ser. Abrí más las piernas al recibirlo y gemí su nombre tan alto que temí que mis amigas me hubieran oído.

Aquello solo pareció incentivarlo, y volvió a sumergir su boca en mí. Sabía exactamente lo que estaba haciendo y dónde depositar la presión. A mí me dolía el cuerpo del placer.

—Dios mío —susurré mientras mi espalda se curvaba.

Una vez que comenzó a introducir sus dedos, era yo la que creía estar en el abismo. Si lo dejaba continuar no podría evitar caer en un profundo orgasmo que todo mi ser pedía con desesperación. Mis piernas temblaron y me mordí el labio para no gemir más alto.

—Aron, vamos, por favor... —supliqué, y con lentitud separó su boca de entre mis piernas.

—¿Tan rápido te rindes? —imitó a medida que subía a mi altura.

Reí con profundidad mientras admiraba aquel rostro ardiente que tenía sobre mí. Con agilidad, se puso el preservativo.

Mis manos viajaron hasta su cuello y enrosqué los

dedos en el cabello de su nuca. No creía haber visto nunca a un hombre tan atractivo. Aron parecía perdido en mi rostro de la misma forma y besó mis labios despacio.

—Pienso hacerte el amor durante el resto de mi vida —dijo, y me derretí entre sus brazos.

—¿Y a qué estás esperando?

Y sin aguardar un segundo más, Aron se introdujo en mí.

Ambos gemimos al notar nuestros cuerpos enlazarse. Lo sentí entero al entrar con cada embestida y me dejé llevar por la plenitud que estaba experimentando. Cerré los ojos y agarré las sábanas entre las manos. Mis piernas estaban completamente abiertas, para él, para cada movimiento de sus caderas contra las mías.

Sus jadeos roncos me amenizaban, me llevaban a otra dimensión de satisfacción. Noté uno de sus dedos situarse en mi clítoris y me revolví ante aquel regalo. Creía poder hundirme en aquella cama, quedarme allí para siempre, envuelta en una nube de complacencia.

Aron aceleró el ritmo y abrí los ojos para encontrarlo alzado ante mí, sosteniendo mis piernas. No quitaba sus ojos chispeantes de mi rostro mientras gruñía de deseo. Todo en mí se volvió más sensible; es inevitable no entregarse a alguien que te mira con aquella devoción.

No tardé en tomar el control. Con delicadeza, me incorporé y lo guie hasta quedar sobre él. Volví a introducir su erección en mí mientras sus manos se aferraban a mis muslos. Los dos gemimos de nuevo ante el impacto. Con las manos en su pecho comencé a moverme sobre él, notando que en cada roce las piernas me temblaban de placer.

El pelo me caía por la espalda, pegándose al sudor de mi piel. En un momento determinado me eché hacia atrás para poder moverme de manera más fluida y noté como él entraba aún más profundo en mí, llenándome por completo.

—Joder... No pares, Serena —le oí decir, y negué con la cabeza.

No pretendía hacerlo.

Continué cabalgando, sin pausa, y eché la cabeza hacía atrás a medida que el placer en mi cuerpo era cada vez mayor. La rapidez de mis movimientos aumentaba la fricción, y supe las consecuencias que eso iba a tener si no paraba. Con lentitud, fui disminuyendo el ritmo, pero noté las manos de Aron sobre mis piernas y lo miré.

—Quiero que llegues sobre mí. Hazlo. No pares —insistió con voz ronca.

Le obedecí y retomé la velocidad anterior, jadeando al experimentar un temblor en todo el cuerpo con la llegada del orgasmo. Como una descarga eléctrica, el clímax se hizo con cada parte de mí. Gemí, entregándome por completo al placer, y Aron me sostuvo entre sus brazos cuando caí sobre él.

Acarició mi pelo y besó con delicadeza mi hombro, hasta que conseguí recuperarme. Luego, con la respiración aún agitada, volvió a moverse con suavidad hasta dejarme sobre el colchón. Me miró a los ojos.

—¿Quieres seguir? —me preguntó, y besé sus labios al instante.

—Por supuesto que sí —murmuré, y alcé de nuevo las caderas, sintiéndolo aún en mi interior.

Aron jadeó, y mi cuerpo, todavía sensible por el orgasmo anterior, lo sintió con mayor fuerza. Con un brazo a cada lado de mi cabeza, volvió a embestir, esa vez con calma, como si quisiera disfrutar de aquello el mayor tiempo posible.

Me enredé en su cuerpo y lo acompañé en cada movimiento. Disfruté de cada roce, cada golpe, con nuestras frentes juntas y mis uñas acariciando su espalda. Él no tardó en aumentar el ritmo.

Se hundió más profundamente, y supe que no le quedaba mucho, así que apreté mis paredes a su alrededor. Ambos gemimos, y las embestidas de Aron se volvieron más rápidas y fluidas. Nuestras respiraciones, agitadas, se unieron y vi sus ojos cerrarse mientras todo él se agitaba. Y entonces, con un fuerte gemido, llegó al orgasmo.

Me embelesó su rostro, lleno de placer al recibirlo. Vi su cuerpo tensarse y después caer un poco más sobre mí, tratando de recomponerse con rapidez. Lo abracé, tal y como había hecho él antes conmigo, y sentí el calor entre mis piernas cuando salió de mí.

Suspiré y nos besamos con delicadeza, sabiendo que aquel había sido el mejor sexo que habíamos tenido.

—¿Estás bien? —murmuró, aún con la respiración entrecortada.

—Estoy mejor que nunca —respondí acariciando su mejilla con ternura.

Me dio un beso en la frente antes de levantarse, y suspiré otra vez, aún sobre la cama. Me sentía exhausta, pero completa. En todos los sentidos. Sonreí mientras lo miraba.

—Voy a por agua —dijo mientras se ponía unos pantalones, y asentí, viéndolo salir por la puerta.

Cuando volvió, ya me había puesto el pijama y me había recogido el pelo. Estaba acalorada, y acepté el vaso cuando Aron me lo ofreció. Se sentó junto a mí, observándome.

—¿Así que es oficial? ¿Estamos juntos? —me preguntó en voz baja, como si quisiera ser precavido con la decisión.

Le sonreí, tomé su mano llena de anillos y, asintiendo, confirmé:

—Estamos juntos.

XXVIII

Cuando era pequeña me gustaba soñar con príncipes azules que vendrían a mi rescate. Ser raptada, encerrada en una torre y que algún hombre con armadura me sacara por la ventana me parecía extrañamente romántico. A decir verdad, quizá había algo de todo eso que continuaba pareciéndome atractivo, especialmente lo de la armadura.

Adoraba quedarme hasta tarde sobre la cama imaginando miles de escenas de amor y me dormía exhausta con la esperanza de conocer al indicado algún día. A veces soñaba con él y experimentaba un enamoramiento breve que me hacía levantarme con el pulso acelerado y el cuerpo ardiendo en llamas.

Hacía listas completas de todas las características que me gustaría que tuviera mi hombre perfecto: divertido, inteligente, cariñoso, generoso... A pesar de tener tan solo doce años, era una lista bastante completa. Aún la tenía guardada, y al revisarla me solía entrar la risa.

Había imaginado que con hacerse mayor vendría incorporado aquel gran amor. Estaba segura de que en cuanto creciera ese hombre perfectamente diseñado me recibiría entre sus brazos y me diría al oído que me amaba. Y lo más importante: lo diría de verdad. No comprendía una vida en la que aquello no llegara a sucederme.

Siempre había sido una soñadora. Buena parte del tiempo mi cabeza no estaba en el mismo sitio que mi cuerpo. Tenía una gran facilidad para viajar a otros mundos y desaparecer un rato. Mi mayor afición era ponerme música y crear escenarios ficticios, uno tras otro, durante horas. Mi imaginación era un refugio y, por lo tanto, me había costado mucho enfrentarme al mundo real.

La realidad me resultaba, la mayor parte de las veces, aburrida. No encontraba demasiada emoción en lo que me rodeaba; en mis fantasías todo era mucho más conmovedor. Aunque sí era verdad que existía cierto peligro en volverme adicta a mis propias creaciones y quedarme a vivir en ellas para siempre. Quizá ese era el temor de quienes me rodeaban.

Con el tiempo, había encontrado un equilibrio entre mi mundo interior y el mundo externo. Había experimentado la decepción que suponía, en algunas ocasiones, que las cosas no sucedieran tal y como yo lo deseaba. Y también había disfrutado de las sorpresas que la realidad me ofrecía, que me regalaba situaciones que no habría sido capaz de recrear en mis mejores sueños.

Cuando fui creciendo, mientras alimentaba mi pasión por el amor romántico con películas y cuentos, también comencé a escribir. En el instituto era en lo único que destacaba; el deporte y las matemáticas no eran exactamente mi fuerte. Pero en cuanto nos pedían que redactásemos algo mi mente volaba. Era capaz de contar historias, escribir ensayos o inventar poemas con gran facilidad. Siempre me llevaba una felicitación por parte de los profesores, que me impulsaban a continuar.

Fueron aquellos relatos, para los que de niña había pasado tardes enteras desarrollando tramas y creando personajes, los que me animé a revisar una vez que quise volver a escribir. Tenía claro que deseaba contar historias de nuevo, pero había perdido todas mis ideas por el camino y no sabía por dónde empezar. Mis fantasías se habían reducido a un fantasma concreto y, de pronto, parecía no ser capaz de inventar nada más.

Había tenido que sentarme y sacar todo lo que había guardado durante años en cajones. Quizá, entre todas esas páginas, había algo que mereciera la pena rescatar. Y, en efecto, no tardé en encontrarlo.

Allí, en papeles arrugados y viejos, llegué al inicio de mi propio libro.

Tenía mi historia. Lo supe en cuanto lo leí.

Ni siquiera recordaba haber escrito aquello, pero era mi letra y sabía, en el fondo, que aquel borrador no pertenecía a nadie más. Me era común limitarme a iniciar las historias. Cuando me sentía inspirada escribía los mejores comienzos, introducciones que daban pie a posibles grandes cuentos que, después, no era capaz de terminar.

Agradecí a mi yo del pasado y me guardé aquel papel como oro en paño, teniendo el presentimiento de que aquel pequeño relato sería el principio de algo muy especial. Y la historia fluyó en silencio.

Escribí sobre Matilde, una mujer alemana con una vida llena de secretos, entre ellos, un gran amor. Y no tardé en enamorarme de ella.

Mientras indagaba en la narración, me vi reflejada al otro lado del libro. Como un espejo, Matilde se convirtió en el lienzo perfecto para narrar mis propios secretos. Me enfrenté sobre el papel a mis propios conflictos y contradicciones. Las palabras daban sentido a mis pensamientos más íntimos y, a veces, llegaba a sorprenderme con el resultado final.

Matilde era un personaje complejo, con diferentes texturas, con matices delicados y unas emociones fuertes. Había procurado encontrar un equilibrio entre todas las etapas de su vida, aunque después de tratar por todos los medios de no recrearme en la soledad de mi personaje descubrí que había algo tremendamente adictivo en indagar en aquella pesadumbre que parecía acompañarla.

—¿Por qué crees que es eso? —me preguntó Aron cuando se lo conté.

—Me parece que encuentro cosas más interesantes sobre las que reflexionar dentro de la tristeza y la melancolía —confesé, sentada junto a él en el sofá y con una película de fondo que llevábamos un rato sin mirar.

—No me sorprende, la melancolía suele llevar más a la introspección. Supongo que es inevitable que inspire a la creación de algo más emocional —añadió.

Sonreí y continúe jugueteando con sus anillos de plata.

—¿No piensas que es porque soy una persona triste? —pregunté, y él rio de forma inmediata.

—Lo eres todo menos una persona triste —contestó, y no pude evitar besarlo.

Me quedaba algunas noches desvelada, escribiendo sobre la cama con tan solo un par de velas encendidas. Las horas pasaban con tanta rapidez que alguna vez me vi atrapada por el amanecer. Me iba a la librería con los ojos muy abiertos y un gran termo de café para todo el día.

Gloria venía de vez en cuando para asegurarse de que no estaba dejando mi promesa atrás. Aquella era la historia que iba a intercambiar por la librería, y eso no era fácil de olvidar.

«¿Qué tal va mi querida alemana?», me preguntaba. «Viva todavía», solía responderle, y con eso le valía.

No me pidió leer más. A pesar de haber descubierto gran parte de la historia, parecía que ella misma también se estaba reservando para el final.

Desde que los ojos de Gloria habían estado puestos sobre la historia, yo había releído todo varias veces. Sentía cierta presión, porque quería que le gustara, que estuviera orgullosa. Quizá era una expectativa demasiado grande, pero no quería decepcionarla. No quería decepcionar a nadie.

Repetía y repetía las frases en mi cabeza. Cuando estaba sola, las leía en voz alta para asegurarme de que todo tenía sentido. Por primera vez en mucho tiempo, estaba tomándome la escritura en serio. Había hecho un pacto conmigo misma y no pensaba romperlo.

Un día, Emma había venido a mi habitación y se había tumbado en mi cama mientras me veía escribir.

—¿Te acuerdas de cuando éramos pequeñas y tú llevabas siempre ese cuadernito pequeño en el que escribías durante los recreos? —preguntó en voz baja.

Gabi y Tam ya estaban durmiendo. Emma se había tomado tres cafés y esa era la única razón por la que estaba aguantando despierta aquel día.

—Claro que me acuerdo —contesté sonriendo.

Era un cuaderno que me había regalado Ágata por mi cumpleaños. A mí me había parecido mágico desde el primer momento. «Para que dejes salir todo lo que tienes aquí dentro», me había dicho mientras daba toquecitos tiernos en mi frente.

—El otro día me vino a la cabeza aquella vez que un niño te lo robó y nosotras lo perseguimos por todo el patio hasta que logramos quitárselo de las manos —murmuró mi amiga.

Yo recordaba perfectamente aquel momento. Me había quedado llorando en una esquina mientras ellas peleaban por recuperar mi objeto más preciado. Entonces apenas lo había valorado. Luego, con el tiempo, se convirtió en uno de mis recuerdos favoritos.

—Sigo teniendo ese cuaderno, ¿sabes? —le dije.

Emma sonrió.

—Nunca te pedimos que nos lo enseñaras, pero siempre deseé que en algún momento lo hicieras. Lo cuidabas tanto que sabía que ahí dentro tenía que haber algo muy especial —añadió.

Sorprendida por aquella confesión, la observé detenidamente. Después, no dude en levantarme e ir directa a mis cajones. Tras un par de minutos rebuscando, lo encontré. Allí estaba, mi pequeño tesoro.

—¡No me lo puedo creer! —exclamó Emma, incorporándose un poco cuando dejé caer el pequeño cuaderno de cuero marrón oscuro sobre la cama.

—Si me hubieras pedido que te lo enseñara, lo habría hecho —le dije, y sonreí al ver cómo, con sumo cuidado, lo tomaba entre sus dedos.

Emma acarició el objeto como si de una joya se tratara y acto seguido, muy lentamente, abrió las páginas. Allí tenía escritas diferentes historias, anécdotas con mis amigas, palabras de mis padres, listas de diferentes cosas y algún dibujo hecho con lápiz.

—Esto es increíble. Tienes guardada toda tu infancia —susurró con los ojos brillantes mientras pasaba las hojas.

Sonreí. Nunca lo había visto así, pero era cierto. En ese pequeño cuaderno estaba todo lo que a mí me había parecido importante. Había narrado en frases cortas mis primeros pensamientos, sucesos y detalles, que no sería capaz de recordar de otra forma. Contemplar a Emma valorarlo con tanta dulzura me hizo querer compartir algo más, y miré el borrador de mi libro sobre la cama.

—¿Te gustaría leer un poco de mi historia? —pregunté casi con timidez.

Sus ojos claros se posaron en mí de inmediato.

—No sabes cuánto —confesó.

Y aquella noche una persona más conoció a Matilde. Esta se convirtió en mi gran compañera. Durante meses, iba conmigo a todas partes, conversábamos en silencio y, por las noches, nos hacíamos confesiones mutuamente. Ella me contaba su pasión por viajar, su sed de independencia y sus ganas de vivir. Me hablaba de Alemania, de su hogar lejano y de todos sus recuerdos mientras vivía allí.

También me habló de Rot. Lo conoció de pequeña jugando en la calle delante de su casa. Se volvieron inseparables nada más presentarse y crecieron de la mano, cuidándose el uno al otro. Todo lo que Matilde sabía del amor lo había aprendido gracias a él. A los veinticinco, Rot había enfermado y había prometido a su mejor amiga que cuando falleciese volvería a verla en forma de petirrojo. Y así fue.

Los recuerdos de Matilde tenían vida propia sobre el papel. A veces sentía que no era yo la que escribía, que ella había tomado mi cuerpo prestado para poder contar su historia. Y le permitía actuar, que mis palabras fueran las suyas. Una de aquellas noches de desvelo me dejé llevar por esa voz interna. Escribí sin parar, durante horas, y cuando el sol acarició mi rostro somnoliento el libro estaba acabado.

Al poner el punto final me levanté de un brinco. Me vestí a gran velocidad, me recogí en un moño el pelo enmarañado y, sin molestarme en lavarme la cara, salí de casa.

Corrí por Dirio como si mi vida dependiera de ello, sin despegar de mi pecho todas las páginas escritas. Deseaba que aquel borrador llegara intacto.

Tan solo cuando alcancé mi destino fui consciente de

la hora que era: las seis de la mañana. Dudé entonces si llamar a la puerta. Miré a mi alrededor, comprobando que todas las calles aún se encontraban vacías y los primeros rayos de sol las teñía de una luz dorada. Suspiré, sintiendo la brisa, cada vez más invernal, refrescar mi cara. Y noté como el cansancio, poco a poco, iba alimentando mi cuerpo.

Suspiré de nuevo y volví a pensarlo. Después me arriesgué. Con los nudillos golpeé suavemente la puerta y esperé. Tan solo tuve que mantenerme allí durante unos minutos, porque Gloria, con su taza de café entre las manos, no tardó en abrirme. Nada más verme, observando mis ojos cansados y el borrador entre mis manos, sonrió. Yo, agotada, le correspondí.

—Lo he acabado.

—Sabía que lo harías —dijo, y se acercó más a mí.

Permití que tomara aquellas páginas entre sus sabias manos. Después de observarlas durante unos segundos, me miró otra vez.

—Acabo de hacer el desayuno. Entra, me parece que necesitas una buena taza de café —me dijo, y reí, aceptando su invitación.

XXIX

—¿Cuándo te diste cuenta de que estabas enamorada? —le había preguntado una noche a Emma mientras cenábamos.

—Estábamos comiendo con sus padres y David me pasó el brazo por los hombros. Ahí, en ese momento, lo supe —contestó Emma, emocionada.

Tam y yo nos miramos con diversión.

—¿Y por qué en ese momento exactamente? —preguntó Gabi, algo escéptica.

—No lo sé, me pareció un gesto tierno. Y significó mucho que lo hiciera delante de sus padres, como si reafirmara lo nuestro ante las personas más importantes para él —explicó.

—Pero no te diste cuenta por su gesto, sino por cómo te sentiste tú al respecto —añadió Tam, tratando de profundizar en el tema.

—¿A qué te refieres? —preguntó Emma con el ceño fruncido.

—Me refiero a que no era la primera vez que David hacía algo así, ¿no? —Emma negó con la cabeza, dando permiso a Tam para proseguir—. No supiste que estabas enamorada porque David te pasara el brazo por los hombros delante de sus padres. Supiste que estabas enamorada porque tu cuerpo tuvo una reacción que te hizo ser consciente de que sentías más por él que antes. Es decir, que daba igual el gesto que hiciera David, porque en algún momento habrías acabado llegando a la misma conclusión.

—Tam, eres la persona menos romántica que conozco —concluyó Emma, y las demás reímos.

«Hay un momento en que simplemente lo sabes», había oído a menudo.

Comprendía a lo que Tam se refería. No se trataba de un acto en particular, sino de un instante en el que tu mente te recordaba cuánto amabas a la otra persona. Era como una descarga de energía que te sacudía con tanta fuerza que te hacía imposible no detectar que algo grande y difícil de ignorar estaba sucediendo dentro de ti.

Con Matías no había experimentado un momento de realización así. No recordaba haber tenido una experiencia concreta que me hubiese hecho dar cuenta de lo mucho que lo quería. En un abrir y cerrar de ojos me había atrapado una obsesión hipnótica de la que no me consideré capaz de escapar. Matías me había hecho creer que el día de la muerte de Telmo fue su momento de realización, pero después de las últimas palabras durante nuestra ruptura sabía que todo había sido parte de una ilusión.

Con Aron, en cambio, todo había sido diferente.

Gloria me había dado las llaves de la librería. Por supuesto, era un gesto simbólico, pero ya habíamos empezado el proceso para poner la tienda a mi nombre. Yo estaba emocionada. A pesar de que Gloria había insistido en que ese espacio ya me pertenecía, yo no terminaba de asimilar que sería mío para siempre. Sus hijos me habían dado las gracias; consideraban que era la forma perfecta para conseguir que Gloria descansara y dejara de preocuparse por el negocio. Y desde que habíamos hecho oficial el pacto, ella apenas había vuelto por allí. Había decidido centrarse en sus hijos, sus nietos y en su propio reposo. Yo estaba feliz si ella estaba feliz.

—¿Sabes lo que deberías hacer? —me había dicho Aron un día.

—¿El qué?

—Deberías reorganizar la librería. Llevas tiempo comentando que quieres cambiar la disposición de algunas cosas. Creo que ahora es el momento perfecto para hacerlo. De esta forma, también te vas a sentir más dueña del lugar, créeme. Yo lo hice con la cocina cuando mis padres nos dieron el restaurante.

Lo pensé. Era cierto que, después de trabajar allí durante un año, había llegado a la conclusión de que con algunos cambios el espacio podría ser más abierto y luminoso, lo que haría que fuese más fácil acceder a ciertos libros. Me había sentido en conflicto a la hora de modificar algunas cosas por respeto a Gloria, pero era consciente de que a ella no le importaría y que por mucho que moviese los muebles su esencia continuaría allí para siempre.

—Es buena idea, pero es mucho trabajo... Intentaré

hacerlo la semana que viene. Se acerca diciembre y la gente empezará a venir para Navidad, así que debería darme prisa —comenté.

—¿Por qué no lo hacemos este lunes? Yo te ayudo —contestó Aron, y lo miré con rapidez.

—¿De verdad?

—Claro —insistió, como si fuera evidente.

Y lo hizo. El lunes siguiente, ambos nos pusimos a ordenar la librería. Fue un trabajo costoso, la cantidad de libros que había allí hizo el proceso mucho más lento. Tan solo para recolocarlos tardamos horas. También movimos las estanterías. Lo limpiamos todo a fondo, sin dejar ni un rincón, y, viendo el resultado, era innegable que aquel lugar lo necesitaba.

Mientras habíamos estado poniendo orden yo le había ido hablando de cada libro que ponía en su sitio, de los que me gustaban y de los que no, de los que le recomendaba y de mis favoritos. Le daba todas las razones, y él me prestaba mucha atención. Me hacía preguntas y asentía con rapidez para asegurarme que me estaba escuchando.

—¿Y qué piensas de este? —me sondeó al ver una portada interesante.

—No me los he leído todos, Aron —le recordé riendo, y sonrió.

Comencé a mover un mueble que quería sacar de la librería. Era viejo y no era demasiado funcional, así que no le iba a dar más uso.

—¡Me has hablado de veinte libros seguidos! Es inevitable pensar que te has leído hasta el último —insistió—. Cuidado moviendo eso, Serena, está mal colocado.

Para cuando Aron terminó la frase, el mueble ya se me había resbalado de las manos, cayendo sobre parte de mi pie. Me fui al suelo al intentar evitarlo, y no hice más que provocar que la pierna se me quedara atrapada bajo el mueble.

Sentí el dolor a los segundos de recibir el impacto.

—Mierda —oí que decía Aron mientras se levantaba con rapidez y venía hacia mí.

A una gran velocidad, Aron levantó el mueble, liberándome la pierna. Me la sostuve entre las manos, notando una punzada al articularla. Gemí casi sin darme cuenta y él se agachó junto a mí.

—¿Estás bien? ¿Te has hecho daño? —murmuró mientras revisaba mi pierna y después me miraba a los ojos.

Con delicadeza, retiró un par de mechones de mi rostro y suspiré.

—Sí, sí, estoy bien. Ha sido solo el susto —jadeé.

—Sere, estás llorando —susurró con cierta ternura.

Yo no había sido consciente de que había dejado de contener las lágrimas y estas estaban resbalando por mis mejillas. Avergonzada, traté de secarlas de inmediato, pero solo podía llorar más.

—Te prometo que estoy bien. ¡No sé por qué lloro! —sollocé, y reí al mismo tiempo.

El dolor ya se estaba calmando, mi pulso se había regulado, pero no podía dejar de llorar. Aron, en cuanto se aseguró de que estaba bien, me acunó la cara y besó mi frente. Sollocé con más fuerza ante su delicadeza.

—No pasa nada. Están siendo días de muchas emociones juntas —dijo con dulzura y una suave sonrisa en los labios.

Yo, con los ojos empañados por las lágrimas, asentí con fuerza. Noté que él me tomaba entre sus brazos y me permití acurrucarme en su pecho. Agradecí el calor de su cuerpo, la sobrecogedora sensación de su cuidado. No había juicio ni muecas, tan solo una comprensión natural entre los dos. Me sostuvo mientras me permitía soltarlo todo.

Con el final del libro y el traspaso de la tienda, mis emociones estaban a flor de piel. Tenía mucha tensión acumulada, y parecía que mi cuerpo había decidido liberarla de golpe en aquel momento. Aron se mantuvo allí, firme, todo el tiempo. Acariciaba mi pelo mientras yo, poco a poco, iba tranquilizándome.

—¿Mejor? —me preguntó cuando conseguí regular la respiración y las lágrimas dejaron de salir.

—Mucho mejor.

Suspiré y levanté un poco la mirada para observarlo.

Mis ojos marrones chocaron con el azul mar de los suyos, y lo supe. Ese fue mi momento. Estaba enamorada de él. Sus labios rozaron los míos con suavidad, y acepté aquel beso como un sello de algo que deseaba que durase para siempre.

Pocos días después, mientras lo ayudaba a cerrar el restaurante, le dije:

—Quiero que conozcas a mis padres.

Aron dejó lo que estaba haciendo de inmediato y me miró fijamente. Yo sabía que por su relación anterior aquella decisión era aún más significativa. Pero estaba segura, quería que mis padres lo conocieran y deseaba que él también entrara en contacto con esa parte de mí.

—¿De verdad? —me preguntó.

—De verdad.

Me resultó evidente que era incapaz de contener su ilusión cuando una sonrisa se le deslizó en el rostro, y reí con ternura al verlo. No tardé en avisar a mis padres y, pocos días después, fuimos juntos a Madrid.

El encuentro fue mejor de lo que habría podido imaginar. Aron se mostró tan educado como siempre, y mis padres parecían satisfechos con cada una de sus respuestas. Tenía claro que ellos no exigían demasiado, siempre me habían hecho saber que lo más importante era que yo estuviese feliz. En realidad, a pesar de que nunca me lo habían dicho, era consciente de que Matías les encantaba. Él sabía cómo conquistar a la gente de su entorno, y se había ganado a mis padres con su sentido del humor y su atractivo. Yo había notado cierta decepción en mi madre cuando le conté por teléfono que nuestra relación se había acabado, pero ella solo me había asegurado que encontraría a alguien mejor.

Y así había sido. Notaba que me miraba de reojo con una sonrisa en el rostro, y supe que ambas estábamos de acuerdo.

Aron les habló del restaurante, de sus planes de futuro y de Dirio de manera más cercana. Mis padres me habían visitado varias veces, y aunque seguían extrañados ante la idea de que hubiéramos decidido vivir en la sierra, no habían tratado de impedírnoslo. Supe que después de escucharlo hablar del pueblo iban a mirar Dirio con otros ojos, quizá comprendiendo por qué yo quería quedarme allí.

Cuando nos despedimos, mi madre insistió en que fuera más a menudo a verlos y le prometí que lo haría. Ahora, bajar a Madrid había dejado de ser un temor, así que no había nada que me impidiera visitarlos con mayor frecuencia.

—¿Qué tal lo he hecho? —preguntó Aron nada más entrar en el coche.

Reí, sin poder evitarlo.

—Créeme, no tienes nada de lo que preocuparte —confesé.

Se mordió el labio. Después se acomodó en el asiento, satisfecho.

—Gracias por invitarme, ya sabes que para mí es…, bueno…, importante —murmuró, mirando fijamente la carretera.

Quité una mano del volante para tomar la suya un instante y entrelazamos los dedos.

—Es importante para mí también, así que gracias por venir —contesté.

Yo tampoco tardé en conocer a su familia. Comimos todos juntos un día en El Jardín. Sabía que Aron había hecho mis platos favoritos para intentar calmar mis nervios, y se lo agradecía. Aun así, mientras nos sentábamos todos alrededor de la mesa mi pulso estaba disparado.

—¿Una copita de vino, Serena? —me ofreció Leo con una sonrisa divertida en el rostro.

Aron le quitó la botella de la mano y lo fulminó con la mirada mientras me servía.

—No seas capullo —le murmuró, y esbocé una sonrisa.

—Está celoso porque tiene veintiocho y sigue soltero —dijo la hermana pequeña de ambos, Vera.

Aron y yo contuvimos la risa, y Leo pellizcó a la adolescente de diecisiete años con rapidez.

—Serena, cariño, que no te molesten con sus tonterías —dijo la madre de Aron desde el otro lado de la mesa, y compartió una sonrisa amable conmigo.

Su padre también me sonrió, y sentí como mi cuerpo se relajaba poco a poco.

La conversación fluyó con normalidad, toda la familia me lo puso muy fácil para que pudiera sentirme cómoda. Y, en un momento determinado, Aron pasó su brazo por encima de mis hombros y comprendí a Emma más que nunca. Miré a mi novio de reojo y me permití sonreír ante aquel gesto.

—¿Sabes que a Vera le gustaría trabajar en una librería, como tú? —me preguntó Aron, haciendo un puente entre su hermana y yo.

Observé a Vera con ilusión y ella, avergonzada, asintió.

—Ya me dijo tu hermano que eres una amante de los libros. He visto los que has comprado en la librería, tienes muy buen gusto —le dije con una sonrisa.

—Aron me ha contado que has escrito un libro —contestó con un brillo de curiosidad en la mirada.

Reconocería aquel resplandor allá donde fuera, porque en algún momento también había sido mío.

—Así es. ¿Te gustaría leerlo? —le pregunté, y ella asintió con rapidez. Reí suavemente, también con cierta emoción—. Pásate esta semana por la librería, si quieres, y trabajaremos juntas un rato. Aunque tengo que confesarte que, más que cara de librera, te veo cara de escritora.

Todo el rostro de Vera se iluminó con una ilusión tan visible que supe que había dado en el clavo. Aquella era otra escritora oculta; entre nosotras nos reconocíamos desde lejos. Le guiñé un ojo y ella solo tuvo que devolverme la sonrisa. Ambas nos habíamos entendido a la perfección.

Aron nos había observado con disimulo, y cuando acabó nuestra interacción lo miré.

—¿Qué pasa? —le pregunté en voz baja mientras le veía sonreír.

—Que estoy enamorado de ti —me contestó cuando solo yo podía oírlo.

Todo mi cuerpo vibró ante sus palabras, y lo miré, procesando lo que acababa de escuchar. En ese momento él también pareció ser consciente del impacto que tenían y me cogió la mano con firmeza. Tomé una larga respiración y sonreí emocionada.

—Y yo de ti.

Ese era el amor con el que había soñado desde pequeña. Cuando cerraba los ojos en la noche y creaba en mi cabeza futuras historias, aquello era con lo que acababa soñando: un amor en calma, un amor seguro.

No existía el miedo persistente, la preocupación desmesurada de un futuro incierto, el temor constante a que

Aron pudiera marcharse en cualquier momento. Por una parte, sabía que estaba junto a una persona que no sería capaz de convertirse en un fantasma de aquella manera. Y también tenía la seguridad en mí misma de que, incluso si nuestra relación no funcionaba, yo estaría bien.

Estaba segura de que aquella era la fórmula perfecta: la mezcla entre una seguridad interna conmigo misma y la elección de la persona indicada. No sabía cómo evolucionaría nuestra relación, pero sí sabía que todo iría bien. Y Aron me lo reafirmaba cada día.

—¿No te da miedo? —le había preguntado aquella noche cuando ambos estábamos en la cama tumbados, a punto de dormirnos.

—¿El qué?

—Estar enamorado.

Se removió y me tomó por la cintura hasta moverme lo suficiente para que ambos nos quedáramos cara a cara.

—No —dijo con rotundidad—. Me dan miedo muchas cosas: que les pase algo a mis padres, que mi hermano haga algo imprudente, que mi hermana no sea feliz… o perderte. Pero enamorarme solo hace que me sienta afortunado. No hay nada de lo que siento por ti que me provoque temor.

Lo dijo con tanta seguridad que me fue imposible dudar de su palabra.

—Qué sexy eres cuando te pones tan romántico —susurré con una sonrisa traviesa.

Su risa vibró por la habitación, y me acerqué más a él, lo rodeé con mis brazos. Lo abracé con toda la fuerza que tenía en el cuerpo y, después, cerré los ojos y me dejé llevar por un sueño profundo.

Ahora podía dormir tranquila; mis fantasías ya no tenían poder. La realidad me había demostrado que podía ofrecerme algo mejor, algo que poder palpar con mis propias manos, que me hiciera sentir que la vida era emocionante, algo real.

Aferrada al presente, había sido consciente de todo lo que me había perdido por no querer mirar a mi alrededor, de los tesoros escondidos en los rincones, tan solo perceptibles si dedicabas un tiempo a observar, detenidamente, hasta encontrarlos.

XXX

Dirio era un lugar mágico en Navidad. La época más fría del año había llegado, y después de varios días de tormenta el pueblo se había cubierto de nieve.

Hacía mucho que no veía todo pintado de blanco de aquella manera. En Madrid no solía nevar y, aunque al parecer ese año habían caído un par de copos en la ciudad, no era nada en comparación con la nevada que habíamos tenido allí.

Debido a la tormenta nos habíamos pasado varios días sin apenas poder salir de casa. Los negocios se habían mantenido cerrados, incluidos la librería y El Jardín. Tampoco había podido ver a Aron, ya que decidimos que era lo más seguro hasta que el temporal se calmase.

Por desgracia, la nieve había obstaculizado las carreteras, y cuando llegó el día de Nochebuena a las chicas y a mí nos fue imposible ir a Madrid con nuestras respectivas familias. «Mamá, ¿y qué quieres que haga? ¿Que me coja un avión? Ya has visto las noticias, es imposible bajar», oí a Gabi desde el otro lado de la puerta.

Dadas las circunstancias, habíamos decidido tener una cena especial. A pesar de no ser nuestra manera tradicional de pasar esa noche, no íbamos a quedarnos sin celebrar la Navidad. Así que cada una nos encargamos de cocinar un plato diferente. Yo elegí hacer la receta de tarta de zanahoria que me había enseñado Aron.

Durante la tarde, la cocina se llenó de diferentes olores, risas, villancicos de fondo y de cuatro chicas tratando de sacar adelante su primera cena de Nochebuena. Sin duda, fue una escena digna de ver, especialmente cuando Gabi intentaba ayudar torpemente a cualquiera de nosotras. Al final, como a una niña pequeña, le habíamos pedido que fuera poniendo la mesa.

La cena fue diferente a todas las demás. Había cierta magia en estar allí todas reunidas, viviendo la Navidad de una forma completamente distinta a los otros años. Nos habíamos vestido de forma elegante y habíamos puesto copas y velas sobre la mesa. Mientras manteníamos una larga conversación, aquella casa se sentía más un hogar que nunca.

—Podríamos hacer esto todos los años —propuso Emma.

Reparé en que, con gran disimulo, Tam y Gabi compartían una mirada fugaz, pero no le di importancia.

—No tiene que ser el mismo día de Navidad, podemos hacerlo cualquier día —propuso Tam, y asentí.

—Me parece perfecto. Además, viviendo juntas no hace falta demasiada planificación —añadí.

Gabi y Tam volvieron a mirarse. Fruncí el ceño.

—¿Qué os pasa a vosotras dos? —no pude evitar preguntar, y Emma, sorprendida, también dirigió una mirada curiosa a nuestras amigas.

—¡Nada, nada! —exclamó Gabi con rapidez.

Tam puso los ojos en blanco y se acomodó en su silla, para después mirarnos a todas.

—Gabi y yo tenemos algo que deciros —murmuró Tam con cierta seriedad.

Gabi suspiró sin ganas. Emma se puso tensa al segundo y yo me incliné hacia delante, con el mismo nivel de curiosidad y de preocupación.

—No sé si quiero oírlo —dijo la rubia, adicta a evitar cualquier tipo de conflicto.

—Tam ha aprobado las oposiciones —interrumpió Gabi.

Emma y yo casi saltamos de la silla. No pudimos evitar soltar una exclamación de alegría con los ojos clavados en nuestra amiga. Mi cuerpo se relajó de inmediato ante la noticia y aprecié a Tam sonriendo ampliamente mientras asentía con la cabeza.

—¡Sabía que lo conseguirías! —clamé al tiempo que cogía su mano.

Ella me miró agradecida y presionó la mía con fuerza.

—¡Es increíble, Tam, de verdad! ¿Hace cuánto que lo sabes? —preguntó Emma.

—Desde hace… un poco —confesó con una mueca.

Emma y yo volvimos a fruncir el ceño, aunque la agitación por la noticia seguía en el aire.

—¿Por qué no nos lo has dicho antes?

Tam me observó con cierta culpabilidad.

—Porque quería esperar a que me dieran la plaza —contestó.

—¿Y bien? —preguntó Emma.

—Me la han dado.

Emma y yo volvimos a saltar de la silla. Con ilusión, exclamando diferentes frases llenas de orgullo, aplaudimos. Gabi también estaba sonriendo. La única que no parecía del todo convencida era Tam, que se removía con una sonrisa incómoda en su asiento. Fue su reacción lo que consiguió que volviéramos a sentarnos, calmando la emoción.

—¿Qué pasa, Tam? —le pregunté, aún más confusa; no acababa de entender toda esa situación.

—Que eso significa que me tengo que ir a trabajar a Madrid —explicó alargando las palabras.

Mi pulso pareció descompensado y, por primera vez, comprendí aquella seriedad en el rostro de mi amiga. Como si me acabaran de echar un cubo de agua fría, me sentí estúpida por no haber llegado a esa conclusión antes.

—¿Todos los días? —pregunté; era obvio que sí, pero necesitaba una confirmación, que no tardó en llegar.

—Sí.

—Ya… —contesté en voz baja, rellenando el silencio frío que se había formado entre las cuatro.

—Eso quiere decir que me tengo que mudar —concretó Tam, en el caso de que no lo hubiéramos comprendido—. He tratado de crear en mi cabeza todos los planes en los que fuera factible ir y venir cada día a Dirio, pero la realidad es que me pasaría más tiempo en la carretera que en casa. No tiene sentido. Debo marcharme.

Mi pecho se comprimió, pero trate de disimularlo. Oí

los golpecitos en la mesa de los dedos nerviosos de Gabi y volví a mirarla, tratando de averiguar qué se le estaba pasando por la mente.

—¿Cuándo te irías? —se atrevió a preguntar Emma.

—En enero —confesó Tam casi en un susurro.

—¡¿El mes que viene?! —jadeé.

—En un par de semanas, en realidad.

—Vaya...

—Lo sé.

La tristeza era visible en el rostro de Tam. Fue por ese mismo motivo por el que procuré mantener la compostura. Era consciente de que aquella decisión no estaba resultándole fácil, pero era la correcta. A pesar de la pena que me generaba saber que no íbamos a vivir más tiempo juntas, el orgullo que sentía por mi amiga lo superaba todo.

—Bueno, este momento tenía que llegar. Todas sabíamos que era lo más probable si aprobabas las oposiciones. ¿Estás contenta? —preguntó Emma, con suavidad en la voz, a la vez que alargaba la mano para sostener la de Tam.

—La verdad es que sí. Me da un poco de vértigo, pero sé que es lo que me toca hacer —dijo, y noté el brillo de emoción en sus ojos mientras trataba de recomponerse con rapidez.

—Estamos orgullosas de ti. No conozco a otra persona que se lo merezca más que tú —confesé, y ella sonrió con alivio.

—Gracias. Sois las mejores. ¡Y vendré a veros los findes! —prometió.

Las cuatro sonreímos, esforzándonos por aliviar la situación con la máxima rapidez posible.

—¡Tenemos una amiga abogada! —exclamé, ignorando la pesadez en mi pecho.

—¡Brindemos! —propuso Emma, y no tardamos en entrechocar nuestras copas a modo de celebración.

Una vez que bebimos de ellas, Emma se giró hacia Gabi, como si algo acabara de golpearla.

—Espera, ¿qué tiene que ver todo esto contigo?

Recordé de inmediato el inicio de la conversación, y Gabi soltó un suspiro al comprobar cómo toda la atención se había redirigido hacia ella. Tam pareció lanzarle una mirada de ánimo. Y, después de unos segundos de un extraño silencio, confesó:

—Yo también me marcho.

—¿Qué estás diciendo? —pregunté alarmada.

—¿Con Tam? —Emma miró a ambas.

Gabi no pudo evitar soltar una carcajada y el ambiente se relajó de nuevo.

—¡No! Sola. Me marcho a Cantabria. Quiero continuar formándome y no tiene sentido seguir haciéndolo lejos del mar. He tomado la decisión de mudarme allí, al menos durante un tiempo —explicó, un poco más tranquila.

Emma y yo parecíamos incapaces de salir de nuestra sorpresa. Ambas necesitamos unos segundos para digerir la información.

—¿También en enero? —cuestioné.

Gabi asintió con lentitud.

—Sí. Quiero comenzar el año en otro lugar, necesito

iniciar una nueva etapa. Lo he pensado mucho, sé que es una decisión arriesgada empezar sola en un sitio nuevo desde cero. Pero creo que este es un sueño que tengo que cumplir, y si no lo hago ahora no lo voy a hacer nunca.

Fui consciente de que las tres la estábamos observando con absoluta admiración. Conocíamos a nuestra amiga y sabíamos a la perfección que había soñado con hacer algo así durante toda su vida. Por eso nos pareció que el hecho de que hubiera tomado la decisión final de hacerlo años después no eran más que buenas noticias.

—Eso es... increíble también —dijo Emma, y Gabi, poco a poco, comenzó a sonreír.

—Es la mejor decisión que has podido tomar, Gabi —confirmé, y noté mis ojos humedecerse.

—Gracias, de verdad —murmuró, y se acercó más hacia el interior de la mesa. Vi que ella también estaba conteniendo las lágrimas y traté de alejar la mirada—. Nunca he estado a tanta distancia de vosotras... Os echaré mucho de menos.

—Nosotras a ti también —susurré.

—No nos vamos a ir a ninguna parte —dijo Tam, mientras las cuatro nos dábamos la mano con emoción.

De manera egoísta, odiaba que Gabi se marchara, que no fuese a estar a una habitación de distancia, que tampoco fuera a estar Tam, que aquella casa antigua ya no fuera a pertenecer a las cuatro chicas de Madrid.

No me gustaba tenerlas lejos, la idea de pasar semanas sin verlas ni abrazarlas me provocaba un nudo en el pecho. Habíamos crecido juntas, sin separarnos ni un minuto, compartiendo cada uno de nuestros recuerdos.

Siempre habían sido ellas, mis fieles compañeras, las personas más importantes de mi vida. Pero tenía claro que en eso consistía hacerse mayor. No íbamos a poder vivir juntas durante el resto de nuestra vida, por mucho que lo deseara.

A cada una nos pertenecía un camino diferente y era el momento de separarnos para poder crear una vida propia. Sabía lo afortunada que era por tener a cada una de ellas en mi vida, como también sabía que, por muy lejos que se fueran, aquella amistad era demasiado fuerte para romperse por unos kilómetros de distancia.

—La vida tiene que seguir —concluí, más para mí misma que para las demás, pero ellas asintieron; no había nada más que añadir.

Al día siguiente, el sol salió y nos permitió ver por nuestras ventanas el paisaje blanco que nos rodeaba. Nos juntamos todas en el ventanal del salón, contemplando maravilladas el esplendor de Dirio. Cuando una creía que no se podía poner más bonito, el pueblo demostraba lo contrario.

Con la cámara de fotos, traté de inmortalizar la belleza del lugar en aquel momento. Aún en pijama, desde la puerta hice fotos a todo lo que me rodeaba. También capturé la entrega de regalos que habíamos organizado para la mañana de Navidad.

Las cuatro, sentadas en el salón, compartimos sonrisas rebosantes de una ilusión navideña infantil, y las risas ante las reacciones de los regalos acompañaban con dulzura el ambiente.

La tristeza de la cena anterior se había quedado atrás

y ahora solo restaba mirar hacia delante con emoción por todo lo que nos quedaba por vivir, juntas o separadas.

Yo regalé a Emma un colgante que sabía que llevaba queriendo desde hacía meses. Era una fina cadena de plata con un pequeño cuarzo rosa colgando de ella. Emma había gritado de la emoción al verlo. A Gabi le regalé una suscripción a una revista científica que le apasionaba y a Tam unos zapatos de tacón acharolados, con una notita añadida la noche anterior en la que ponía: «Para poder acompañarte en todos tus pasos». Ella me había abrazado con fuerza.

Emma me regaló un cuaderno muy similar al de cuando era pequeña, con el mismo cuero marrón oscuro antiguo y los mismos detalles en las esquinas, solo que esta vez era un poco más grande. Gabi me regaló una caja con diez velas preciosas de diferentes olores porque sabía que me gustaba encenderlas en mi habitación por la noche. Y Tam me regaló un vestido precioso de color azul con unos bordados en dorado que terminaron de enamorarme.

El resto del día transcurrió con calma. Seguíamos sin poder alejarnos mucho de nuestra casa por culpa de la nieve y el hielo, así que aprovechamos para preparar un buen chocolate caliente y disfrutar de la compañía que nos hacíamos entre todas.

Cuando llegó la noche, Tam y Gabi fueron las primeras en irse a dormir, y Emma y yo nos quedamos en el salón, sentadas en el sofá con una manta tapándonos a las dos.

Había vuelto a nevar, de modo que solo se oía el ruido del viento de fuera y la televisión de fondo con la película navideña que habíamos decidido poner pero que ninguna había visto realmente.

—Va a ser raro no tenerlas aquí.

—Lo sé. Tenía la esperanza de poder pasar más tiempo viviendo las cuatro juntas —confesó Emma.

Todavía no había tenido la oportunidad de comentar con ella todas las noticias que habíamos recibido la noche anterior, así que agradecía ese momento para hablarlo con calma.

—De todas formas —añadió—, me parece una buena decisión por parte de las dos. Todas sabíamos que este año en Dirio nos iba a servir para tomar decisiones sobre nuestro futuro, y es lo que hemos hecho.

—¿Y qué pasa con nosotras? —pregunté a Emma con suavidad.

—Nosotras deseamos una vida aquí.

Pero esa no era mi pregunta.

—¿Quieres que sigamos viviendo juntas? —desarrollé, y Emma me miró confusa.

—¿Por qué no iba a querer? —preguntó.

Me acomodé en el sofá y me incliné un poco más hacia ella para tener mayor cercanía.

—Porque únicamente seremos dos y a lo mejor te apetece vivir sola una temporada... o con David. No quiero ser un impedimento, si ese es el caso —expliqué.

Emma también se incorporó y se acercó más a mí con una sonrisa tierna en sus labios.

—Te agradezco la consideración, pero no. Quiero vivir contigo, esta casa es demasiado grande para solo una persona. Y David... Bueno, es muy pronto para eso —murmuró con seguridad.

Sentí un gran alivio en el pecho. Si Emma hubiera tomado una decisión diferente, habría tenido que buscar otro lugar en el que quedarme en Dirio, porque si algo tenía claro era que del pueblo no deseaba marcharme. Y aunque sabía que aquel momento acabaría llegando, la elección de mi amiga me daba un poco más de tiempo para poder buscar.

—Está bien —acepté.

Tras quedarnos en silencio durante unos segundos más, Emma volvió a hablar:

—Hagamos un pacto —dijo, y la observé con atención—. Vivamos juntas durante un año. Si el año que viene volvemos a tener esta conversación y las respuestas son diferentes, ya veremos lo que hacemos. Hasta entonces, no hay nada de qué preocuparse.

Sonreí ampliamente, agradecida por su propuesta, y asentí con decisión.

—Hecho.

Emma elevó la taza para iniciar un brindis.

—Por otro año viviendo juntas —dedicó.

No pude evitar reír y junté mi taza con la suya.

—Por otro año más juntas.

XXXI

—Quiero cortarme el pelo.

—¿Qué? —preguntó Aron, que no había llegado a abrir los ojos todavía.

Me incorporé, quedando sentada sobre la cama, y deslicé las manos por mi melena, tan larga que casi me llegaba a la cintura.

—Quiero cortarme el pelo —repetí, y lo miré, apreciando su cara aún resentida del sueño.

Aron se frotó los ojos para despejar la mente y después, con lentitud, se incorporó también.

—Son las ocho de la mañana —gruñó.

Tras rodearme con sus brazos, intentó volver a tumbarme junto a él, pero me negué. Suspiró, dándose por vencido, y se acostó otra vez, solo.

—¿Tú crees que podrías hacerlo?

—¿Cortarte el pelo? —Asentí con énfasis, y negó con rapidez—. Ni de coña.

—¿Por qué? —me quejé mientras me peinaba con las manos.

Aron frunció el ceño y acto seguido soltó una risa suave.

—Porque no voy a ser el responsable si luego no te gusta. ¿Por dónde te lo quieres cortar?

Con cierta emoción, señalé por encima de mi hombro, y él abrió aún más los ojos.

—¿Tanto? —exclamó.

—¿Crees que me quedará mal? —pregunté, alterada por su reacción.

Consciente de su pequeño error, negó con energía.

—No, claro que no. —Su voz estaba llena de una seguridad que me hizo imposible dudar de su palabra—. Pero es un gran cambio... ¿Estás segura?

Lo estaba. Llevaba semanas pensándolo.

Apenas quedaban unos días para que se acabara el año y comenzara uno nuevo. Todo lo que había vivido en aquellos meses quedaría atrás, en recuerdos, y con ellos la Serena del pasado, que ya no estaba conmigo. Miles de cosas habían cambiado dentro de mí. Tantas, que ya no me sentía identificada con la persona que veía en el espejo. Quería encontrarme otra vez, que mi interior se reflejase desde fuera.

Ágata decía que el pelo tenía memoria y que, para liberarnos de experiencias pasadas, había que cortarlo. Yo no terminaba de creer en aquella teoría, pero desde hacía tiempo había tenido un extraño impulso de querer liberarme de aquella melena larga que me había acompañado durante tantos años. Necesitaba un nuevo comienzo.

—Estoy segura —dije a Aron.

Me observó con los ojos entrecerrados, como si quisiera visualizarme con mi nuevo corte de pelo. Se mantuvo en silencio unos segundos, y después tomó aire y dijo:

—Está bien. Yo te lo corto.

Salté de la cama, entusiasmada.

—¡Sí! ¡Gracias, gracias, gracias! —Le besé todo el rostro con emoción y oí su risa contra mis labios cuando llegué a su boca. Luego me separé con una gran sonrisa—. ¡Vamos!

—¿Ahora? —se alarmó, pero yo ya estaba levantada.

Abrí la puerta y bajé la escalera con ilusión, hasta llegar a la cocina. Allí, abrí el cajón y busqué unas tijeras grandes. Al encontrarlas, me giré y contemplé a Aron venir hacia mí con lentitud, suspirando.

—¿Puedo tomarme al menos un café? —preguntó.

Valoré la respuesta, pero al ver su rostro cansado supe que, si quería que mi pelo quedara bien, me compensaba que estuviese despierto. Así que no tardé en ponernos dos tazas de café. Desayunamos con tranquilidad, a pesar de mi cuerpo inquieto y el nerviosismo casi invisible en las manos de Aron, que parecía estar preparándose mentalmente para hacer algo muy arriesgado. Después de preguntarme cinco veces más si estaba segura, nos pusimos manos a la obra.

Dentro del cuarto de baño, teorizamos sobre la mejor forma que había de hacerlo. Al final, decidimos dividir mi melena en dos secciones y recogerlas en dos coletas bajas. Cortaríamos por encima de las gomas, las cuales nos costó varios intentos poner a la misma altura.

El corazón me bombeaba con fuerza y durante aquel proceso me replanteé en varias ocasiones si hacerlo.

Aron también pareció dudar, pero una vez que estuvimos frente al espejo y me observé supe que era el momento.

—Estoy preparada —avisé, y él cogió las tijeras sin que el pulso le temblara ni un poquito.

Eso me permitió relajarme.

Aron me miró a través del espejo y besó mi cabeza con dulzura, calmando poco a poco mi inquietud. Tomé una gran respiración mientras veía cómo el filo de las hojas de acero rozaba mi pelo. Cuando buscó la aprobación en mi mirada, asentí.

Cortó la primera sección de pelo de una sola pasada.

Los dos observamos como una de las coletas se sostenía en su mano y la parte derecha de mi melena se había quedado por encima de mi hombro. Abrí la boca con sorpresa y emoción, y él no pudo evitar reírse mientras me miraba.

—Me cuesta creer que acabemos de hacer esto —murmuró sin quitarme los ojos de encima.

Le sonreí ampliamente.

—Sigue —le pedí.

Y Aron cortó lo que quedaba de cabello en apenas unos segundos.

Allí estaba, mi nuevo reflejo. Mis ojos viajaron con curiosidad por mi rostro, como si me estuviese conociendo de nuevo. El pelo corto enmarcaba mi mirada, afilándome más las facciones. Parecía más mayor, fue lo primero que noté. Y me gustaba lo que veía. Me gustaba mucho.

A Aron también parecía agradarle; sonreía al tiempo

que me analizaba con esos ojos azules. Me giré para poder quedarme frente a él correctamente. Ambos nos observamos en silencio mientras él pasaba sus manos por mi cabeza con asombro.

—Eres... increíble —murmuró sin desviar la mirada de mí.

No pude evitar sonrojarme.

—¿Te gusta? —le pregunté.

—¿Te gusta a ti?

Me di la vuelta de nuevo y volví a mirarme en el espejo, como si quisiera confirmar lo que ya sabía. Contemplé el pelo cortado sobre el lavabo, todos los recuerdos que habían abandonado mi cuerpo. Estaba liberada por completo de todo mi pasado.

—Me encanta —confesé.

Aron sonrió con mayor amplitud y me abrazó por detrás, y reposé en su pecho mientras nos miraba a ambos en nuestro reflejo. Era una imagen que deseé poder capturar, pero decidí disfrutarla en silencio.

—Estás preciosa —dijo, para después besar mi hombro.

Por fin mi cabeza estaba en calma, sin pesadumbre, sin fantasías, sin la eterna melancolía que me había acompañado durante meses. Comenzaba un nuevo año, una nueva etapa y, frente a aquella representación de mí misma, me sentía absolutamente preparada.

Poco después, el salón se llenó de los gritos de tres chicas impactadas ante la sorpresa de mi pelo recién cortado. A todas pareció gustarles y, un poco más tarde, me ayudaron a darle los últimos retoques con las tijeras para que quedara simétrico y con la forma que yo deseaba. Quedó perfecto.

Y fin de año llegó.

Esa noche, escribí una carta en la que dediqué unas palabras a todas aquellas cosas que deseaba dejar ir. Lo que esperaba que desapareciera con el cambio numérico, que se quedase lejos. Y a cambio, hice la promesa de nunca volver a mirar atrás.

Cuando terminé, doblé el papel y lo quemé. Me quedé quieta hasta que todas las cenizas flotaron en el aire y se alejaron poco a poco de mí. Desaparecieron entre la oscuridad de la noche, que continuaba mirándome fijamente, con deseo.

Supe que las tinieblas siempre me iban a ofrecer un lugar. Entre la negritud de las sombras, existía un hueco para mí. Siempre había estado allí, susurrándome, invitándome a entrar. No había nada adverso en aquella propuesta, era un simple recuerdo de lo que en algún momento fue mi sitio. Ignoraba si parte de mí le pertenecería de por vida, pero no era algo que me produjera miedo. Ya no.

El año comenzó lleno de movimiento. La casa estaba repleta de cajas de mudanza. Tam y Gabi estaban en proceso de vaciar sus habitaciones, y Emma y yo tratábamos de no mirar demasiado los espacios vacíos. Aunque habíamos tenido tiempo para mentalizarnos de la marcha de nuestras dos amigas, la despedida continuaba siendo difícil.

La librería lucía en ciertos aspectos nueva y en otros igual que siempre. Había decidido mover unas últimas estanterías y añadir algo de color. Con la nueva distribución, recordaba a la perfección dónde se encontraba cada sección. La tienda era más mía que nunca y mientras trabajaba en ella me sentía como en casa.

Gloria venía de vez en cuando, daba un pequeño paseo entre los libros y se llevaba alguno que le apetecía leer. Sabía que no iba allí a por nuevas lecturas, sino porque, aunque ella misma había decidido dejarlo atrás, ese lugar siempre sería su hogar.

Un día de aquellos, Gloria entró en la librería con una gran sonrisa en el rostro y caminó directamente hacia el mostrador, donde me encontraba.

—No te enfades conmigo —fue lo primero que dijo, y elevé las cejas con sorpresa.

—¿Por qué me iba a enfadar?

—Vamos a sentarnos —sugirió.

Ambas nos deslizamos en silencio hacia los dos sillones que había en un lateral de la tienda. No pude dejar de observarla, intentando adivinar qué era lo que Gloria podría haber hecho para que tuviera sospechas sobre mi posible enfado. Una vez que estuvimos las dos, una enfrente de la otra, dejó el borrador de mi novela sobre la mesa baja que teníamos al lado.

—No sé si te he contado alguna vez que tengo un amigo que trabaja en una editorial —comenzó, y fruncí el ceño, negando con la cabeza—. ¿No? Pues sí. Es encantador, ya te lo presentaré. Además, tiene una casa preciosa que se compró hace unos años cerca de aquí, la reformó porque...

—Gloria —la interrumpí con diversión.

—Sí, sí, perdona —dijo riendo, y volvió a observar mi borrador—. Ya sabes que me encantó la historia. Así que tomé la decisión de enviársela a este amigo, solo para que le echara un vistazo.

Mis mejillas entraron en calor con rapidez y me removí en el asiento ante la presión de que alguien más hubiese leído mi historia. No podía enfadarme con Gloria, si no fuera por ella jamás habría terminado aquel proyecto, pero no podía evitar sentirme abrumada ante la idea de que mi pequeño tesoro estuviese en las manos de un desconocido.

—No creo que... —comencé a murmurar.

—Me ha prometido que no va a compartirla con nadie. La historia es tuya, pero creí que te agradaría saber que le ha gustado —declaró, disimulando una sonrisa.

Sentí que el pulso se me paraba.

—¿Sí?

—Sí. Dice que tienes talento y que deberías seguir escribiendo. Yo también lo creo. Pensé que esto podría animarte a seguir haciéndolo. Detestaría que ese pequeño don tuyo se quedara atrapado en nuestro pacto. Tienes razones más importantes por las que seguir contando historias —continuó, y noté como sus manos cálidas fueron a sostener las mías.

Gloria tenía razón. Muy en el fondo, existían miles de palabras que necesitaba trasladar a una hoja en blanco. Después de aquellos meses escribiendo para poder cumplir con la promesa que había hecho, había reconectado con mi mayor pasión. Ahora no estaba segura de poder vivir sin ella.

Sabía que, una vez que comenzara a compartir mi historia, el relato ya no sería mío, sino de cada lector que se aproximara a aquellas páginas y en su lectura hiciera del libro algo propio; de la misma forma que yo había gobernado todas las historias de mi estantería. Y no tenía claro si estaba preparada para que el momento llegara. Pero, mientras cosechaba toda esa valentía, estaba dispuesta a continuar escribiendo en aquel rincón cálido de la librería. Y ese fue el nuevo trato que hice con Gloria. Y conmigo misma.

Especialmente, conmigo misma.

Creí que era un buen momento para dejar de guiarme por las promesas que había hecho a otros. Parecía que durante mucho tiempo había sido la única manera de conseguir comprometerme con mi propia vida, como si mis deseos no fueran suficientemente importantes para cumplirlos.

Parecía que siempre había tenido la capacidad de percibir el murmullo suave que me rodeaba, de comprender un lenguaje casi imposible. Parecía tener el poder de oír más allá de lo existente. En cambio, cuando se trataba de mí misma solo percibía silencio.

Desde mi llegada a Dirio me había dado cuenta de lo mucho que podía cambiar mi vida si solo conseguía escucharme con mayor atención, si tan solo me detenía unos segundos para apreciar esa voz interna que, poco a poco, iba recuperando su fuerza.

Días después de mi encuentro con Gloria, Tam y Gabi se marcharon con todos sus recuerdos en busca de un nuevo lugar, de un nuevo camino.

Las habitaciones se habían quedado sin las huellas de quienes antes vivían allí. Ese último año habíamos compartido noches de conversaciones largas y desayunos eternos con olor a café y sabor a mermelada, baños en el lago y bailes en la plaza, largos paseos por las calles de Dirio y una vida con la que habíamos soñado desde pequeñas.

Tan solo hacía falta llamar a la puerta de al lado para tener un refugio instantáneo. Esa era nuestra amistad, un lugar seguro en el que guarecerse los días de tormenta y en el que danzar en los momentos de alborozo.

Mis amigas me habían aportado muchas cosas, pero, principalmente, me habían enseñado sobre el amor. Ese amor honesto y lleno de fuerza que te abraza y nunca te abandona, un amor sincero, sin más pretensiones que la de acompañarnos las unas a las otras. Ellas me habían mostrado que el amor era mucho más que lo que yo creía conocer, que estaba en los rincones escondido y, a veces, era sencillo que pasara desapercibido. Pero se mantenía quieto, esperando a que tu mirada se cruzara con él durante unos segundos para que pudieras volver a sentir esa calidez en el pecho que tanto anhelabas. Lo había buscado por todas partes con desesperación, sin darme cuenta de que lo tenía allí mismo.

Nuestros caminos se separarían durante un tiempo, pero existía un hilo invisible que nos mantendría unidas para siempre.

«Nosotras queremos una vida aquí», había dicho Emma, y tenía razón. A partir de aquel momento, ella y yo también comenzábamos una nueva historia. En el mismo sitio que hacía un año, pero siendo dos personas completamente diferentes.

Con un nuevo reflejo de mí misma, me proponía explorar la siguiente aventura. Con toda la fuerza y un corazón lleno de esperanza, di un paso hacia delante.

EPÍLOGO

Hacía un frío intenso que parecía querer obligarme a quedarme dentro de casa con la chimenea encendida y los calcetines de lana puestos. Pero ya habían pasado dos semanas en las que aquel clima me había impedido ir hasta el lago y me negaba a pasar un día más sin poder estar al menos un rato allí, sentada, en mi lugar especial.

Muchas cosas habían cambiado a lo largo de aquel año, pero lo que se había mantenido en el mismo sitio de siempre, con aquella belleza inigualable, era aquel rincón. Durante el invierno, tan solo metía los pies en el agua, aun a riesgo de congelarme. Me sentaba sobre la hierba húmeda de la orilla y, con los ojos cerrados, disfrutaba del sonido del caudal y de las hojas moviéndose por el viento. Si alzaba la mirada, el bosque continuaba su recorrido hasta donde mi vista era capaz de vislumbrar.

La naturaleza de Dirio me había mostrado la capacidad de mantenerse fuerte, constante y tranquila mientras el entorno se movía, en un cambio permanente. La capacidad de sostenerse por sí misma, de continuar floreciendo después de los fríos inviernos, esa era la mayor enseñanza que había podido adquirir de mi nuevo hogar.

Con mucho cuidado bajé la cuesta, sintiendo la escarcha resbaladiza bajo mis pies. Se oía el ruido de la corriente desde allí, y no tardé en ver el agua fluir con fuerza. Caminé lentamente, observando mi rincón arropado por el invierno, con un tono blanquecino. Daba la impresión de que alguien lo había pintado como si de un cuadro se tratara. Sonreí, apreciando la escena, y me abracé a mí misma ante una suave ráfaga de aire. Después, me senté bajo el árbol con una buena manta rodeando mi cuerpo.

Sabía que no podía estar allí demasiado tiempo, había dejado a Aron en la cama esperándome para desayunar juntos.

Aron...

Más de un año junto a él parecía haber sido un simple suspiro. No creía poder cansarme nunca de aquellos ojos azules. Aún me descubría mirándolo con la misma curiosidad del principio, observándolo en silencio, memorizando sus facciones, sus manos cargadas de anillos, el trazo de cada tatuaje.

Todavía existía un temor interno que debía sostener con disimulo ante la posibilidad de caer en viejas costumbres. Pero con él no había adivinanzas. Tampoco una cuenta atrás permanente, con miedo a que la burbuja implosionara en cualquier momento. Aron me había enseñado el significado de un amor en calma, con su ritmo pausado, sin prisas, con el permiso de equivocarse sin rozar el borde del abismo.

Nos encantaba pasar tiempo juntos. La compañía del otro era como un abrazo cálido, y la intimidad, delicada; un refugio de madera construido con nuestras propias manos. Allí nos refugiábamos del temporal, disfrutando del placer de una vulnerabilidad única y cuidada. Me sentía segura y libre a partes iguales.

Aron nunca me había hecho sentir demasiado o insuficiente. No formaba parte de él creerse con el poder de valorarme en tales dimensiones. Y yo no había tenido que modificar nada de mí misma para encajar en su visión ni en sus expectativas. Era mutuo. Yo no había tenido que crear ningún espectro para suplir mis propias fantasías. La realidad de nuestra relación era mucho más emocionante que cualquier historia que pudiera inventarme. Elegirnos cada día era la decisión más sencilla del mundo.

No volví a ver a Matías. Nunca más supe de él, tampoco de su fantasma.

Su recuerdo se me aparecía en algunas ocasiones antes de dormir, como una suave caricia; sin dolor, sin nostalgia, tan solo era un leve instante del pasado en mi memoria. A veces me preguntaba qué sería de él, si estaría viajando como se prometió, si habría encontrado algo que lo hiciera sentir completo, que llenara esa parte insaciable suya. Me preguntaba si se habría enamorado; quizá al hacerlo habría podido comprenderme un poco mejor.

También me había reconciliado con el hecho de no poder obtener ninguna de esas respuestas, ni muchas otras más que en otro momento había ansiado saber. Y, aunque a veces la curiosidad venía a visitarme, la paz de elegir estar lejos de él continuaba ganando.

Había comprendido que, aunque olvidara su rostro, aunque olvidara su voz, Matías siempre sería parte de mi historia. Y se quedaría en la lejanía, como un deseo perdido en el pasado.

Mientras tanto, yo continuaba allí, en mi realidad construida. Había nacido de nuevo, dejando el miedo atrás; había descubierto el mundo una vez más. Con los ojos tibios de curiosidad y el pecho sin heridas, había encontrado la calma que una vez me había prometido. Nada tiraba de mí, ahora andaba sola.

Durante mucho tiempo había creído que no sería capaz de experimentar esa quietud en el pecho, sin dolor, sin una vibración incómoda, sin una alerta constante. No pensé que estuviera hecha para esa tranquilidad, como si mi cuerpo fuera a rechazarla nada más sentirla. No había sido así. Todo en mí se hallaba repleto de alivio al experimentar el sosiego de una vida elegida.

Me sentía viva sin la necesidad de ser agitada. Había conseguido estar presente sin tener que pellizcar mi propia piel para despertarme. Había entendido que, si aprendías a mirar con la suficiente determinación, podías encontrar la magia en todas partes. No hacía falta imaginarla, estaba allí, siempre.

«¿No estás cansada de huir?», me había preguntado una vez el viento.

—Yo ya no estoy huyendo —contesté esta vez mientras hundía mis pies en la tierra—. Ahora escojo vivir.

AGRADECIMIENTOS

Contar historias siempre ha sido mi gran pasión, y este libro me ha dado la oportunidad de cumplir con mi mayor sueño. Esto no habría sido posible sin mi editora, María. Gracias por ver en mí a alguien con algo que decir. Gracias por acompañarme de la mano durante todo el camino, por darme la confianza de seguir hacia delante y por valorar cada palabra de mi relato. Has sido una compañera de viaje maravillosa, gracias por hacerme sentir escritora desde el primer momento.

Gracias a mis padres, que no dudaron en animarme a aceptar esta oportunidad y siempre me han hecho sentir capaz de todo lo que me proponga. Gracias por vuestro amor y sensibilidad, sin ellos no sería capaz de ver el mundo de la misma forma.

Gracias a mi hermana Alejandra, por su apoyo incondicional y su honestidad. Gracias por ser mi gran aliada, compartir esta vida juntas es mi mayor regalo.

Gracias a mis cuatro abuelos, por acogerme en sus casas mientras escribía y por cuidarme durante el proceso (y siempre).

Gracias a toda mi familia, por valorar con tanto cariño cada uno de mis logros.

Gracias a mis amigas, podría escribir sobre vosotras toda mi vida: a Clara, por tu generosidad. Por leer todos mis borradores y darme siempre la confianza de ir por buen camino (no solo en el libro). A Lu, por acoger mi vulnerabilidad cuando nadie más sabe hacerlo. A Nuria, por convertirte en familia y por demostrar que las amigas desde y para toda la vida existen. A Elia, por tu criterio y por seguir sosteniéndonos juntas. A María, por ser siempre un lugar seguro. A Sara, porque la distancia nunca se ha puesto en nuestro camino. A Elena, por inspirarme a dar un paso más. A Sofía, por tantos aprendizajes juntas. A Berta, por tu fortaleza y por siempre darme la mano con calidez y comprensión. A Irene, por mostrarme la vida con otros ojos. A Mohe, por enseñarme que siempre se puede empezar de nuevo. A Lucía, por demostrarme que el deseo propio es lo más importante. Y gracias a todas las que formáis parte de mi vida y me habéis enseñado lo valioso que es la amistad entre mujeres.

Gracias a todas mis seguidoras, por apoyar mi contenido en redes y ayudarme a tener esta oportunidad. Gracias por leer esta novela y por llegar hasta aquí. Vuestro apoyo significa mucho más de lo que jamás podréis imaginar.

Gracias a todo el mundo que ha trabajado en la publicación, distribución o venta de este libro.

Y, por último, gracias a mis fantasmas, a los que he podido enterrar poniendo punto y final a esta historia.

ESTA NOVELA SE TERMINÓ DE IMPRIMIR
EN INVIERNO DE 2024, CUANDO LA NATURALEZA
REPOSA Y LAS HISTORIAS FLORECEN.